利休を超える戦国の茶人

織田有楽斎

岳 真也

Gaku Shinya

大法輪閣

目次

写真提供／三井記念美術館
／名古屋鉄道株式会社
装　幀／山本太郎

序章　本能寺―逃げる有楽

信長、死す。

この報が二条御所にとどいたのは、明けの寅《とら》ノ刻限（午前四時頃）であった。

同所には信長の嫡男《ちゃくなん》・勘九郎信忠《かんくろうのぶただ》らが立てこもっている。

信忠をはじめ、実弟の源三郎信房《のぶふさ》、近臣にして京都所司代の村井貞勝《さだかつ》父子などは、すでにして鎧兜《よろいかぶと》に身をかため、それぞれ槍や刀を手に、襲ってくる敵兵と戦っていた。

「退《ひ》くな、退くなっ……一歩たりとも退いてはならぬ」

「上さまの仇討ちじゃっ」

「天下の謀反人《むほんにん》、日向守《ひゅうがのかみ》光秀の暴挙をゆるすでないぞっ」

だだっぴろい本殿の屋内に、信忠主従の怒号がひびく。

信忠の傅役《もりやく》をつとめる織田長益《ながます》もまた、この不慮の迎撃戦のただなかにあった。

信長の九人目の弟で、末から二番め。

異母兄の信長とは十三、年齢《とし》がちがう。三十六歳、人生みち半《なか》ば、はたらき盛りの年ごろである。信忠にとっては叔父にあたるが、幼名を源吾《げんご》といい、元服《げんぷく》して長益を名のり、のちに剃髪《ていはつ》して有楽斎如庵《うらくさいじょあん》を号した。

二条の御所は、もとはといえば、信長が足利将軍・義昭《よしあき》のために築いた城であった。それが、しだいに両者の間が不仲となって、義昭はここを去り、かわりに正親町《おおぎまち》天皇の皇太子・誠仁《さねひと》親王の御在所となった。

ほんらい城廓の造りであるだけに、濠《ほり》や塀に櫓《やぐら》、土塁《どるい》なども備わっている。防御、防戦にはもってこいのはずであった。

だがしかし、いまは兵力の差が大きすぎた。

明智勢一万数千に対して、信忠の手兵《しゅへい》は五百余……途中ではせ参じた援兵をくわえても、千に満たない。十倍以上の差があるのだ。

しかも、である。

時がたつにつれ、敵の数は増える一方。あまつさえ、中庭をへだてた向かいの別殿の屋根の上から、鉄砲を撃ちかけてくる。

たまらずに、庭先や渡廊《わたろう》の濡《ぬ》れ縁《えん》に立った味方の兵が何人も、ばたばたと倒れた。

「これでは、かなわぬ」

もともと武辺の者にあらず、戦《いく》さを好まずして「へたれ」とまでよばれていた源吾長益、それでも彼なりに必死に抗《あらが》っていたのだが、とうとう刀を捨てて、その場に坐りこんだ。

信忠はといえば、右の臑《すね》のあたりに敵の流弾を受けたらしく、手にした槍を杖がわりにし、かろ

うじて立っている。やがて、首だけ背後の長益のほうに向けて、

「……そろそろ、でござるな。叔父上」

目顔で告げた。

「………」

長益もまた、黙ったままで、ただ大きく首をひき寄せる。

おそらく信忠は、御所に火をかける。そのうえで自刃《じじん》するつもりだろう。おのれもすぐに、あとを追わねばならぬ……ここはもう長益も、覚悟を決めるよりほかはなかった。

これより一ツ刻《ひとっとき》（約二時間）ほどまえ。本能寺での変事が最初に信忠や長益らに伝えられたのは、二条御所ではなく、ここから六町（約六百五十メートル）ほど南に下った妙覚寺《みょうかくじ》――信忠主従の定宿のほうであった。

その妙覚寺、信長が宿所にしていた本能寺とも、八町ほどしか離れていない。万余の兵が喊声《かんせい》をあげるなどすれば、すぐに気づくくらいの距離である。ただし、

「まさか、あの忠義者で真面目一途の日向守が……」

と、だれしもが思い、すぐには光秀の謀反が信じられずにいた。

襲われた当の信長からして、そのように振るまった。

前夜、信長は時の関白・近衛前久《このえさきひさ》を筆頭とする公卿《くぎょう》、それに博多の島井宗叱《そうしつ》など、茶人としても名高い各地の商人《あきうど》を境内にまねいての大茶会をもよおした。

宴《うたげ》が果ててのちは、囲碁の名人同士の対局を見物。上機嫌で、おおいに飲み、夜半すぎになって

床についた。

大酒を飲んだあとは、ひとたび熟睡しても、じきに目覚める。それから、しばし眠気がおとずれない。

「厠《かわや》へでも行くか」

と、寝所《しんじょ》を出ると、やけに外が騒がしかった。茶会のひらかれる寺に、大勢の将兵を伴うのは、いかにも無粋である。信長は気に入りの蘭丸《らんまる》をはじめ、二十人ほどの小姓《こしょう》たち、それに女中や足軽、小者ら、あわせても百人程度の供しか連れてきてはいなかった。

「何じゃ、足軽か小者どもが争うておるのか」

ひとりごちて、蘭丸をよぶ。

「阿蘭《おらん》っ、阿蘭はおるかっ」

信長は渡廊の一角で足をとめ、広廂《ひろびさし》を通して暗い庭先を眺めやった。

もとからある石灯籠《いしどうろう》のほか、賓客《ひんかく》来訪とあって、松明《たいまつ》の火が所々におかれている。その辺までは、どうにか眼にはいる。が、中門より外の様子までは、うかがい知れない。

「したが、あれは……」

まさしく兵たちの鬨《とき》の声、さらには鉄砲の音までが聞こえるではないか。

「だれぞ、兵を挙げたか」

そこへ蘭丸が呼吸《いき》を荒げて、駆けてきた。信長は問う。

「何者の仕業《しわざ》じゃ？」

「水いろ桔梗《ききょう》の旗じるし……惟任《これとう》日向守・明智光秀の手の者にござりまする。ただいま見て参りました者が申すには、万余の兵が当寺を囲んでおるとか」

「……日向であったかっ」

信長は一瞬、天をあおいだが、

「是非《ぜひ》におよばず」

つぶやくや、

「弓じゃ、弓を持ていっ」

と叫んだ。蘭丸は、年少の小姓がはこんできた弓と矢を受けとって、信長に差しだそうとする。が、ふいと、その手を引いて、

「上さま、どうか、お逃げくださりませ。ここは何とか、それがしどもが防ぎまする」

懇願する。信長は、うなずかない。蘭丸の手から、奪うようにして弓をつかみ、

「賢明な日向のことだ。この期《ご》におよんで、逃げ道を残すような愚昧《ぐまい》な真似はするまい」

言うよりさきに、中門を乗り越え、明智勢が侵入してきた。信長が放った矢が、先頭に立った雑《ぞう》兵《ひょう》の胸をつらぬく。

だが敵は、一人や二人ではない。明智の将兵らが続々と立ちあらわれ、またたく間に境内を埋めつくす。

それらの敵兵に対し、蘭丸ら信長の小姓たちも懸命に応戦する。けれども、あまりに数多く、甲《かっ》冑《ちゅう》をつけた兵が相手では、分《ぶ》がわるすぎる。

信長自身、二の矢、三の矢と放ちつづけたが、そのうち弓の弦が切れてしまい、槍に持ち替える。

何重かに円陣を組んで、信長を守ろうとする小姓たち。その隙を狙い、敵兵の槍がいっせいに信

長の身に降りかかる。槍の一つが信長の肘《ひじ》を突いた。

「殿っ」

「うろたえるな、蘭丸。ただの掠《かす》り傷じゃ」

そうは言っても、もはや戦うことは出来ない。信長は小姓らに命じて、松明を持ってこさせた。院内の襖《ふすま》や障子《しょうじ》、床《とこ》の間《ま》などにつぎつぎと火を点《つ》けながら、奥へと進む。

「わが生涯、思えば、夢まぼろしのごときものであった……さよう、灰となって形も残さず、見事、まぼろしと失《う》せてみせようぞ」

奥座敷に行き着くなり、信長は中央に座して瞑目《めいもく》し、えいっという気合いとともに腹を切って果てた。

信長や小姓らの放った火は谷川の早瀬のようにするどく奔《はし》り、天井や壁、床までをも焼きつくし、たちまちにして本能寺は灰燼《かいじん》に帰《き》した。


変の第一報が伝えられるや、織田信忠はすぐさま武装して、

「者ども、良いか、父上の救援に向かうぞっ」

本能寺に駆けつけようとしたが、敵の明智勢は寺の門外にまであふれ、行く手の道をふさぐほどであった。やむなく引きかえそうとしたとき、

「妙覚寺よりも、二条の御所のほうが敵を防ぐに適しておりまする」

村井貞勝が言い、長益らもそれに賛成する。その注進を聞き入れて、信忠は二条御所へと馬の轡《くつわ》を転じたのだった。

だが、御所には誠仁親王が住まわれている。幸いにして、光秀は皇族に対し、ことのほか忠心が篤《あつ》い。信忠は光秀に、

「親王が無事ご退去されるまで、猶予《ゆうよ》が欲しい」

と要請し、みとめられた。

けれど、それもわずか四半時（約三十分）ほどにすぎない。誠仁親王らの一行が外に出た、と見るや、明智勢はただちに二条御所を攻撃してきた。

信忠らは防戦したが、こちらでも兵の多寡《たか》は歴然としている。

二条御所の陥落は目前だった。

すでに手負いの身となり、信忠は、

「もはや防ぎきれぬし、逃れられぬ」

と判断した。

残兵たちに屋内への放火を命じると、信忠は鎧兜を脱いで、小袖《こそで》姿のままに本殿の一室に座した。

近臣の若侍に、二振りの刀を持ってこさせる。介錯《かいしゃく》を命じ、切腹するつもりだろう。

それと察して、長益はみずからも刀を取り、

「それがし、追《お》い腹《ばら》つかまつりまする」

「待てっ」

と、信忠は手をのばして押しとどめた。

「叔父上には生きて、為して欲しいことがござる」

「…………？」

「いかにしてでも、この場を逃れでて、岐阜のわが居城へと向かっていただきたい」

岐阜の城には信忠の妻女ばかりか、嫡男の三法師《さんぼうし》がいる。

「三法師はまだ、ものの分別《ふんべつ》もつかぬほどに幼のうござる……叔父上に庇護を頼みたい。いや、三法師の身だけではござらぬ。わが織田の家を、幾久しく守っていただきたいのじゃ」

長益には、返す言葉がなかった。暫時、黙《もく》して眼をつぶると、つい一月《ひとつき》ほどまえに大兄・信長が、

「わしはときどき、おのれが憎うなる」

つぶやくように告げたことが、頭に浮かんだ。

「憎いし、嫌で嫌でたまらなくなる。だれかに誅伐《ちゅうばつ》してもらいたいくらいじゃ。もしや、それは……」

日向やもしれぬな、と言った。

信長は、長益が明智日向守光秀と親しいことを知っている。連歌《れんが》や茶の湯を通じてのともがらなのだ。

それがゆえの告白だったのかもしれない。

だが、えっと長益が訊《き》きかえしたときには、すでに知らぬ顔をしていたし、自分の思いちがい、聞き間違いだったのかもしれない。

ただその折りに、信長は最後に、はっきりと口にしたのだ。

「源吾、何があろうとも、そなたは生きよ。生きて、織田の家を守り通すのじゃ」

これはわしの命ぞ、という信長の声が、

「叔父上、早う逃げてくれ。主《あるじ》たる、この勘九郎信忠が命ずるのじゃ」

信忠の声音と一つに重なった。

主命とあれば、断わるわけにはいかぬ。大きく一礼して、長益は立ちあがり、踵《きびす》を返した。

振りかえれば、気が変わる。それきり彼は部屋を出て、小者をよび、衣服を脱ぐよう申しつけた。

自身、もろ肌を脱いで、言う。

「わしの小袖と交換するのじゃ。良いな」

長益のそれは、正絹《しょうけん》の高価な衣である。小者としては利得にもなるし、これまた主命であって、承諾せざるを得ない。すぐに脱衣して、長益に手わたした。

誠仁親王に仕える下僕《げぼく》たちが何人か、逃げ遅れて、まだ御所内にいる。長益はいそぎ小者の服に着替え、髷《まげ》を切り落とすと、その者たちの群れにまぎれこんだ。

門を出て、あとはひたすら逃げるのみである。

このときの源吾長益のことを茶化《ちゃか》して、京雀《きょうすずめ》たちはこんな戯《ざ》れ唄をつくり、都中に流行《はや》らせた。

織田の源吾は　人ではないよ
お腹召せ召せ　召させておいて
われは安土《あづち》へ逃げるは源吾
六月二日に大水出《いで》て　お田《だ》（織田）の原なる名を流す

六月二日の大水とは「本能寺の変」のことだが、兄の信長はもとより、甥《おい》にして主の信忠の死を見とどけることもかなわず、逃亡した。その源吾長益はしかし、こののちにこそ、信長とは真逆のへたれ——温厚篤実な気性《きしょう》を活《い》かしつつ、持って生まれたおのれの遊芸《ゆげい》の才を発揮しはじめる。兄や甥との約束をはたして、三法師を庇護し、織田の家名を残す。そればかりか、有楽斎を号して「有楽流」の茶の湯を創始し、ついには世間から、

「かの利久をも超えた茶人」

といわれ、

「茶の湯太閤《たいこう》」

とよばれるまでになるのである。

第一章　へたれと大うつけ

一

織田有楽斎《うらくさい》こと源吾長益《げんごながます》には、父親の記憶がとぼしい。

源吾がまだ幼いころに、父・信秀《のぶひで》が急逝したせいもある。が、二十余人もの子持ちで、男児だけでも十二人。下から二番目、十一番目の庶子で、母親は富裕とはいえ、農家の娘でしかない。

そうでなくとも戦《いく》さにつぐ戦さで、居城たる尾張《おわり》国の古渡《ふるわたり》城には滅多におらず、たまさか帰っても正側室《せいそくしつ》や側女《そばめ》らをおのれの寝所《しんじょ》に引き入れて、夜昼かまわず伽《とぎ》をさせる。あるいは、部下たちを大広間にあつめて、大酒を飲んでいるのだ。

子どもたちの住まう城館の離れに顔を見せるのは、年に二度か三度が良いところであった。

ただ一つだけ、鮮明に頭の奥に残っている父の姿がある。あれは、源吾が齢《よわい》三つになった年の

春のことだったろうか。どういう気まぐれか、信秀は渡廊《わたろう》を通って、源吾が乳母《めのと》とともに暮らす部屋をおとずれ、

「おお、源吾か、久しいのう」

寄ってきて両肩をつかむと、抱きあげて、そのまま座し、膝の上に乗せた。雲を突くような大男で、眼も鼻も大きく、鍾馗髭《しょうきひげ》をのばしている。実の父であるとは乳母に告げられ、みずから肌でそうと感じながらも、そのいかつい顔かたちに、源吾は泣きそうになった。

それでも信秀は、いっこうに気にするふうではなく、

「なんと、軽い男子《おのこ》よ……華奢《きゃしゃ》で痩せておる」

まるで女子《おなご》じゃ、と乳母の側を向いて言う。

「顔もほっそりとし、穏やかで、優しすぎる」

武家には向かぬな。これは、ほとんど独り言だ。

「したが、わしの子として生まれたからには、刀槍とは無縁ではおられぬ。良いな、源吾、武名をあげよ」

「…………」

物ごころ付いたばかりとはいえ、相応に言葉はしゃべれたはずだが、源吾は何も口にできない。そんな息子を、あらためて見つめて、信秀は言ったのである。

「このままでは、へたれになるぞ」

へたれ――疲れて坐る、へたりこむことだが、「屁垂《へた》れ」とも、土地の言葉の「兵法《ひょほ》くれ」とも重なる。

いずれ、源吾が「へたれ」とよばれたのは、このときが最初であった。

去りぎわに信秀は彼を離すと、ちらとまた乳母のほうに眼をやり、

「ちゃんと喰わせてもろうとるか……食がほそいのではないか」

さらなる濁声《だみごえ》を出して笑った。

「もっと喰えよ、喰うて喰うて、でこうなれ、強うなれ。いざとなれば、兄者《あにじゃ》たちを差しおいて、天下を狙《ねろ》うてもかまわぬぞ」

もちろん、それは冗談だったにちがいない。だが後年、年長の兄、嫡男《ちゃくなん》の信長が一歩、二歩と「天下布武《ふぶ》」に向けて歩みだしたころになって、源吾長益はしばしば、その父の言いぐさを脳裏《のうり》によみがえらせた。そして、思うのだった。

天下とは力づくで、武をもってしか、取れないものなのだろうか。もしや智恵や博識、遊芸《ゆげい》なぞの他の器量……そう、おのれのごとき「へたれ」にも、そこに近付く道があるのではなかろうか、と。


幼い源吾に「天下取り」の話などをしたのは、もしや信秀自身、心のどこかにそんな野心を抱いていたのかもしれない。じっさい、天下はともかく、尾張一国に関しては、かなりの戦果をあげていて、ほぼ掌中《しょうちゅう》におさめ、近隣の諸国にまでも触手をのばそうとしていた。

もとはといえば、織田氏の祖先は越前《えちぜん》国の丹生《にゅう》郡織田荘《しょう》の領主（荘官）であった。遠祖は平氏とも藤原氏ともいう。

かつては室町幕府の管領職《かんれいしき》の斯波《しば》氏が、越前、尾張の二ヵ国の守護職をつとめていた。織田氏は

朝倉氏とともに、その斯波氏の家老職（守護代）にあったが、「応仁の乱」のとき、斯波氏の権威は失墜《しっつい》して、越前は朝倉氏の所領と化した。

織田氏は主すじの斯波氏を扶《たす》ける格好で、当時は一面、荒れて原野に近かった尾張へと落ちてきた。だが、自力で開拓を進めるにつれ、おのずと尾張は織田一族の支配下におかれるようになった。

このとき織田家の守護代は二分された。

かたや北部の上四郡を統治し、岩倉城を拠点とする。一方は清洲《きよす》城に拠《よ》って、南部の下四郡を治めることとなったのだ。

信秀の父親、すなわち源吾長益や三郎信長にとっては祖父にあたる信定《のぶさだ》は弾正忠《だんじょうのちゅう》を称したが、尾張国の半分、下四郡の守護代・織田広信《ひろのぶ》の家老――三奉行の一人にすぎなかった。しかし信定の居城・勝幡《しょばた》城は尾張きっての交易場《こうえきば》、西南端の伊勢湾口にある津島《つしま》と、わずか一里（約四キロ）しか離れていない。そこには、

「尾張ばかりか、美濃《みの》や伊勢《いせ》、三河《みかわ》、さらに遠国《おんごく》の産物などもあつまってくる」

そうした経済力を背景に、信定は着実に勢いを付けて、実権を握った。そしてそれを受けついだ信秀も、実質二十万石もの所領を得るにいたるのである。

世はまさに「下克上《げこくじょう》の時代」であった。のちの封建制の武家社会とは異なる。

「おのれの力と裁量で切り取っていって、何がわるい」

そう信秀はうそぶいたものだが、早い話が、あいつぐ土地の略奪と横領によって、領地を拡張、大身代《だいしんだい》を築いていったのだ。

第三子、三郎信長の生まれた天文三（一五三四）年からの数年間が、織田信秀の絶頂期であった

かもしれない。

信秀は、「まむし」とよばれた美濃の斎藤道三《どうさん》、三河の松平広忠《ひろただ》らを相手に、一歩もゆずらず、つねに陣頭に立って采配をとりつづけたが、「押しては押しかえされ、また押す」といったことをくりかえすうちに消耗《しょうもう》し、しだいに翳《かげ》りをみせはじめた。

おりしも三河の松平勢が、駿河《するが》の今川氏の後ろ盾《うしろだて》を得て、攻勢に出ようとする。ここで、信秀のほうでも手を打った。長年、敵対してきた斎藤道三と和し、彼の愛娘《まなむすめ》の帰蝶《きちょう》・濃姫《のうひめ》を信長の正室に迎えることにしたのである。

いずれにせよ、苦境におちいっていたことは疑いなく、気力も体力も使いはたしてしまったのか、にわかに病いにかかり、濃姫が信長に嫁《か》してまもない天文二十年、齢四十二にして身罷《みまか》った。

二

父・信秀が亡くなったのは、源吾がまだ五歳のときだった。その葬儀の日のことも、彼には忘れられない。

一つには、これも父と同様、あまり会う機会のなかった兄・信長が、その折りに見せた奇矯《ききょう》な振る舞いのゆえである。

織田信秀の最初の室は、子を成さぬままに病没し、東美濃の豪族・土田《どた》政秀《まさひで》の娘が継室《けいしつ》（正室）となって、土田御前《ごぜん》とよばれた。周囲の期待にたがわず、彼女はゆくゆく嫡男と見こまれる三郎信長と、勘十郎信行《かんじゅうろうのぶゆき》の二人の男児を産んだ。

信長の上にも信広《のぶひろ》と秀俊《ひでとし》という男児がいたが、いずれも側室の子であり、世の習いからして、跡つぎにはなれない。当人らもそれを自覚していて、遠く離れた安祥《あんじょう》の城で目立たぬように暮らしていた。

信長は幼名を吉法師《きっぽうし》ともいったが、癇《かん》が強くて他人の言うことを聞かず、母の土田御前には、うとんじられた。彼女は、おとなしくて素直な性格の勘十郎信行ばかりを可愛がり、文字どおり手塩にかけて育てた。

だが父の信秀は早くから信長の才幹を見抜いていたようで、土田御前や宿老《しゅくろう》、重臣たちがいくら廃嫡《はいちゃく》を勧めても、

「わしの跡をつげるのは、吉法師三郎ただ一人じゃ」

と言って、首を縦に振ろうとはしなかった。

現に十三歳で信長が元服《げんぷく》する前後のころのことだが、信秀は南方の熱田《あつた》に近い古渡城に拠点を移したさいに、それまでの居城、尾張国のほぼ中央に位置する那古野《なごや》城を三郎信長にゆずりわたした。ちょうど源吾長益が誕生した時分で、日ごろ信長と会えずにいたのは、住《す》み処《か》が別だったことも大きい。

それだけに、なおのこと源吾は驚かされたのだ。

信秀の葬儀は、彼自身が建立《こんりゅう》した織田家の菩提寺《ぼだいじ》・万松寺《ばんしょうじ》にて、とりおこなわれた。母や親類縁者、家臣らと変わらず、子どもたちは皆、正装の喪服でいる。

源吾もまた、兄たちの後ろに正座して、かしこまっていた。

ところが嫡男の信長は遅参《ちさん》してきて、参列者の焼香がすべて終わるころになって姿を見せた。ざ

んばら髪をたばねて茶筅髷《ちゃせんまげ》にし、寸足らずの湯帷子《ゆかたびら》を身につけている。袴《はかま》は着けず、尻はしょりにして、褌《ふんどし》をのぞかせる。帯のかわりに三五縄《しめなわ》をしめ、そこに赤鞘《あかざや》の大刀や火打ち石袋、瓢箪《ひょうたん》などをぶらさげていた。

いつもの風体《ふうてい》ではある。が、式場に現われるなり、ずかずかと信秀の遺体をおさめた棺《ひつぎ》のそばに近づき、抹香《まっこう》をつかみとるや、棺や祭壇に向けて、撒《ま》きちらしたのだ。その灰は、最前列にいた土田御前や叔父母ら、そして同母弟の信行を筆頭とする弟たち、源吾の頭上にも降りかかった。

そんな信長の態度は、折り目正しく焼香し、弔問客への挨拶もそつなくこなした信行とは対照的で、しばらく一族や家来たちのあいだで話題になった。

もっとも、それ以前から信長のおかしな装束《しょうぞく》、尋常ならぬ立ち居はよく知られていて、「うつけ」とよばれていた。文字にすると、「虚け」もしくは「戯け」である。

柿でも瓜でも餅でも、立ったままかぶりつき、供の者の肩にもたれかかって喰らう。

いつぞやも、古渡の城下でたまたま行き会ったとき、どこかで盗みとったらしい柿をむしゃ喰いしながら歩いていたが、ふと足をとめて、

「おまえが源吾か」

と、声をかけてきた。

「弱虫小僧で武家には向かず、へたれとよばれておるそうな。わしはな、うつけと皆によばれておる、大うつけ、とな」

「……うつけ、でござりますか」

付き添いの乳母の手をきつく握ったまま、おそるおそる源吾が応えると、

「へたれに大うつけか……良い取り合わせ、かもしれんなぁ」

そう言って、信長は呵々《かか》と笑った。そのときばかりは源吾も、面白い兄者《あにじゃ》じゃ、嫌いにはなれぬ、と思ったものであった。


学問や数奇《すき》、芸事には関心をもたず、行儀作法はまるで駄目な信長だったが、刀槍や弓、鉄砲、乗馬や水泳の稽古《けいこ》は連日、欠かさなかった。やはり、ただのうつけ、ではなかったのだろう。

小姓《こしょう》や近習《きんじゅう》には乱暴者ばかりをあつめ、竹槍合戦などをさせて喜んでいたから、織田弾正忠家・筆頭家老の林新五郎秀貞《ひでさだ》や柴田権六《ごんろく》勝家あたりは眉をひそめていたが、一人だけ信長をかばう家老がいた。次席で、信長の傅役《もりやく》をしていた平手中務丞政秀《ひらてなかつかさのじょうまさひで》である。

政秀は源吾のことも可愛がり、

「へたれは、へたれでもよろし。それを活《い》かす道もありまする」

と慰め、歌や古典の読解、茶の湯などを手ほどいてくれた。

先代の織田信秀が薨《こう》じて二年後、その平手政秀が、おのれの屋敷で切腹して果てたのである。遺書は残さず、ために、いくつもの噂が立った。

「先代さまのご遺言で、われへの殉死《じゅんし》はゆるさぬ。いま二年ほどは三郎信長の世話をやけ、と申しつけられておったのよ」

と言う者もあれば、

「先代さまが亡くなられてのちも、あいかわらずの大うつけ……信長さまを戒《いまし》めようとしての自害じゃ」

つまりは、諫死《かんし》だ、とする者もある。

この政秀の死を知って、父親の葬儀のときには傲然《ごうぜん》としていた信長が一晩中、遺体にすがって泣いた。号泣《ごうきゅう》したのだ。

「じぃよ、ゆるせ。わしが……じぃの言うことをきかぬわしが、わるかったのじゃ」

あまつさえ信長は、一介の臣にすぎない平手政秀のために、その名も政秀寺《せいしゅうじ》なる寺院を建てて弔った。

これを機に、たしかに信長は変わった。もしや諫死が事実であれば、政秀の「戒め」は、この後に起こる身内同士の醜い争いを予感してのものだったのかもしれない。


父・信秀が死し、忠臣・政秀が死してのちの幾星霜《いくせいそう》。

三河や駿河の松平・今川勢と対峙《たいじ》、かたや美濃でも新たな動きがあり、外敵との熾烈《しれつ》な戦さもあったが、信長にとっては「骨肉《こつにく》の抗争」こそが、このころの一番の試練であり、難関であったろう。

たとえば守護の斯波氏を擁しての下四郡守護代・織田信友《のぶとも》が攻撃をしかけてきたのに対し、叔父・織田信光《のぶみつ》の協力により、撃退する。その信光が暗殺されたり、おとなしくしていた異母兄の信広が突如、反乱を起こしたりもした。

しかし、最大の衝突は、同母弟・信行相手の戦いであった。

弘治二（一五五六）年八月、信行は、かねてより信長廃嫡をとなえていた林秀貞や柴田権六らとはからって、兄・信長に叛逆《はんぎゃく》の狼煙《のろし》をあげた。

兄弟は春日井郡《かすがい》の庄内川に近い稲生《いのう》の地で激突し、信長勢はただの七百、信行勢はそれより千も多い千七百人の兵をあつめた。が、信長の手兵《しゅへい》は精鋭ぞろい、しかも信行の側には、ただの嫡子ならばいざ知らず、「敵は現当主」という事態を躊躇《ちゅうちょ》する者も多かった。

結果は信長方の勝利となったが、二人の生母・土田御前の取りなしで「和睦《わぼく》」のかたちを取る。信長は信行はもとより、柴田権六や林秀貞の罪も問わないことにした。

「稲生の乱」もしくは「稲生の戦い」とよばれるものだが、それからもなお、信長・信行兄弟の隠然たる確執《かくしつ》はつづいた。そしてついに、源吾長益にとって、父・信秀の葬儀の日の数倍も恐ろしい光景を、目《ま》のあたりにする日が来る。

永禄元（一五五八）年の秋のことだ。

「信行さまのお動きが怪しい」

と、ほかでもない、さきに信行を擁した権六勝家が信長の耳に入れた。信行は二年前の稲生での敗北を権六のせいにしたようで、ここへ来て、彼を遠ざけ、他の近臣を重んじるようになった。それがゆえの密告であったが、さっそくに信長は策をこうじた。

仮病をよそおう。それも重篤《じゅうとく》で、まるで臨終ででもあるかのように伝えさせて、弟たちを枕辺によび寄せた。信行のほか、秀孝《ひでたか》、信包《のぶかね》、信治《のぶはる》などがはせ参じたが、十一歳になった源吾も列することとなった。

「勘十郎よ……こっちゃ来い……申しておきたいことが……ある」

と、切れ切れの声を発して、信長は信行をよび、そば近くに手まねいた。

「わ、わかり申した、兄上」

と、信行が近寄ったとたん、掛布《かけふ》をはねのけて、信長は上体を起こした。そのまま懐中《かいちゅう》にしていた短刀を取りだして、鞘《さや》を抜くなり、信行の喉《のど》を突く。

それを合図に、部屋の隅の屏風《びょうぶ》の陰に隠れていた数人の近習が現われて、信行のからだを滅多斬《めったぎ》りにする。事切れたとみるや、信長は褥《しとね》の上に仁王立ちになり、

「良いか、わが弟どもよっ、織田の家は他のだれのものでもない、わしがものであるぞっ」

眼を剥《む》いて叫んだ。仁王どころか、鬼か邪か……末席にいた源吾は度肝《どぎも》を抜かれ、微動だにできなかった。その場にまさに、へたりこんだ。人知れず失禁《しっきん》し、袴の裾を濡らしてしまったのである。

三

信長は、父親ばかりか生母をも同じくする実弟の信行を、仮病で騙《だま》して枕頭《ちんとう》によびだし、みずからの手を染めて殺《あや》めた。それも他の兄弟が雁首《がんくび》をそろえるまえで、のことである。

そんな信長の行状《ぎょうじょう》に、臆病者の源吾の恐怖は増した。信長の一挙一動に、それまでの何倍も気をつかい、びくつくようになった。

だが意外や、信長は源吾に対しては、他の兄弟への態度とは異なり、妙に優しかった。

源吾がまだ幼かったころに、古渡の城下で、奇態《きたい》な装束を身につけた信長とばったり行き会った。その折りのことを、源吾は忘れてはいない。「おまえがへたれの源吾か」と言い、大うつけとよばれる自分とは良い組み合わせかもしれぬ、と大笑いしたものだ。

父・信秀のあとをつぎ、織田弾正忠家の主となった今では、よほどのことがない限り、だれも信

長を「うつけ」などとは言わない。が、源吾は相も変わらず「へたれ」とよばれている。

　そうよぶ点では、信長も他といっしょだが、

「亡《の》うなった平手のじぃが、よう貴様のことを庇《かば》うておったわ。へたれにはへたれの道がある、とな」

　織田の家の次席家老で、信長の傅役だった平手中務丞政秀の言葉を引き合いに出して、言ったりする。

「おまえも、じぃには可愛がってもろうたろう……槍や刀のかわりに、茶の湯だの連歌だのを教えてもろうたとか」

「はい。あれこれ、手ほどきをしていただきました」

「何とも女々《めめ》しい話じゃが、おまえは憎めん」

　あとは目顔《めがお》で「仕方のないやつだ」と言って、口辺に笑みを浮かべている。

　だからといって、むろん源吾も、安心はしていない。

　兄者はふしぎな御仁《ごじん》じゃ。仏のごとく、機嫌良く笑《わろ》うておられたと思うたら、ちぃと後ろを向いて、顔をもどしたとたん、それが鬼面《きめん》と化している。鬼だの修羅《しゅら》だの形相《ぎょうそう》となり、親族や家臣のだれかれをよびつけては、怒鳴り散らす。ときには殴る蹴る、刀を振りあげたりもするのである。

　いずれにしても、兄弟間の醜い争い事はもうご免だ、と源吾は思う。

　信長が信行の喉を突き、信行が口から血反吐《ちへど》を噴きだす。そして信長の側近たちの手にかかり、その身をなますのように切り刻まれる……あの日の光景を、源吾はいまも、夢にまでみるのだ。

　それもこれも、武門の家に生まれたればこそのこと。されば、いっそ、どこぞのお寺さまへ駆け

こんで、仏弟子となり、頭を丸めてしまおうか。

じじつ、信長の「実弟殺し」の一件があって以来、源吾は、これも政秀に薫陶《くんとう》を受けた禅道《ぜんどう》に励むようになった。一人、坐禅を組んで、心を無にする。そのあと、茶を点《た》てて、みずから喫するなどすれば、心身ともに癒され、精気のようなものが甦《よみがえ》ってくるのである。


そうして茶の湯や連歌、禅などにいそしみ、ずるずると日を送るうちに齢十四、源吾は元服の時を迎えてしまい、名を「長益《ながます》」とあらためることとなった。信長をはじめ、周囲の者のあいだでは依然、幼名の源吾で通されてはいたが、もはや剃髪《ていはつ》・出家の道はとざされた、と言って良い。

そんなおりもおり、日本の合戦史上に残るほどの大戦《おおいくさ》があった。というより、普通では考えられない奇跡的な出来事であった。

戦闘は戦闘だが、尾張国の、それも半国しかもたぬ無名の一大名が、駿河、遠江《とおとうみ》、三河の三国を領し、「海道一の弓取り」とよばれた大々名を討ち破ったのだ。

勝者は源吾長益の兄の織田信長、敗者は足利将軍家の縁戚でもある今川義元である。

しかも、であった。今川軍は二万とも三万ともいわれ、立ち向かう織田軍は、たったの二千。十倍以上の差があった。まったくの無勢にも拘《かか》わらず、多勢を打ち負かしたのだ。

時に永禄《えいろく》三（一五六〇）年の五月十九日。世にいう「桶狭間《おけはざま》の戦い」が、これである。

それは、いかなる戦いだったのか。

その具体的な様子を源吾は、じっさいに桶狭間におもむき、戦さ場に立った平手五郎右衛門《ごろうえもん》久秀《ひさひで》から聞いた。亡くなった平手政秀の長男だ。年のころは三十前後で、二十七歳の信長より少し年上か、父の政秀に似て、顔立ちなどは温厚ながら、芯の強い、無骨《ぶこつ》な人柄である。

「戦さの前日、義元どのひきいる今川勢は駿府を発ち、国境《くにざか》いを越えて、尾張の沓掛《くつかけ》城へはいり申した」

と、久秀は話しはじめた。

「駿府を出たときには、兵の数一万だったものが……行軍するうちに遠江、三河の兵がくわわり、沓掛にいたった時分には、二万、いや、三万にふくらんでいたのでござります」

一万でもすでに、大軍勢といえる。それが二万、三万ともなると、まだ本物の戦さというものを知らない源吾などには、想像もつかない。

「義元どのは京をめざしていたのだとの噂もあり申すが、とりあえずは、わが殿、信長公を倒して、この尾張国を手に入れんとしておったようです」

尾張における今川方の拠点は沓掛、鳴海《なるみ》、大高《おおだか》の三城。これに対して、信長は城をかまえず、丹下《たんげ》、丸根《まるね》、鷲津《わしづ》など、五つ六つの砦を今川の諸城に対峙する格好で築いた。

「口惜しいかな、緒戦《しょせん》はやはり、数のうえでまさる今川勢の圧勝でござりました」

義元指揮下の本隊のみならず、ほうぼうに別動隊、遊撃隊を送ることが出来たせいでもあるが、

「いちばんに活躍したのは、松平元康《もとやす》どのでござりまする」

と、久秀は言う。

元康はおのれの手兵を引きつれ、十九日の夜明け前に織田方の丸根砦を急襲して落とし、義元の本隊が向かう予定の大高城に兵糧《ひょうろう》をはこび入れる、という大役もはたした。

元康は竹千代《たけちよ》とよばれた幼少のころから、たいへんな辛酸《しんさん》をなめてきている。

彼が生まれる前後、松平の一族は西三河一円を支配下におき、織田方ばかりか、今川をも寄せつけぬほどの勢力をほこっていた。ところが武勇の誉れ高い祖父の清康《きよやす》、さらには父の広忠《ひろただ》もまた、ともに配下の者に暗殺され、松平の家は急速に衰退してしまう。

遺された幼子《おさなご》、竹千代の身柄は人質として駿府の今川方に引きとられることとなった。それが護送される途次、織田方に奪われ、尾張へと連れ去られる。

「それがしも一、二度、父・政秀ともども会《お》うたことがござり申すが、いまだ齢六つとはいえ、眼光するどく負けん気……それでいて思慮ぶかく、賢そうなお子に見えましたな」

「……わたくしも憶えている」

と、源吾長益は口をはさんだ。彼はしかし、当時一つか二つ、まだ物ごころも付いてはいない。記憶の片鱗《へんりん》すらも残るはずがないが、おそらく乳母か傅役あたりから聞いたものであろう。ただ、現実におのれが目《ま》のあたりにしたかのように、くっきりとその光景が頭の隅に焼きついているのだ。

そこは、那古野《なごや》の城下であった。

例によって奇天烈《きてれつ》な格好をした少年・信長が、近くの民家の庭から奪ったとおぼしき熟し柿を、尖《とが》った棒の先に刺して、

「さぁ、おぬし、取って喰え」

と、正絹《しょうけん》の服を身にまとった童《わらわ》のほうに向け、差しだしている。見るからに良家の子弟らしい童は少しためらい、困惑していたが、付き人に、

「織田家のご嫡男、三郎信長ぎみでござる」

と耳打ちされて、黙ったまま柿をつかむと、かぶりついた。――

源吾が自身の記憶のように感ずるのは、いかにも兄者らしい話ではないか、と思うのと、相手の童がかつて三河国に君臨した松平家の御曹司《おんぞうし》だったこと。自分と同じく、五、六歳にして父親を失ったこと。そういう竹千代に興味を抱き、共感し、なにがなし惹かれるものさえ覚えたからであろう。

ほどなく松平竹千代は、義元が安祥城を襲ったさいに捕らえた信秀の庶子《しょし》・信広と「人質交換」のかたちで、今川のもとへ行き、そこで十四年の歳月を送った。

義元立ち会いのもと、無事、元服もすませている。そのおりの諱《いみな》は元信《もとのぶ》だったが、のちに義元の許しを得て、元康と変えたのである。

ともあれ、丸根砦での元康ら松平隊の攻勢につづき、鷲津砦のほうも別の今川勢が平らげて、本隊の義元は上機嫌であった。

好事《こうず》、魔《ま》多し。その緒戦の勝利こそが、結果的には今川方の生命《いのち》取りになった、とも言えなくはない。

「そうでなくとも圧倒的な大軍をひきい、自軍優勢と見て、義元どのは油断していたのでもありましょう」

久秀は語りつづける。

他に兵を割《さ》いたから、大高城に向かう途中の桶狭間には、五千ほどの将兵しか残さなかった。それでもなお、織田勢二千の倍以上にはなる。ただし今川方は、郷主《ごうしゅ》や地侍《じざむらい》、百姓上がりの雑兵《ぞうひょう》といった寄せ集めの軍隊でしかない。

対するに信長のもとには、若年のころより彼の身近くにいて「合戦ごっこ」などに興じていた精鋭がそろっている。

「それより何より、それがしなぞには、天が信長公にお味方したとしか思われませぬ」

その日、十九日の朝、清洲の城で「敦盛《あつもり》」を吟じ、舞ったあと、ただちに信長は出陣した。当初、先頭を行く彼につづいたのは、五騎の小姓衆と雑兵のみであったが、正午までには後続の将兵のすべてが追いついた。

一行は敵方の鳴海城を避け、迂回《うかい》するかたちで田楽《でんがく》ヶ窪《がくぼ》（田楽狭間）から桶狭間山へ。文字どおりの狭間——隘路《あいろ》である。

こともあろうに、その桶狭間山の中腹で義元は休息し、昼餉《ひるげ》をとることにした。

「これがまず、今川方の大きな失策でござり申した」

したがう兵は五千になっていたが、それが二万、三万であったとしても、同じことだろう。兵の一人二人が、かろうじて通れるくらいに狭い山道を休憩、昼食の場としたのだ。

もしや天上から眺めたならば、緩《ゆる》い帯か、あるいはまさに長蛇《ちょうだ》——長い蛇の首や胴、尻尾《しっぽ》がとぐろを巻いているように見えただろう。

これを信長の兵たちは奇襲によって、分断しにかかった。しかも、である。

「ふいにあたりが暗くなったと思いきや、霰《あられ》まじりの凄《すさ》まじい雨が降ってきたのです」

時季は五月も半ばすぎ。新暦ならば六月の末、梅雨《つゆ》の盛りでもあり、降雨は考えられるとしても、それが霰まじりの氷雨《ひさめ》であったとは……久秀から話を聞いているだけの源吾にも、今川方の将兵らのうろたえぶりが眼に見えるようであった。

「その雨が上がったと見るなり、信長公は采配をとり、下知《げち》なされました」

信長は、こう叫んだという。敵は大兵といえども、長の夜道を歩き通して疲労困憊《こんぱい》している。あまつさえ、この猛雨で、右往左往している。

「これぞ、天の恵みではないか。敵は疲れた古手《ふるて》の兵。比ぶるに、われらは新手《あらて》の兵ぞっ」

寡兵《かへい》なりとて、負けはせぬ、崩れはせぬわ。

「……さように申されてから、他はかまうな、狙うは一つ、大将の首じゃ」

義元の本陣をさがせ、と信長は命じた。

時ならぬ豪雨と敵の奇襲。動転した今川勢はもろく、隘路のそこかしこで逃げ惑い、見る間に崩れていった。それこそは赤子の手を捻るようなもので、後方にいた平手久秀ですらも、三、四人の敵を斃《たお》し、手柄を立てたらしい。

未《ひつじ》の刻（午後二時頃）。ついに義元の旗本は二百騎足らずとなり、信長方の近侍《きんじ》衆とほぼ互角となったが、

「信長公のまわりを固めたのは、若手の強者《つわもの》ばかり……公みずから馬より下り立って、槍をお取りになられた」

その効果は絶大で、信長方は勢いに乗り、義元の側近たちは一人、二人と減っていく。ここぞ、と見てとり、信長の馬廻《うままわ》り、服部小平太《はっとりこへいた》が大太刀をふるって義元に襲いかかった。義元とても、しかし、相応に腕に覚えがある。小平太は膝小僧を斬られて倒れかかったが、

「その脇を抜けるようにして、立ち現われたのが、毛利新介良勝《しんすけよしかつ》でござり申した。日ごろより力自

慢の新介、義元どのを地に組み伏せて、その首を刎《は》ねたのです」
総大将の首級《しゅきゅう》を取られたのだ。今川の兵たちの戦意は、たちまちのうちに喪失する。文字どおり、雪崩《なだれ》を打った勢いで敗走をはじめ、いっきに片が付いていた。

四

さて、松平元康は大高城で戦闘の準備をととのえていた。その最中に、今川勢の敗北を知ったのだ。彼はいそぎ同城を出ると、本拠地の岡崎の城へと逃れ、そのまま動かず、じっと静かにしていた。

そんなふうに元康は、しばらく「様子見」の姿勢でいたが、義元のあとをついだ今川氏真《うじざね》は、いっこうに反攻に出ようとはしない。

信長が清洲の本城へと引きあげたのを待って、ようやく元康は動きだし、氏真に離反。今川方に占領されていた元の松平方の城を、片端《かたはし》から奪いかえしていった。

そのうえで信長と会見し、おのれと同じ幼名をつけた嫡男・竹千代に信長の長女・徳姫をめあわせる約定《やくじょう》をかわして、同盟をむすんだのである。

それが「桶狭間の戦い」から二年をへた永禄五（一五六二）年のことで、さらに四年後の同九年、上野国《こうずけ》新田《にった》氏ゆかりの遠祖「得川《とくがわ》」にちなんで、徳川と改姓、名のほうも家康とあらためた。

いずれ、こうして、織田勢にとっての東方の脅威は去った。

残るは西北の美濃のほうである。

信長が実弟の信行や柴田権六らと干戈《かんか》をまじえた「稲生の変」の起こる少しまえ、同じ弘治《こうじ》二（一五五六）年の四月、信長の岳父《がくふ》たる斎藤道三は息子の義龍《よしたつ》と長良川《ながら》で対戦、あえなく討ち死にしてしまう。

信長は道三を救援しようと出陣するが、その留守に乗じ、岩倉城の織田信安が義龍と通じて挙兵し、急きょ、兵をもどさねばならなかった。

その後、義龍が三十五という若さで病死し、まだ十四歳の虎丸が龍興《たつおき》と名のって当主の座についた。

永禄四年のことであるが、信長からすると、美濃を攻略し、平定するに絶好の機会であった。

じじつ、義龍の没後数日とたたぬうちに、信長は美濃に兵をくりだしている。局地戦ではあったが、斎藤氏の本拠地・稲葉山城の要衝《ようしょう》、墨俣砦《すのまた》を襲って、陥落させるなどの戦果をあげている。

そして、そのおりの戦いが織田源吾長益の初陣《ういじん》となった。

齢十六のときのことである。

勝利こそはしたものの、墨俣砦の攻防戦は相応に熾烈なものとなった。

敵の斎藤勢ばかりか、織田勢にもたくさんの死傷者が出た。信長が、斎藤方の本城の稲葉山城を目前にしながら、深追いを避け、いったん全軍を撤退させたのも、一つにそれがためである。

そういうなかで、源吾長益は「へたれ」の綽名《あだな》を地で行く弱腰ぶりを遺憾《いかん》なく発揮した。

「殺《や》らねば、殺られまするぞ」

さきの平手五郎右衛門久秀をはじめ、周囲の皆に言われていたので、そうそう逃げまくるわけに

もいかない。いかにも高価そうで他より目立つ長益の鎧兜《よろいかぶと》に、敵方の兵たちは、

「あれこそは、織田の大将なるぞ」

少なくとも大将格と見て、どっと押し寄せてくる。それらの兵を相手に、長益は、

「いぇい、いぇい、いぇーいっ」

女子《おなご》もどきの金切り声をあげながら、滅茶苦茶に槍を振りまわした。もとより相手の大半は百姓上がりの雑兵で、さほどに手ごわい者はいない。

おかげで長益は何人かを倒したが、いずれも浅傷《あさで》で、一度は地に伏しても、またぞろ、むっくりと起きあがっては、ふたたび彼をめがけて突進してくる。

それに対処するのが、長益付きの家来たちである。だれもが初陣の主《あるじ》・長益に手柄を立てさせようと、わざと手出しせずにいるのだが、そう容易にはいかないのだ。

長益の身を守るばかりではなく、傷ついた敵兵を仕留《しと》め、とどめを刺す役目もつとめねばならないのだった。いわば「へたれの主人の後始末役」である。

そのうちに、疲れはてた長益は、

「いっときたりとも、この修羅の場を逃れん」

と、部下たちの奮迅《ふんじん》を尻目に、ひとり、脇にしりぞこうとした。ところが、間のわるいことに、あたりの地面がぬかっていた。濡れた下草《したくさ》に脚絆《きゃはん》を引っかけ、長益はあおのけに転んで、尻餅をついた。

さいわい敵には気取《けど》られず、襲われはしなかったが、尻の骨をしたたかに打ったとみえ、その後しばらくは何かに触れるたびに臀部《でんぶ》が痛んだ。

それにしても、将たる者が戦さ場から逃れようとし、みずから滑って転ぼうとは……まさしく、笑いぐさ以外の何ものでもなかった。

そんな弟の噂を聞いて、信長は一瞬、不機嫌な顔をしてみせたが、すぐに噴きだしたという。

「駄目だな。あやつには前線は向かん」

そうつぶやいて、源吾長益を、今後は後方の輜重《しちょう》隊のほうにまわすことにした。

荷物や兵糧の運搬掛《がかり》である。よほどのことがない限り、敵と干戈をまじえることはない。

武士としては恥辱そのものだが、それと知らされて、長益自身は、

「兄者……三郎大兄《おおあに》さま、かたじけない。感謝しておりまするぞ」

手をたたいて喜んだ。


源吾長益の初陣がどうであったかはともかく、信長はこの墨俣砦での勝利により、美濃における織田方の地歩《ちほ》をかためた。

そうして、その後もいくどか出兵したが、本格的に斎藤氏の本拠地、稲葉山城を攻めたのは、永禄七（一五六四）年夏のことである。

きっかけは「美濃三人衆」とよばれた稲葉伊予守《いよのかみ》、氏家卜全《うじいえぼくぜん》、安東伊賀守《あんどういがのかみ》の「寝返り」にあった。

「信長公にお味方すべく、しかるべき人質を差しだし申す。どうぞお受け取りそうらえ」

といったことがしたためられた書状をもとに、信長は動いた。

結果、八月半ばには稲葉山城を陥落させて、年若き城主・斎藤龍興は敗走、越前の朝倉義景《よしかげ》のもとへと身を寄せることとなった。

五

長益がお市の方と出くわしたのは、墨俣での初陣から帰還して、まもないころだった。

秋日の昼下がり、信長の居城・那古野《なごや》城下の郊外でのことだ。長益は城からの帰路、そぞろに野の道を歩いていて、道端に咲く花の一叢《ひとむら》に眼をとめた。

草茎の丈は二尺（約六十センチ）、ほっそりとして、小さな薄紫の頭状花《とうじょうか》をひらかせている。

「よめな、か」

嫁菜――野菊である。

あまりの可憐《かれん》さに惹かれ、取って帰って、兄・信長からあたえられたおのれの小館の戸口にでも飾ろうか、と長益は思った。

この時代、茶の湯つまり茶道も、しかるべき茶室で相応の所作や礼儀をもってする「わび茶」ではなく、ふつうの書院で点てて味わう、おおらかなものであった。

華道、生け花のほうも、その作法のほどはまだ確立されてはいない。ただ唐物《からもの》や紫香楽《しがらき》などでつくられた美麗な陶器に水を入れ、そこに一輪、あるいは数輪の生きた花を挿《さ》す。そうして、その花器を屋敷の玄関や床の間におく程度のものである。

しかし、さきに切腹して果てた平手中務丞政秀に、さまざまな数寄事《すきごと》を学んだ長益は、いずれにも興味を抱きつづけている。
二、三本、根もとを手で千切《ちぎ》って持ち帰ろうと、長益は袖口をまくり、手をのばしかけた。その

とき、

「なりませぬ」

背後で、凛《りん》とした女人《にょにん》の声が聞こえた。

「手折《たお》っては、なりませぬ」

ふりかえると、きりりとした顔立ちの端麗《たんれい》な娘が、侍女を一人したがえて、立っていた。

「お市の方さま……お市姉《あね》さま」

見誤りなどはしない。長益の全姉妹どころか、織田一族、親類縁者や家人のすべての女性《にょしょう》のなかでも、抜きんでた美形なのだ。

いかにも賢そうな、切れ長の眼。鼻すじが通り、小振りで薄い貝殻のような唇をしている。その口から発せられる声音も、歯切れは良いが、妙な強さはなく、鈴の鳴るようであった。

「高野のお山をおつくりになった弘法大師さまが、おっしゃっています。人はもとより、獣や虫、花や草木にも……生きとし生けるもの、すべてに御仏《みほとけ》が宿っておられる、と」

だから、むやみな殺生《せっしょう》はならぬ、ということであり、それは野の花や草、木々にも当てはまる。

「大師さまは、ほんらい生命《いのち》のないはずの土や石、砂にすらも、仏さまが息づいていると、お教えなのですよ」

黙って聞きながら、長益はこれまでのお市との数少ない「触れ合い」の時を、脳裏によみがえらせていた。

ともに天文十六（一五四七）年の生まれだから、当年とって十六歳。同い年であったが、誕生月は、お市のほうが少し早い。ために「姉さま」などとよんでいるのだが、それぱかりではなかった。

織田家の子らは、同じ兄弟姉妹とはいえ、母方の立場や身分をおもんぱかると、相当な差がある。信長と、三年前の永禄元（一五五八）年、他ならぬその信長によって謀殺された信行、さらに信長より四つ下の信包――この三人は、父が織田信秀、生母は土田御前で、「同腹」の兄弟である。

そして彼らよりずっと遅れて、同じ土田御前の腹からお市が生まれたのだ。長益と同じで、嫡男・信長とでは十三のひらきがある。

基本的に、信長は女性には優しい。大きく歳の離れた同腹の妹となれば、なおのことで、久しくおのれの居城の那古野において、可愛がった。源吾長益のことも、

「うつけにへたれか……これは、なかなか良い取り合わせよのう」

などと言って、信長は弟の弱腰ぶりを容認してはくれたが、その親近の様子は、お市に対するほどではない。

だいいちに、長益の生母は豪農とはいえ、ひっきょう領内の百姓家の娘でしかなかった。彼としては、由緒ある武家の出の正室を母にもつ信長に頭が上がらぬのと同様、お市のまえでも、つねにへりくだった態度でいるのだ。

だからこそ、信長を「大兄上」とよび、お市のことは「お市の方さま」、もしくは「お市姉さま」とよぶのである。

じっさいに幼少時から、お市には、どこか近寄りがたいところがあった。

たとえば、たがいに五歳の幼児にすぎなかったとき、父の信秀が亡くなった。菩提寺の万松寺でおこなわれた葬儀の席には、二人とも参列し、お市は源吾長益のすぐまえに居た。

白無垢《しろむく》の喪服姿で、折り目正しく座していて、微動だにしない。長益もやはり、正装の羽織袴《はおりはかま》を身につけていたが、何やら窮屈だし、落ち着かないでいた。でも、お市姉さまは平気でいる……そう思い、かしこまって、堪えつづけるほかはなかった。

そんなところへ信長が、茶筅髷のざんばら髪に寸足らずの湯帷子という風体で立ち現われ、祭壇前におかれた抹香をつかみとるや、あたりに撒きちらしたのである。

一同、大騒ぎになり、葬儀どころではなくなってしまった。お市もまた、驚きの表情は見せたものの、束《つか》の間《ま》で、あとは周囲の大人以上に恬淡《てんたん》とし、沈着でいた。

すでにして目鼻立ちはととのっていたが、それこそ源吾長益は、

「可憐さのなかにも、威厳がある」

と、幼心《おさなごころ》にも感じ入ったものだった。

それから八年、ともに十三歳の秋、信長の弟・信行殺害の現場には、お市は居あわせていない。枕頭によびだされたのが、男の兄弟に限られていたからだが、あとになって彼女は事実を知らされた。お市は、

「……ああ」

と、ため息をついて、宙をあおいだ。そうでなくとも透き通るように白い肌が、いっそう白く、あおざめて見えたそうだが、すぐに元にもどり、泰然《たいぜん》としていたという。

自死するまえの平手政秀に一度、二人して茶の湯の手ほどきを受けたこともある。

政秀があれこれと教えているあいだ、長益はじっと口をつぐんだままでいたが、お市はといえば、「お点前《てまえ》とは、いかなることですか」とか、「お茶の碗は、どのように持ったら良いのでしょう

か」などと、政秀を質問攻めにしていた。

長益としては、お市の聡明さをあらためて思い知らされた気がしたが、衝撃的な出来事をまえにしたときには、つとめて冷静に振るまおうとし、平生、逆に愉《たの》しくすごすおりなどには、夢中になって饒舌《じょうぜつ》になる……わが姉ながら、何ともふしぎな女人ではないか、とも思ったものである。

「源吾……いえ、長益どの。このたびは美濃の稲葉山の砦にて、初戦《はついくさ》にのぞまれたそうな」

「………」

突然に切りだされて、長益は慌てふためいた。自分が戦さ場から逃れようとしたり、そのさい、無様《ぶざま》にも下草に足を取られて転倒してしまったことなど、きっと、お市の耳にもはいっていよう。

長益は羞恥をおぼえ、

「墨俣では、みっともない仕儀《しぎ》におよびました」

みずから口にして、頭をかいてみせた。お市はしかし、笑うでもなく、かといって叱るでもなく、

「それで、よろしいのです」

いつに増して、静かな口調で言った。

「武《ぶ》の家《いえ》に生まれたわたくしですが……さきにも申したように、殺生沙汰《ざた》は好みませぬ」

「戦さに、殺生は付きものですが……」

「それは、存じています。女子《おなご》に生まれて有り難かった、と思いますもの」

たしかに羨《うらや》ましい、と長益は思ったが、それは言葉に出さなかった。

「でも、良かったではありませんか」

「はっ？」

「三郎兄さまに聞いています」

いまだにお市も、信長を幼名でよんでいる。

「長益どのは戦さ場の先頭ではなく、後方ではたらくこととなった……それも輜重《しちょう》と申すのですか、兵糧や荷駄をはこぶお役についた、とか」

「ええ。まぁ、有り難いことに」

最前のお市と同じことを言いかけて、

「いえ、お恥ずかしいことに」

「何も恥ずかしがることはありませぬ。三郎兄さまは三郎兄さま、長益どのは長益どの、ですもの」

それぞれの器《うつわ》にあったお茶を点てれば良い、と告げて、お市はふっと口もとをほころばせた。

「でも、兄さまの器には、表と裏、ちがった彩り《いろど》があるようで……」

ふたたび真顔になったお市を、長益はじっと見つめかえした。大兄・信長には、二つの顔がある。そう、残忍さの裏側に、御仏の顔もあるのだ。が、そちらは滅多に見せない。見せても、ごく短い、刹那《せつな》のことで、またたくまに鬼や修羅にもどる。

お市も、それに気づいているのだ。そうと察して、

「こんなことを申しては何ですが、桶狭間にて今川義元を討ち破り、今また美濃国を掌中にしようとしておられる……大兄さま、それでご増長《ぞうちょう》されなければ、よろしいのですが」

「同感です。自惚《うぬぼ》れは、ときに生命《いのち》取りにもなります。兄さまと会うたび、わたくしも遠まわしに、

それと諭《さと》しているのです」

だが今の信長に、何を言っても無駄だろう。それほどにも舞いあがっている……まさしく、飛ぶ鳥を落とす勢いでいるのだ。

長益とお市は黙って苦笑し、ただ眼と眼を見かわして別れた。

それきり城中でも街なかでも、二人が出会うことはなかった。

翌年の春、齢十七になったお市は、北近江の有力大名・浅井長政《あざいながまさ》のもとへ、正室として嫁《とつ》いでいったのである。

長益もすでに、さきの平手政秀の娘をめとることに決まっていたのだが、異母姉・お市への恋慕《れんぼ》にも似た感情は彼のなかで、いつまでも冷めないでいた。

お市が那古野の城をあとに、琵琶湖の北方にある浅井氏の本拠地・小谷城《おだに》へと向かう朝、長益は物陰に隠れて、ひそかに嫁入りの行列が立ち去るのを見守っていた。

もしや、これが永劫《えいごう》の訣《わか》れになるやもしれぬ……そう思うと、長益はおのずと目頭《めがしら》が熱くなるのを感じた。

手折っては、なりませぬ。耳裏には、なおも響きつづけている。凜とした、その声が。

第二章　「麟」か「天下布武」か

一

「海道一の弓取り」といわれた今川義元を桶狭間に斃《たお》し、道三《どうさん》・義龍《よしたつ》亡きあとの斎藤家当主となった龍興《たつおき》をくだして、美濃を制した。地元・尾張はとうに統一している。勢いに乗る織田信長は、足利義昭を擁《よう》し、彼を将軍職にすえるべく、居城としていた岐阜を発し、一路、京をめざすこととなった。

永禄十一（一五六八）年九月のことである。

信長と義昭、この二人の上洛《じょうらく》は、もとはといえば三年前の永禄八年五月、足利家第十三代将軍・義輝《よしてる》が、当時の京を牛耳《ぎゅうじ》っていた三好《みよし》三人衆（三好長逸《ながやす》、三好政康《まさやす》・岩成友通《いわなりともみち》）らに急襲され、自刃《じじん》に追いこまれたことに帰因する。

この直後、奈良の興福寺にいた義輝の実弟・一乗院覚慶《いちじょういんかくけい》も捕縛されて、同寺にとじこめられていた。それが、義輝の近臣だった細川藤孝《ふじたか》らによって救出され、脱走する。

覚慶は近江国甲賀《こうが》郡の和田惟政《これまさ》の居城にしばらく滞在したのち、同じ近江の野洲《やす》郡矢島村の在所（矢島御所）に身をおく。その間に彼は還俗《げんぞく》して、義秋《よしあき》と名のり、

「われこそは、足利将軍家の正統な血すじを有する。つぎの将軍としてふさわしき者は、われ一人である」

諸大名に宣言した。そして上洛供奉《ぐぶ》——後《うし》ろ盾《だて》となって、ともに京に上り、室町幕府を再興してくれる大名をつのった。

じっさい、越後の上杉謙信をはじめ、各地の名だたる武将らに、つぎつぎと文《ふみ》を書き送って、はたらきかけたのだが、かんばしい答えは得られないでいた。

唯一さだかな返信を寄こしたのが織田信長で、義秋に近侍《きんじ》していた細川藤孝あての書状に、こう記している。

「たびたび御請《う》け申し上げ候《そうろう》ごとく、上意しだい不日《ふじつ》なりとも御供奉の儀《ぎ》、無二《むに》その覚悟候」

そのころ信長は、領内の寺院への安堵《あんど》状などに、麒麟《きりん》の「麟」の文字の花押《かおう》をもちいていた。麒麟は龍と同じく、古代中国で考えだされた想像上の動物で、

「世が安泰で、よく治まっているときに現われる」

といわれる。つまりは前将軍・足利義輝の謀殺に触発され、さようなことがあってはならぬ、と彼なりの正義感を抱き、それゆえに信長は義輝の実弟・義秋を支援する気持ちになったようだ。

ところが、不日——いつなりと供をする、と約しはしたが、信長はその時分なおも、美濃の斎藤

龍興、彼を支持する国人《こくじん》や土豪《どごう》らの抵抗に手を焼いていた。とても、義秋の供奉をする余裕などはなかった。

そこで義秋は、昔から足利家とは縁の深い越前の有力大名・朝倉義景《よしかげ》を頼ることにした。以前から招聘《しょうへい》されていたという事情もある。細川藤孝らをしたがえて訪ねてゆき、一乗谷《いちじょうだに》の朝倉館では歓待された。

しかし義景もまた、私事に忙殺《ぼうさつ》されていて、いっこうに立ちあがってくれようとはしない。

そのうちに京では、三好三人衆が画策して、義秋の従弟《いとこ》にあたる阿波公方《あわくぼう》・義栄《よしひで》を第十四代征夷《せいい》大将軍の地位につけてしまう。それでも、義秋はあきらめなかった。

天正十一年の四月、前関白の二条晴良《はるよし》を京より一乗谷にまねき、三十二歳にして正式に元服し、名を「義昭」とあらためる。そしてその秋には、ついに美濃を完全に掌握した信長の協力を得て、上洛の途《と》につくのである。

このとき、義昭の背後で動き、彼と信長とをむすびつけ、両者を対面させる役目をはたしたのが、さきの藤孝と明智十兵衛尉《じゅうべえのじょう》光秀の二人であった。

かつて明智一族は斎藤道三に仕えていたが、そもそもの出自《しゅつじ》は、ほんらいの美濃の守護たる土岐《とき》氏（源氏）の一族。まぎれもない名家出身であるにも拘《かか》わらず、父・道三と対立して勝利した龍興に美濃を追われる。

長年にわたる流浪のすえに越前へとたどり着き、義景にその力量をみとめられ、食客《しょっかく》待遇で身をおくこととなった。

いっとき光秀は京で将軍・義輝に仕えていたこともあり、藤孝とはかねて面識があった。しかも光秀の叔母は、道三に嫁《とつ》いだ小見《おみ》の方《かた》。その娘が帰蝶《きちょう》、のちの濃姫《のうひめ》であり、政略結婚により信長の正室となっていた。濃姫は光秀の従妹《いとこ》であり、幼なじみだったのである。

そうした事実も、藤孝と光秀が義昭の影となってはたらくのに、おおいに役に立った。

さて、のちの織田有楽斎こと、源吾長益である。

彼は兄・信長の美濃攻めでは、一貫して後方の輜重《しちょう》隊の指揮をまかされていたが、上洛にさいしては、信長の計らいにより、後発の足利義昭の身辺を警護する織田方の将の一人に抜擢《ばってき》された。

「へたれ」の自分に、何故《なにゆえ》、そのような役を……と当初、長益は首をかしげたが、出立前、長益ら弟たちをあつめた席で、信長は豪語していた。

「わしが先発して大兵をひきつれ、牙を剥《む》いてくる者どもを片っ端から薙《な》ぎたおしておくわい」

要するに、自分と義昭に敵対する者、行く手をはばむ者を一掃し、安全になったところを、後続の義昭ら一行が通ればいい、と考えていたようだ。

もっとも義昭の近辺にも、はえぬきの強者《つわもの》をそろえて配した。なかに武辺ばかりか、遊芸《ゆげい》にも優れた二人がいて、それが細川藤孝と明智光秀であった。

さきの弟らとの宴《うたげ》の折り、信長は、

「藤孝に十兵衛光秀……数奇者《すきもの》同士じゃ。そなたとは気があうやもしれぬぞ」

そっと長益に耳打ちして、彼らに同道させることにしたのである。

細川藤孝は室町幕府の幕臣・三淵大和守晴員《みつぶちやまとのかみはるかず》の二男として生まれたが、六歳のとき、十二代足利将軍・足利義晴《よしはる》の命により、細川播磨守元常《はりまのかみもとつね》の養嗣《ようし》となり、幼少期には、朝廷の外記《げき》をつとめた母方の舟橋《ふなばし》氏にあずけられた。

先々代の足利義輝、そして今は義昭に尽くし、忠節無比の武人だが、その舟橋家の環境が、彼をして有職故実《ゆうそくこじつ》や和歌に詳しい教養人に育てあげたらしい。

年のころは三十半《なか》ばで、四十すぎの光秀よりも五つ、六つ若い。が、まだ二十歳《はたち》をいくつか超えたばかりの長益からすれば、どちらも大先達《だいせんだつ》である。とくに藤孝には、もともと将軍側近の家柄というせいもあるのか、どこか近寄りがたいところがあった。

光秀もまた、古典や歌道をたしなみ、茶の湯のみちにも親しい。しかも明智一族の滅亡に諸国流浪、といった苦労を重ねたこともあってか、物腰がやわらかく、若い長益が相手でも、気さくに話に応じてくれた。

行軍《こうぐん》のさなかである。義昭の主従全体としての大がかりな茶会こそはなかったが、個々別々に少人数での茶の席をもつことはゆるされた。そんなおりに長益は、十兵衛尉光秀と二人きりで間近に語りあう機会を得た。

「十兵衛どの、遊芸の話ではのうて、恐縮ですが……」

光秀の点《た》てた茶を喫し終えたあとで、長益はおもむろに口にしていた。

「大兄《おおあに》さまはかつて、兄の公方さまが横死《おうし》なされたころには、麒麟のうちの一文字『麟』を、ご自身の朱印とされていました」

それが昨秋、龍興勢の残党までも討ちほろぼして、美濃を完全に手に入れたときから、「天下布《ふ》武《ぶ》」と変えた。

「麒麟は安らかな世をかたどっているはず……天下に武を布《し》く、とは、まるで逆のことになるのではないですか」

「…………」

黙したままに、光秀は微苦笑を浮かべた。

「武辺・武道、つまりは力をもって、天下国家を治める。それがしには何やら、怖い気がしてならぬのです」

「長益さま」

と、いつもどおりの敬称で、光秀は長益をよんだ。

「たしかに武とは力……ときには人を傷つけ、殺《あや》めることになりまする」

一呼吸おいてから、

「しかしながら、向かってくる敵は倒さなければ、おのれが倒される。そして、どちらかが相手を倒し、勝利しなければ、世は乱れたまま、治まることがござりませぬ」

それでは何事もはじまりますまい、と光秀は言った。

「さよう。麒麟の立ちあらわれるという泰平の世も、来ることはないのです」

こんどは長益が口をつぐむ番だった。

明智十兵衛尉光秀――茶の湯に連歌《れんが》、古典にも造詣《ぞうけい》の深い無類の文人だが、刀槍も馬術も、南蛮渡来の鉄砲の技にまでも通じているという。まさに文武両道。「文優武劣」のきわみである長益としては、ここはもう、何も言いかえすことが出来なかった。


信長は長益らに、自分が先陣を切って、義昭の上洛をさまたげる者を薙ぎたおしてゆくと断言したが、現実には相当に用心ぶかく、周到《しゅうとう》に事を進めた。

とりあえず美濃は治めたものの、伊勢や、京師《けいし》への通りみちとなる近江も、まだ手つかずの部分が多い。信長はその両国の有力者たちを一人ずつ説伏し、聞かぬ場合は力ずくで落としていった。

昨永禄十年には、三好三人衆と袂《たもと》を分かった松永久秀父子と和睦《わぼく》して、久秀に大和《やまと》を託し、甲斐《かい》の武田信玄にはその娘を嫡男《ちゃくなん》・信忠《のぶただ》の正室に迎えることを約定。いちばん大きかったのは、三河の徳川家康と同盟をむすび、愛娘《まなむすめ》の徳姫を家康の嫡男《ちゃくなん》・信康《のぶやす》に嫁がせたことである。

そうやって背後をかためたが、なおも刃向かう者は少なからずいる。なかで、もっとも手ごわそうなのが、南近江の六角承禎《ろっかくじょうてい》であった。

「争えば京入りが遅れる」

と考えた信長は、出立前の永禄十一年八月、承禎側の協力を打診した。それを、承禎は拒否。仕方なく、信長は軍備をととのえて、九月半ば、六角氏の支城たる箕作《みつくり》城を攻落した。さらに観音寺《かんのんじ》城へと兵を向けたところ、承禎は城を捨て、甲賀へと逃れてしまっていた。

もはや難敵はいない。そうと判断した信長は、美濃の立政寺《りゅうしょうじ》で待機していた義昭に迎えを出し、上洛をうながした。

かくて信長のひきいる先発隊につづき、義昭ら主従は京に到着。この少しまえ、三好三人衆に担ぎだされた十四代目の足利義栄は摂津富田《せっつとんだ》で急死している。

翌十月、その空席に座し、晴れて義昭は、室町幕府第十五代将軍となったのである。

二

義昭の将軍就任を、その眼で見とどけるや、信長は京都をあとに岐阜の居城へともどっていった。これで、一安心。むしろ留守にしていた自領のほうが案じられる、と思ったのだが、あにはからんや、翌永禄十二（一五六九）年が明けてすぐ、義昭の身辺に一大事が起こった。

信長が不在であることを聞いた三好三人衆らが、義昭が宿所にしていた洛中《らくちゅう》の本圀寺《ほんこくじ》を襲ったのである。

たまたま細川藤孝は義昭の使いに出ていておらず、防戦したのは他の近侍衆と明智十兵衛尉、それに若狭《わかさ》衆、織田衆らの混成部隊で、兵力は二、三千。対するに、三好勢は約六千人で、倍以上になる。

肝心の義昭は数人の小姓のみを連れて庫裏《くり》の奥にひそみ、残された者たちは境内のそこかしこに拠って、敵にあらがい、堂宇《どうう》内への侵入を喰い止めるしかない。

「万が一にも敵が来襲してきたときには、公方を逃し、源吾、そなたも逃れよ」

京を去るまえ、大兄・信長はそう告げていたが、もう、そんな余裕はない。おびただしい敵兵の跫音《あしおと》が近づいてきているのだ。源吾長益はほとんど何を考えるでもなく、近間の灯籠《とうろう》の陰に隠れて、しゃがみこんだ。ふと思い、ちらと本堂脇に立った光秀のほうを見やると、

「貴殿はそれで、よろしいのです」

とでも言いたげに、大きく顎《あご》をひき寄せている。

三好勢は怒濤《どとう》の勢いで外門を討ち破り、本圀寺の境内に突入した。あまりにも兵力がちがう。そのままいっきに押しこまれてしまえば、光秀や長益、他の味方の衆ばかりか、義昭の生命《いのち》すらも奪われてしまいかねなかった。

と、突然、轟音《ごうおん》が鳴りひびいた。光秀がみずから大筒《おおづつ》を放ったのだ。弾は先頭にいた敵兵の頭蓋《ずがい》を撃ち抜き、それを機に、光秀指揮下の部隊の鉄砲も、一斉に火を吹いた。敵兵たちは、つぎつぎと撃ち倒されたが、数にまかせて盛りかえしてくる。

ふたたび義昭主従が危機に瀕《ひん》し、長益もまた、ここは刀をとって、おのれも討ち死にするしかないか、と思ったとき、門外で勇ましい鬨《とき》の声が聞こえた。援軍だった。

急を知った藤孝が池田勝正《かつまさ》、荒木村重《むらしげ》、高山右近《うこん》ら近隣の寺に宿った織田方の将をさそって駆けつけたのだ。これで兵の数は、ほぼ互角。形勢は逆転し、三好勢はたちまちにして崩れ、退却していった。

「……助かった」

長益は灯籠の陰から出て、援軍をひきいてきた藤孝らに感謝するとともに、十兵衛尉光秀の戦《いく》さ場《ば》での活躍ぶりを目《ま》のあたりにして、その勇猛さを思い知らされた。

武を、力をもって敵を制し、治めなければ、何事もはじまらぬ、麒麟の現われる泰平の世も来ない……私的な茶の席で光秀は断じたが、天下とはやはり、そういうものなのであろうか。

「義昭、危うし」との報が信長のもとへもたらされたのは、事が片付こうという頃合いであった。大雪のなか、信長は岐阜から京へと騎馬でいそいだが、間にあわなかった。それでも、義昭の無事

をたしかめて安堵し、

「向後《こうご》、二度と、かようなことがないように」

と、義昭の身の保全のため、烏丸出水《からすまでみず》近辺に「二条御所」と称する砦まがいの堅固な城館を建立、そこへ義昭主従を居住させることに決めた。さらに信長は、応援に参じた細川藤孝らを顕彰《けんしょう》するとともに、第一の軍功をあげた明智光秀を「京都奉行」なる要職につかせた。

京都奉行にはほかに、信長の草履《ぞうり》取りから側近に成りあがった木下藤吉郎秀吉と、毛利元就や朝廷とのつながりをもつ政僧・朝山日乗《にちじょう》らがいた。が、なかでもっとも事務能力が高く、かつ将軍・義昭との繋がりが深いのは、十兵衛尉光秀である。

それだけに光秀にとっては、困らされることが、一つあった。しだいに開きはじめた義昭と信長のあいだの溝《みぞ》――土地の裁量・采配でも、年貢《ねんぐ》の取りたてでも、京師ならびに畿内《きない》の政事《まつりごと》はなべて、義昭が仕切っていたが、それらのどれも、信長の承諾がなければ効力を得られない。

この義昭と信長の「二重政権」を、どうするか。

念願の征夷大将軍に任ぜられたとき、義昭は、信長への感状の宛名を「御父織田弾正忠《だんじょうのちゅう》殿」としたほどに、感謝していた。それがほどなく、おのれが思い描いていた地位や立場とはちがい、

「信長の承諾が得られなければ、わし一人では何もできぬ」

と悟らされたのだ。

義昭は、信長には内証《ないしょ》で、諸国の有力な武将たちに「御下知書《おんげちしょ》」を出しはじめる。

様子に気づいた信長は、義昭の下知書には、ことごとく自分の添書を付け、例の「天下布武」の印を捺《お》すこととした。くわえて永禄十三（一五七〇）年、「五箇条の誓書《せいしょ》」を義昭に突きつけた。

その内容は、「勝手に内書を出さない」「以前に内書で下知したことは、すべて無効とする」「天下のことは信長に任せる」といったことである。

まさに「手も足も出ない」とは、このことであろう。

義昭の近習《きんじゅ》であり、信長の家臣として京都奉行をもつとめる光秀としては、その対立する両者の間に立って、ときに仲介役をせねばならないのだった。


そうして四苦八苦する光秀に、長益はひどく同情し、気の毒にも思ったが、本圀寺での事変を機に、彼は信長のもとへもどされた。

許婚《いいなずけ》だった信長の傅役《もりやく》・平手政秀の三女、お仙《せん》と祝言《しゅうげん》をあげ、兄の居城たる岐阜城近くに小さな館を建ててもらい、人並みに「新婚」の暮らしをはじめたのである。

急きょ入洛して、将軍・義昭の無事をたしかめると、信長はふたたび岐阜に取ってかえし、伊勢松坂の北畠具教《きたばたけとものり》の守る大河内《おかわち》城を攻落したのを皮切りに、南伊勢の征圧にかかった。このとき、信長は長益に対して、

「そなたは、お仙のそばに居よ」

と言って、戦さ場には連れていこうとしなかった。後方の輜重隊の指揮も不要、従軍しなくとも良い、というのである。

お仙がおのれの恩人だった政秀の忘れ形見《がたみ》ということも、たしかにあるのであろう。長益にはしかし、大事な「お役目」がほかにあった。

ある意味でそれは、戦さばたらきよりも重要であったかもしれない。

信長は岐阜でも京師でも、客人がおとずれると、しじゅう長益を謁見《えっけん》の場によびだした。そのころ、茶の湯をもっぱらとする茶匠のみか、商人《あきうど》や各地の大名衆にも、名のある茶道具を愛《め》で、高値で買いとって手もとにおく者が多かった。

信長自身が、そうだった。公家や貴人がよくする連歌や蹴鞠《けまり》などは、うとんじたが、どういうわけか、舞《まい》（能）と茶の湯だけは好んだ。もっとも彼は、理屈の多い作法よりも、道具そのものに魅せられていたようだ。

それと知って、初の入洛時、松永久秀は大名物《おおめいぶつ》の茶入れ「つくもかみ」を手土産《てみやげ》としたし、茶人としても知られる堺の商人・今井宗久《そうきゅう》は「松嶋《まつしま》の壷」に「紹鷗茄子《じょうおうなす》」を差しだした。その後も唐物《からもの》や、日の本でも紫香楽《しがらき》や伊万里《いまり》など、陶器《すえき》の産地でつくられた名器、珍品を献上する者が、あとを絶たなかった。

みずからも信長は金銀、米などを代価に蒐集《しゅうしゅう》し、茶のみちに詳しい家来の松井友閑《ゆうかん》らに申しつけて、大文字屋《だいもんじ》の茶入れ「初花《はつはな》」とか、祐乗坊《ゆうじょうぼう》の「ふじなすび」を入手したりした。

そして、そういう道具屋や陶工、武人、商人らが茶器を持ってくると、長益を召しだし、

「源吾、本物かどうか、そなたの眼であらためてみよ」

と、手わたすのである。長益はまず指で撫《な》でて、面《おもて》の感触を充分に味わい、表ばかりか裏、上下左右からも、ためつすがめつ眺める。そのうえで、

「大兄さま、これは、間違いありませぬ。まぎれものう、本物にござりまする」

と微笑んでみせる。あるいは、小さく首を横に振って、

「あれ、こいつは怪しい……ちょいと臭《くさ》いですな」

贋物《がんぶつ》やもしれぬ、と応える。

そんなふうにして、今は亡き岳父《がくふ》・政秀直伝《じきでん》の目利《めき》きの才を発揮しては、大兄・信長を喜ばせていたのである。

二

しばし岐阜の城下に居よ、と大兄・信長に言われた源吾長益が、つぎの戦さ場におもむいたのは、元亀《げんき》元（一五七〇）年の春のことであった。

信長の「越前・朝倉攻め」にくわわったのである。

信長は岐阜を拠点に伊勢や近江など、近隣諸国の平定に追われ、一方では徳川家康と同盟をむすび、三河や駿河《するが》など東方の備えをかためるなどしていた。その間にも、京にあっては足利義昭が、さまざまな対抗の策をこうじつづける。

「征夷大将軍としての実権を、信長の手より奪いかえす」

との望みを棄《す》ててはいなかったのだ。とりわけて、上洛前に逗留《とうりゅう》していた越前の朝倉義景と、密に連絡を取りあうようになる。

そうした義昭側の動きを、信長は察知していた。

「わざわいは未然にふせぐに限る」

と考えた彼は、早速に手を打つ。四月の半ば、二条御所の竣工《しゅんこう》を祝い、猿楽《さるがく》の能興行をもよおす。

その祝いの席に、

「出席し、新将軍家にご挨拶せよ」

と、朝倉義景あてに、義昭名義の御内書を発したのだ。けれど、義景は命にさからい、上洛しようとはしなかった。そこで信長は、

「義景に謀反《むほん》の疑いあり」

という口実をもとに、朝倉討伐の兵を出すことにしたのである。

信長はまず若狭《わかさ》に侵攻し、ついで越前の敦賀《つるが》から天筒山《てづつやま》城を猛攻する。難なくこれを落とし、朝倉一族の金ケ崎《かねがさき》の城をも攻落したところで、変事が起こった。

最初におとずれたのは、浅井《あざい》方からの使者だった。それも城主の浅井長政の手の者ではない。長政に嫁がせた信長の愛妹《あいまい》、お市の方が寄こした使いである。使者は、お市が書いたごく当たり前の「陣中見舞い」の文《ふみ》に添えて、なかに石粒だか豆粒のようなもののはいった小袋を差しだした。

このとき源吾長益は、信長の陣中にいた。

輜重（小荷駄《こにだ》）隊の指揮官とはいっても、ふだんは「閑職」であるし、武器弾薬や兵糧《ひょうろう》の扱いに馴れた部下が、長益にかわって何もかもをやってくれる。信長がこの弟をそばに侍《はべ》らせることも、ままあった。

信長は書面に眼を落としながら、

「源吾よ、近《ちこ》う寄れ」

と、長益を手まねき、お市がとどけさせた袋の面《おもて》をみずから手指で触り、耳を押しつけてみたりしてから、

「……小豆《あずき》のようじゃ。古来、小豆がゆは戦さの勝利をみちびく、という。それで、じゃろうか」

長益に手わたす。瞬間、

「これは……」

長益は眼をみはり、鼻を鳴らした。袋は両端が麻《あさ》の紐《ひも》で縛られている。

「大兄上さま、ちと破ってもよろしいでしょうか」

「かまわぬ」

長益は袋のなかほどを切り裂いて、中身の粒をさらさらと流し、おのれの掌《てのひら》に受けた。やはり、何の変哲もない小豆である。問題はむしろ、袋のほうにありそうだ。

まさかに、長政どのの裏切りでは……お市姉《あね》さまは、夫の浅井長政が朝倉義景と組んで、信長と敵対しようとしていると知って、それを実の兄の信長に、こんなかたちで伝えようとしたのではないか。

「……袋のなかの鼠《ねずみ》、ならぬ小豆でござりまするな」

その一言で、信長は勘づいたようだ。

「なるほど、長政め、寝返りおったか」

「はい、大兄上さま、このままでは朝倉勢と浅井勢とに挟まれて、窮地《きゅうち》に立たされまするぞ」

「さすがじゃ。のう、源吾、そなたに刀槍は持たせられぬが、頭だけは常人の何倍もはたらく……」

しかし今は、そんな悠長なことを言っている場合ではない。

ほどなく三好三人衆と縁切りし、信長にくみした松永弾正久秀からの急使も着いた。久秀は信長より二廻《ふたまわ》りも年上であり、狡猾《こうかつ》で油断のならぬ武将だが、「年の功」というのもあるのか、彼の諜報《ちょうほう》（情報収集）の能力はすこぶる高い。

お市の「小豆袋」によって、すでに危機を察した信長だが、

「浅井勢が信長陣営の背後を襲う」

との久秀の報で、信長は長政の離反を確信した。

「よし、全軍、撤退するぞっ」

信長は迷わずに、そう決断した。


いったん決断すると、信長のやることは早い。軍令はあっという間に末端の兵にまで行きわたり、小姓や近習の者たち数名のみをしたがえて、自身、すぐさま金ヶ崎をあとにしていた。

しかし、退却するにしても、朝倉勢の追撃をふせぎながら、逃げなければならない。このとき信長は先鋒の木下藤吉郎秀吉、明智十兵衛尉光秀、池田筑後守勝正《ちくごのかみかつまさ》の三名に、

「殿軍《でんぐん》となって防御せよ」

と命じた。

ふるくより、殿軍――すなわち、しんがりの役割をはたすのは、「全軍のなかでも、いちばんに難しい」といわれている。

逆にいえば、たいそう名誉な役まわりで、秀吉と光秀、勝正の三将とその部下たちは敵勢を迎え撃つべく、てきぱきと動いた。

ところが、であった。

信長があれこれと段取りをつけて、側近衆ともども立ち去ったあとも、長益は信長の陣の隅に坐

りこんだまま、ぼんやりとしていた。最初に「小豆袋の謎」を解いたのは長益だが、その彼にも、なぜ浅井長政が裏切ったのか、釈然としなかった。

浅井一族は父祖の代から、朝倉家と同盟関係にある。それゆえ、朝倉家への義理を重んじたとしても、いまや将軍・足利義昭を擁して上洛し、政事の実権を握っているのは大兄・信長なのだ。その義弟となった長政が、どうして信長に叛旗《はんき》をひるがえすなぞしたのか。

お市姉が長政のもとへ輿入《こしい》れしたのは七年もまえのことで、すぐに長女の茶々《ちゃちゃ》が生まれ、三年目にお初《はつ》、つい最近、お督《ごう》が誕生している。

この時代、男児を産めぬ妻は身内から邪慳《じゃけん》にされたり、離縁される場合さえあったが、亡き先妻との間にすでに万福《まんぷく》丸と万寿《まんじゅ》丸の二人の男子《おのこ》があるせいもあってか、そのような話も聞こえてはこない。

むしろ、人もうらやむほどに仲睦《なかむつ》まじい夫婦《めおと》だそうだ。それと知って、妬《ねた》ましさすら感じてしまう長益であったが、このたびばかりは、ひたすらお市と三人の娘らの身が案じられてならなかった。

さきの「小豆袋」の一件からしてみても、お市姉は、夫・長政の大兄への裏切りを知っている。夫婦の間は、どうなっているのか。どうなってしまうのか。そして、茶々にお初にお督。あの、いたいけな娘たちは……。

ふっと気づいて、見わたすと、いつのまにか陣の囲いは取り払われている。すぐそばに、いかにも特徴ある猿面《さるづら》の小男が立っていて、

「邪魔だにゃーも、とっとと消え失せてくれんかにゃあ」

尾張の田舎ことばで言う。大兄・信長の草履取りから織田家の一部将へと成りあがった藤吉郎秀

吉だ。長益の生母も豪農とはいえ、百姓家の娘だから、その点ではいっしょだが、どうもこの男は育ちがわるい。わるすぎる。粗野《そや》で、下品で、下卑《げび》ている。

おもわず長益は顔をそむけたが、あたりにはもう、しんがりを託された三隊の将兵しかいない。いや、長益の直属の部下が数十人、隊長の指揮を待って、うろうろしている。

もともと輜重隊は本隊の最後尾や、脇で待機したりすることが多いが、これでは秀吉ごときからさえ、足手まとい扱いされても仕方がなかろう。

それでも依然、長益が動かずにいると、秀吉はさらなる雑言《ぞうごん》をあびせようとしかけたが、

「お待ちなされ、木下どの」

十兵衛尉光秀が割ってはいった。光秀は秀吉の口を手で制し、長益に向かって一礼すると、

「長益さまは、この殿軍の任ではござりませぬ。どうぞ、早《はよ》うにお逃げくださりませ……こうしているうちにも、敵方の兵馬《ひょうば》の声や蹄《ひづめ》の音がひびいてきておりますれば」

言っていることに大差はなくとも、口ぶりがまったくちがう。主・信長の弟というだけではなく、遊芸、とくに茶の湯を通じての「朋《とも》」ということもあろう。それに第一、土岐源氏の流れを汲《く》む名族の出とあって、生まれついてとおぼしき気品がある。

「……それでは、十兵衛どの。あとは頼みましたぞ」

ゆるやかに顎をひき寄せて、長益はおのれの配下の兵たちに向かい、あらためて遁走《とんそう》を命じた。

全軍の撤退を決するにさいして、信長は朽木《くつき》を越えて京に逃げる道をえらんだ。それを聞いたとき、長益は唖然《あぜん》となった。

朽木は近江の海（琵琶湖）の北西に位置するが、平地ではない。朽木谷ともよばれ、高低差のある難儀な道だ。荷を乗せた駄馬や、荷を背負った人足《にんそく》たちが早足で駆け抜けることなど、不可能に近い。だが東岸には浅井一族の拠点、小谷《おだに》の城がある。

「東岸の一帯はすでに、浅井の軍勢がかためているそうだ」

部下に訊《たず》ねられて、長益はそう答えた。朝倉勢と浅井勢に挟み撃ちになっている現状では、両勢力のおよばぬ経路を行かねばならない。それが朽木なのだが、その地を支配している近江の豪族・朽木元綱《もとつな》は必ずしも、信長の味方である、とは言いがたかった。

場合によっては元綱もまた、信長に弓を引くこともあり得る。

「じゃが、安堵せよ。かの松永弾正どのが、事前に手をまわしてくれたそうな」

朽木元綱に文を送り、ここは信長に協力したほう良い、さきざき得になるぞ、と説いて、味方に付けたのだという。

難路だけに、もとが年寄りや少年兵の多い輜重隊のこと、途中で脱落する者もあり、荷駄を捨てなければならないこともあったが、信長の本隊からさして遅れることもなく、長益らの一行も朽木路をへて京都にたどり着いた。

秀吉、光秀、勝正の殿《しんがり》三軍も何とか無事に逃げのびる。

これが「金ケ崎の退《の》き口《くち》」で戦国史上、名高い退却戦である。

四

窮地を脱した信長は、すぐに軍勢を立てなおし、反撃に転ずるための準備に取りかかった。自分に牙をむいた浅井長政を、たとえ愛妹の婿《むこ》であっても、徹底的につぶすつもりなのだ。

ほどなく岐阜に帰城した信長は、元亀元（一五七〇）年六月半ば、出陣の命を下した。浅井長政を討つためである。

このたびも長益は、諸隊に武器弾薬、兵糧を補給する輜重隊を任されるのではあろう。しかし、本音をいえば、

「もう、うんざりだ」

という気持ちが強かった。

彼は、お市姉が何事もなく、岐阜にもどってくることを祈っていた。

大兄は妹やその娘たち——三人の姪《めい》が人質になっていたとしても、攻撃をためらうような男ではない。あるいは長政が、お市らを引きわたすことを条件に、生命乞《いのちご》いをしてきたら、あっさりと承諾するかもしれない。

が、お市らの身を受けとるや否や、浅井一族を皆殺しにするのではなかろうか。

浅井長政とて、愚かではない。そんなことは、とうにお見通しのはずだ。長益がもっとも恐れる事態は、長政がお市姉さまらを道連れにして、城を枕に自刃《じじん》することである。

「その可能性は高い」

と、長益は踏んでいた。しかし、今の自分には、どうすることも出来ない。ただ、「おまけ」のようにして信長の本隊にへばりついてゆくだけだ。そのことが、何よりも口惜しかった。やはりおのれは、大切な姉上さまを、お守りすることもかなわぬ「へたれ」なのだろうか……。

そんなことには委細《いさい》かかわりなく、信長の反撃は開始される。またたく間に長政の居城である小谷城に迫り、信長は目と鼻の先の虎御前山《とらごぜやま》に陣を張った。

「これは危うい」

と、長政は越前の朝倉義景に救援を求めた。

同月末、同盟者・徳川家康の兵五千をくわえ、三万四千にふくらんだ織田勢は、朝倉と浅井の連合軍一万八千と、近江国姉川《あねがわ》の河畔で対峙《たいじ》する。そして、この「姉川の戦い」に勝利するが、長政の小谷城を落とすまでには至らなかった。

それらの戦況を、京で見ていた将軍・義昭は、

「まだまだ、いかなることになるか、わからぬ。さきが読めぬぞ」

として、三好三人衆の残党や石山本願寺に密書を送り、

「信長を攻めよ」

との檄《げき》をとばす。

八月二十日、信長はまたも三万余の大兵をもって岐阜を出発。三好勢を攻め、九月には本願寺門徒と戦う。石山本願寺の顕如《けんにょ》は、朝倉氏とは姻戚《いんせき》関係にある。しかも義昭から「信長追討」の密書がとどけられていた。

顕如は各地の門徒衆に蜂起《ほうき》をうながし、一方では、朝倉・浅井の連合軍が比叡山麓に集結する。

同時に伊勢長島をはじめ、各地の一向一揆《いっこういっき》がつぎつぎと勃発、信長の形勢はいっきに悪化した。

姉川での合戦にこそ勝ったものの、石山本願寺に伊勢長島、比叡山門徒……三好三人衆の残党もいて、まさに信長は「四面楚歌《しめんそか》」となる。そこで信長は、半ば脅すようにして義昭を動かし、朝廷にはたらきかけて、正親町《おおぎまち》天皇から講和の勅命《ちょくめい》を引きだした。

この一連の争いを「志賀《しが》の陣《じん》」というが、信長にとっては、いちばんに困難なときだったとも言える。

同じ元亀元年の秋、南近江の宇佐山《うさやま》城を守っていた信長の弟の信治《のぶはる》や重臣・森可成《よしなり》らが、延暦寺の僧兵らの支援を受けた朝倉・浅井勢に攻められて戦死しており、織田軍の中枢をになう人材はとぼしくなってきていた。

そんなこともあって、その年の師走《しわす》、戦死した森可成のかわりに、明智十兵衛尉光秀が宇佐山城に入城するのである。

翌元亀二年の正月には、信長側が反攻に出た。信長の命により、琵琶湖の水路が封鎖されたことで、講和が破れたのだ。

ふたたび反・信長の陣営が動きだす。五月、浅井の軍勢が一向一揆衆とともに姉川に出陣してきたが、秀吉らによって退けられた。同じころ、信長は伊勢で、長島一向一揆に協力した村々を焼き払っている。

八月、信長は小谷城を攻め、九月には、柴田勝家と佐久間信盛に命じて六角勢を攻撃し、近江の一向一揆衆を鎮圧した。

まさに疾風怒濤《しっぷうどとう》ともいうべき信長の反撃である。

あげくに信長は、とうとう比叡山延暦寺に迫った。朝倉・浅井勢を後押しした延暦寺は、信長にとって、ゆるしがたい存在となっている。このまま「天敵」を見逃すような信長ではなかった。

「かまうことはない、皆殺しにせよ」

という信長の命令にはしかし、配下の部将たちのあいだでも動揺が走った。

比叡山の主は、正親町天皇の弟・覚如法親王《かくにょほっしんのう》であり、朝廷との結びつきも深い。しかも女、子どもであろうと「容赦なく首を刎《は》ねよ」といった指示は、仏罰をまぬがれぬ行為であるからだ。

元服前には剃髪《ていはつ》出家して、高野のお山をめざすか、比叡のお山に弟子入りするか、などと考えたこともある源吾長益にとっては、なおさらであった。森羅万象《しんらばんしょう》すべてのものに御仏《みほとけ》は宿る、との弘法大師の教えを伝えてくれた、信心ぶかいお市姉の影響もある。

もっとも、お山の僧――僧兵のなかには、増長《ぞうちょう》して、仏法の何たるかを忘れ、ちまたに下りては酒食におぼれ、金品を強奪する。それを咎《とが》める町人衆を傷つけたり、殺す者さえあるという。

そんな噂を耳にしているだけに、長益にも、まったく迷いがないというわけではない。

だがおそらく、そういう僧は全山のごく一部だけだ。「麟」すなわち麒麟をこの世にもたらすのが仏法であり、仏のみちではないのか。他の僧侶たちは、それを信じて日々、精進しているのにちがいない。

そのように結論づけたうえで、長益は、叡山攻撃の直前に信長の陣でひらかれた軍議の席に出た。

むろん末席であり、いかに信長の実弟とはいえ、たかが弾薬・兵糧運びの将に、率先して物を申す権限などはない。面と向かって諫《いさ》めるなどは、もってのほかである。

が、幸いにとでも言おうか、旧臣の部将からは、つぎつぎと忠言が発せられた。筆頭家老の佐久間信盛の顔は、苦渋《くじゅう》のいろに染まっている。

「殿、比叡山は桓武帝《かんむてい》がご建立なされ、王城の鎮守《ちんじゅ》として八百年、崇《あが》められておりまする。叡山のすべてを葬ることになれば、どのようなことになるか……麾下《きか》の兵のなかには、仏敵となることを怖れて怯《ひる》み、脅えている者もおりまするぞ」

その言を聞いても、信長は微動だにしない。ただ祐筆《ゆうひつ》の武井夕庵《ゆうあん》のほうを見て、信盛の意見をどう思うか、と問うた。夕庵は答える。

「佐久間どのがおっしゃるように、比叡山は王城の鎮守でござりまするが、山下の僧兵の衆は放蕩《ほうとう》三昧《ざんまい》……まさに、暴徒と化しております。それらを懲《こ》らしめることは、天道にかなっているかと存じまする。ただ高徳の僧、また山内《さんだい》ではたらいておる女や子どもまでも手にかけまするのは、いかがなものかと危惧《きぐ》いたします」

信長は、さらに明智光秀に問うた。光秀は、

「拙者も武井どのと同じでござりまする」

そうとしか口にしなかったが、眉間《みけん》に皺《しわ》を寄せ、唇を強く噛みしめている。その表情に、長益は彼が茶の湯の席で「麟」と「武」は表裏《ひょうり》一体と告げたことを思いだし、光秀の心中には人知れぬ苦渋や苦悩がきざしているような気がした。

信長はついで、秀吉を名指《なざ》しした。秀吉はあっさりと言葉を返した。

「殿がおっしゃることなら、いかようなことにでも従いまする。仏罰なぞ、拙者にとっては屁《へ》でもござらぬ」

こやつ……と、背後の席から秀吉の後ろ姿をにらみすえ、立ちあがって反論しようか、と長益は思った。けれど、その瞬間、信長が両の手を大きくひろげて、言い放った。

「軍議は終わりじゃ。良いか、叡山におる者は皆殺しにせよ。首を斬るか、焼き殺せ。何もかも、すべてを焼きつくすのじゃ。わしの命に背《そむ》く者も、同罪であるぞっ」

長益は怖かった。大兄の狂気がときに、一線を越えてしまうことがある。それを、彼は今まで身に染みるほど感じてきた。その狂気がここではさらに、底知れぬものとなっている……。

元亀二年九月十二日、比叡山は信長軍の将兵が手にした松明《たいまつ》によって、延暦寺の象徴ともいうべき根本中堂《こんぽんちゅうどう》はもとより、山上の二十一社、東塔《とうどう》の坊社など、堂塔《どうとう》伽藍《がらん》にあまねく火がかけられ、老若の僧ばかりか、山門内外に居住していた女、子どもまでもが巻きこまれた。

幾千もの阿鼻叫喚《あびきょうかん》が風に乗り、長益の耳朶《じだ》にひびく。風は煙をはこび、血の臭《にお》い、焼けこげた人の肉《しし》の臭いをもはこぶ。

長益は何事もなせずに、ただ荷駄の陰に隠れて震えていたが、いつしか彼の女子《おなご》のように端整な顔は、みずからの胃《い》の腑《ふ》から出た吐物《とぶつ》と涙にまみれていた。

五

「麟」か「布武」か――つまりは麒麟が姿をみせる平和な世をとるか、戦さによる天下鎮撫《ちんぶ》をえらぶかだが、双方は表裏のものだ、と明智十兵衛尉光秀は長益に言った。そして叡山でも、信長の命に従わざるを得ず、みずから敵を倒し、無惨な焼き討ちに荷担した。

信長の眼には、それが「殊勲《しゅくん》」と映ったのであろう。光秀は志賀郡一円を領地としてあたえられ、比叡山麓の坂本に城を築くことをゆるされた。信長麾下初の「城持ち」となったのである。

長益の思いや戸惑いなど、大兄・信長には何の係わりもない。その後も、信長は戦さにつぐ戦さの日々をすごした。

元亀四（一五七三）年四月、義昭の誘いにより、上洛の途上にあった宿敵・武田信玄が頓死《とんし》した。信長と同盟を組んだ徳川家康を「三方原《みかたがはら》の戦い」で難なく撃退し、さらに西進したものの、重い病いを得て退却、そのさなかに信州の駒場《こまんば》でみまかったのである。

信長にとっては、思いがけぬ幸運であった。

七月末に、元号は「天正《てんしょう》」と改元された。すでに信長は将軍・義昭を京都から追放し、足利幕府にとどめを刺しており、余勢をかるようにして、これも義昭を支援していた朝倉・浅井勢の討伐に取りかかった。

まずは元年八月、信長が江北の虎御前山に陣をかまえる。対するに、朝倉義景は賤《しず》ヶ《が》岳《たけ》のふもとの木《き》の本《もと》付近に宿陣したが、味方のなかに寝返る将が多く、

「これでは、とても戦えぬ」

と、越前の一乗谷城へ逃げ帰った。そこを裏切り者の親族に襲われ、紅蓮《ぐれん》の炎につつまれるなか、自決する。

叡山焼き討ち以降、長益は輜重隊長の任をも外され、彼には甥にあたる信長の嫡男・信忠の傳役につくよう命ぜられた。しかも、長益は戦さには向かぬと知る信長は、もっぱら彼に家政を仕切る

役割をゆだねた。ために長益は、信忠の初陣《ういじん》にすら、くわわってはいない。

だが信忠の在城中はつねにそばに寄り添い、信長の茶の湯の席や、茶器などの「名物狩り」の場には欠かさずよばれたから、戦さ事の話も、おのずと耳にはいってくる。

わけても長益は、信長が義景の死を見とどけたのち、虎御前山に兵をもどし、浅井長政の居城・小谷城を猛攻した、と聞いて、気が気ではなかった。

べつに浅井勢の味方をしているわけではない。案じられるのは、お市姉とその娘たちのことである。

もともとは政事・政略上の婚姻ではあっても、長政とお市は仲が良い、と評判だった。そのお市が、両端を麻の紐で結《ゆ》わえた小豆袋を兄・信長に送ることで、夫の離反を伝えたのだ。

もしやして、その小豆は、お市の身の上をも暗示しているのではないか。実兄と夫との板挟みとなった、お市の身の辛《つら》さ……敗北間近のこの期《ご》におよんで、長政はいかなる態度をとるのか。おのが死にのぞみ、妻のお市や幼い娘たちを道連れにしようとはすまいか。

ほどなく小谷城は落城した。浅井長政と父・久政の父子は城を枕に腹を切って果てた。

その話を洩《も》れ聞いた長益は、信長の側近の小姓を見つけだすなり、よびとめて、問うた。

「お市姉さまは、ご無事なのか」

小姓は平伏して、答えた。

「ご無事でござりまする。姫さまたちもごいっしょに、逃れて来られたそうです」

それは重畳《ちょうじょう》、と長益は安堵しながら、

「よくぞ、あれほど熾烈《しれつ》な戦さの渦中《かちゅう》にあって、救いだすことが出来たな」

告げると、小姓は無表情なままに返答した。

「お市さまと姫さまたちを引きわたす、と浅井の側から使いが参ったとか……」

「なに、浅井のほうから申してきたのか？」

「はい。そのように聞いておりまする」

長益はそれと知らされ、浅井長政の心中をおもんぱかった。

お市姉が嫁いだのは、浅井家への人質の意味合いも大きい。同盟が破綻した以上、お市姉の生き死にの鍵を握るのは長政なのだ。

長政は、たしかに織田を裏切ったが、そのきっかけは、大兄が長政との約定を破り、いきなり朝倉義景を攻めたことにはじまっている……さきに裏切り行為をしたのは、大兄のほうだ。

それでも長政は、お市らを解放したうえで、いさぎよく自刃した。おそらく長政は、お市と娘たちを真に愛《いと》おしく思っていたのにちがいない。


妻と娘に情けを示した長政の思いなど、歯牙《しが》にもかけぬ信長は、翌天正二年、正月年賀の酒席で、浅井長政と朝倉義景の髑髏《どくろ》に漆《うるし》を塗り、金粉で彩色した薄濃《はくだみ》を披露《ひろう》した。

「どうじゃ。良い酒の肴《さかな》であろう」

酒宴に列席していた長益は、破顔一笑《はがんいっしょう》する信長のあまりの愚劣さに、顔が青ざめるのをおぼえた。秀吉や他の家臣たちは、主と同じように、からからと笑いながら酒を飲んでいる。ひとり光秀だけは、長益と眼があうと、一瞬、悲痛とも取れる昏《くら》い顔つきをしてみせた。

その後も信長は、手をゆるめなかった。同年の春ごろ、伊勢長島の門徒衆がこもる長島城を包囲すると、老若男女《ろうにゃくなんにょ》のべつなく、徹底的に掃蕩《そうとう》した。その数、じつに二万人におよんだという。

明けて三年の三月、本願寺の攻略を開始。四月の初頭には総勢十余万の兵を送りこみ、壊滅寸前にまでもちこんだ。そんなところへ、信玄のあとをついだ甲斐の武田勝頼が、三河の長篠《ながしの》城に迫る、との報がはいった。同城は、信長の同盟者・徳川家康の領内にある。

「よし、ただちに三河へ行く」

そこで織田・徳川の連合軍と武田軍の間でおこなわれたのが、「長篠の戦い」である。

これも連合軍の圧倒的な勝利に終わったが、信長はといえば、相も変わらず休む暇などはない。

こんどは本気で越前の本願寺門徒を一掃すべく、敦賀へと向かう。八月半ばのことであった。

その一月《ひとつき》ほどまえに、朝廷から信長に対し、官位昇進の沙汰があった。長益はその話を、茶の湯の席で、大兄自身から聞かされている。長益の点前《てまえ》で濃茶《こいちゃ》を喫したところで、信長は冷笑を浮かべながら、こう告げた。

「朝廷からわしの官位を上げる、と言うてきたぞ」

「それは、それは。めでたきことにござりまする」

長益は素直に賞賛の言葉を口にしたが、信長はすぐに首を横に振った。

「何が、めでたいものか。たかが紙切れ一枚をもらうだけじゃ」

「朝廷がいま頼りとする武将は、大兄上さましかおりませぬ。それゆえに、ふさわしい官位を、と申してきたのでは……」

「朝廷は古来より長くつづいている家柄……一つの家系にすぎぬ。大昔は支配者であったろうが、今はちがう。力のある者が実権を握り、真の支配者となる。中身のない朝廷の権威なぞ、本当は何の役にも立たぬわ」

唾棄《だき》するように言いはしたが、

「しかし、じゃ。朝廷の権威だの叙任《じょにん》だのを、ありがたがる者も少なからずおる。そこを利さぬ手はない」

信長は、ほくそ笑んだ。


事実として、信長はおのれの官位昇進は辞退したものの、配下の部将らに官位を推挙した。光秀は惟任日向守《これとうひゅうがのかみ》に、秀吉は筑前守《ちくぜんのかみ》に任ぜられた。

外様《とざま》の部将でありながら、光秀は織田家に昔から仕えている家臣よりもさきに、近江・坂本城をさずかり、一国一城の主となったばかりか、官位までもあたえられたのだ。

岐阜城で、彼と顔をあわせた長益は、祝いの言葉をかけた。ふだんは滅多に表情を変えぬ光秀が、珍しく頬《ほお》を紅潮させて、

「ありがたきこと。殿のご推挽《すいばん》のおかげでござりまする。この十兵衛、生命《いのち》のある限り、殿……信長さまにつくす誓いを立てました」

と、声を震わせている。

長益は初対面のときから、和歌や茶の湯に通じている光秀に、親近感を抱いていた。人格的にも秀吉などより数段すぐれ、その教養のほども、付け焼き刃ではない。長益が尊敬できる数少ない武人の一人なのだ。

叙任を利する、という信長の言い方と思いあわせ、その光秀が大兄の深謀《しんぼう》に乗せられているので

は……との疑念が頭をもたげ、長益は何か言い知れぬ不安をおぼえた。

しかし光秀は惟任日向守への任官を、あくまでも信長の好意・厚情《こうじょう》と受けとめているようで、信長の信頼に応えるため、骨身を惜しまず、はたらきつづける。まもなく、信長は光秀をよびだして、

「おぬしにはかねてより、申しつけたきことがあった」

と告げた。丹波《たんば》の経略《けいりゃく》がそれで、その最前線に総大将として日向守光秀を送りこもうというのである。

そうして天正三（一五七五）年十一月、丹波に派遣された光秀は、八上《やかみ》城の波多野秀治《はたのひではる》をはじめ、丹波衆の大半を味方につけ、毛利勢と通ずる最大の難敵・荻野直正《おぎのなおまさ》の居城たる黒井城を包囲した。ところが翌天正四年の正月、波多野勢が突如、敵方に寝返って、万事休《きゅう》す。

初回の丹波経略は失敗に終わり、おのれの居城の坂本城へと引きかえさざるを得なくなった。そんな光秀を、信長はさらに酷使《こくし》する。

四月には、石山本願寺攻めに光秀をくわえ、播磨へも転戦させた。そして天正五年の夏、久しく信長に臣従《しんじゅう》していた松永弾正久秀が謀反を起こし、大和信貴山《しぎさん》城に立てこもった。

このときも、久秀討伐の先陣を切ったのが、光秀である。十月に久秀が自爆して果て、一件が落着すると、光秀はすぐさま丹波の亀山城に進軍した。

あらかじめ立てた計画にもとづき、光秀は亀山城を拠点にして丹波の諸城を落してゆき、一度は失敗した黒井城の攻落に再挑戦することとなる。が、そのまえに、さきの失敗の原因となった八上城の波多野秀治を討たねばならなかった。

天正六年には攻撃を開始したが、あいかわらず波多野勢は手ごわく、容易に討滅できない。戦線はいったん膠着《こうちゃく》する。しかし光秀の調略《ちょうりゃく》が成功し、六月二日、ついに波多野秀治・秀尚《ひでひさ》兄弟は白旗をあげた。光秀は波多野兄弟に向かい、

「帰順《きじゅん》の意思さえ示せば、二人はもとより城兵すべての生命《いのち》を助け、所領もまた、これまでどおり安堵しよう」

と伝えた。しかも、この約定を守る証しに、

「わが母親をお預けしよう」

つまり人質として、差しだそうとまで申しでたのである。

波多野兄弟は、この話に乗った。母親との交換で、兄弟と側近十数名は信長の待つ安土の城へと送られる。だが、これを信長は皆殺しにし、首級を城下に晒《さら》したのである。その事実を知った残りの城兵によって、光秀の母は磔《はりつけ》にされ、同じように晒し首にされた。

光秀は信長に対する瞋恚《しんい》を抑え、耐えがたい忍従《にんじゅう》をしいられたが、おかげで、光秀軍の勢いは衰えることなく、八上城はもとより、最終目的であった黒井城をも陥落せしめた。

翌天正八年八月、光秀は丹波平定の恩賞として、信長より丹波一国二十九万石をあたえられた。近江国の志賀郡五万石から、いっきに加増され、大々名となったのである。

六

丹波の経略と平定は、信長の家臣となって以後、日向守光秀のなした最大の功績と言える。

けれども、その背後には最愛の母の死、それも敵の報復による晒し首という大きな犠牲があった。

おそらく日向守は、大兄のことを鬼畜《きちく》とも悪魔とも思い、強い恨みを抱いたにちがいない。

そうと長益は推察したが、当の光秀は、戦功を褒めたたえ、三十万石近い恩賞をあたえた信長のまえでは、おくびにもそれを出さなかった。が、退出時、信長の後ろにいた長益のほうに向けた眼は、いつぞやの浅井長政らの薄濃を見せつけられたときと同じ、いや、さらに昏く、するどいものがあるのを長益は感じた。

何にしても、大兄・信長の残忍さ、非道ぶりを列挙すれば、切りがない。

長益自身は戦さ場から離れていたが、去る天正元（一五七三）年の八月、信長勢が越前の一乗谷城を襲ったときには、義景の自決のみではゆるさず、生母、妻、四歳の男児の三人を、辻堂の内に追いこみ、生きながらに焼き殺した、と聞いている。

また浅井方を殲滅《せんめつ》したおりには、お市らこそは助けたものの、長政の長男・万福丸をさがしだし、串刺《くしざし》の惨刑に処した。あまつさえ、長政の生母・小野殿を総指切りの極刑に処している。その方法は、何日もかけて十本の指のすべてを切り落とし、そのうえで惨殺した、というものだ。

信長の冷酷さは、敵方だけではなく、部下や身内にも変わりなく示される。天正六年十月、重臣の荒木村重が謀反を起こしたときも、そうだった。

もとはといえば、本願寺方との内通を疑われ、仕方なく決起したものらしいが、村重自身は信長勢の追っ手から逃げおおせたものの、あとに残された彼の妻子と一族、重臣の家族三十数人が、六条河原で斬首された。

さらには何の罪科《つみとが》もない荒木家の僕婢《ぼくひ》——使用人たち五百人までが焼き殺されている。

天正八（一五八〇）年の秋、信長は長くつづいた本願寺との戦いに実質的な勝利をおさめ、近畿一帯を掌握した。前年に天守が完成した安土城は、天下にその威容をほこっていた。

明けて天正九年の正月十五日、明智日向守光秀が差配《さはい》した「左義長《さぎちょう》」（小正月の火祭り的な行事）は、信長麾下の騎馬武者が安土の町を練り歩き、たいそうな評判をとった。それに気をよくした信長は、

「来たる二月の二十八日、京師にて、盛大な馬揃《うまぞろ》えをおこなう」

と宣言。その総括責任者として、またも光秀に奉行役を命じた。

信長のもとにいる部将のほとんどが出そろい、兵の数六万、見物人は二十万ともいわれた。

長益もこの馬揃えには、信忠の供として参加し、何やら誇らしい気分となって、馬上から見物人たちを見おろしていた。

「へたれ」の自分でさえ、そうなのだ。この馬揃えを仕切ることを任された日向守どのは、なおいっそう誇らしいであろうな、と想像する。もしや、丹波八上城での一件すらも、帳消しにしようというほどに……だが大兄・信長の企《たくら》みには、もっと別の意味が隠されていることを、長益は知っていた。

正親町《おおぎまち》天皇からは翌二十九日、「昨日の馬揃え見事」との勅諚《ちょくじょう》が伝えられたという。けれどもこのころ、信長は天皇に譲位を迫っていて、その問題をめぐり、双方は対立していた。大兄は六万もの大軍勢を見せつけることで、帝《みかど》に圧力をかけたにちがいないのだ。

そして天正十年の春、いよいよ信長は甲斐の武田勢を壊滅すべく、出陣する。

このおりの武田攻めの主力は信長の嫡男・信忠の軍勢で、二月中に侵攻を開始。長益はここで初めて、信忠の傅役の立場で戦さ場におもむいた。

織田勢と武田勢との攻防戦は、勝頼の実弟の仁科盛信《にしなもりのぶ》が守る高遠城《たかとお》の陥落で、ほぼ決着がついた。重臣にも裏切られた勝頼は、天目山《てんもく》麓の田野《たの》で妻子ともども自害して果てた。

このときの戦さで、長益にしたがっていた家来の一人が武田方の部将を斃《たお》し、その首を斬り落として、ずだ袋に入れ、長益に持たせた。

「……気味のわるいものを持たすな」

と、長益は怒ったが、結局、持たされたままに戦さは終わり、論功行賞《ろんこうこうしょう》の場となった。

信長は事情を知っているようであったが、

「いやぁ、源吾、苦労であった……その歳になって、ようやく初手柄とはな」

と笑って、長益に知多・大草一万三千石をあてがうこととした。

なぜだかは当の長益にも、よくは分からない。が、無慈悲きわまる大兄は、この弱虫の弟に対しては、ふしぎと寛容にして寛大だった。他人の眼にはきっと、身内へのえこ贔屓《ひいき》と映っているだろう。

ひょっとして大兄は、この長益を「へたれ」ではなく、「ほとけの源吾」のごとく思っているのではないか。

ときとして、長益には、そんな気がすることがある。だから長益の見守っているところでは、何をやっても恕《ゆる》される、とでも……しかし、それは大兄の考えちがい、見立てちがいというものである。

長益は、信長がすさまじい残虐行為をはたらくたびに、おのれの胸の奥にするどい錐《きり》でも突き立てられたような激しい痛みをおぼえるのだ。

大兄は逆らう者、裏切る者を、絶対にゆるさない。また無能だと判じた者は、容赦なく処断する。重臣・荒木村重の謀反（の容疑）からはじまった「有岡城の惨劇」も、じつはなお、終わってはいなかった。二年後の天正九年夏、村重の遺臣をかくまったとして、無抵抗の高野山の僧侶千三百人を惨殺しているのだ。

「最澄さんの比叡山のみならず、空海さんの高野山までも……」

これにはもう、怒りや驚きを超えて、空《むな》しさすらもおぼえてしまう。空海こと弘法大師の教え、偉大さについては、かつてお市姉からも、たっぷりと聞かされている。その弘法大師さまが興《おこ》しなさった高野のお山の僧らまでも、手にかけようとは……。

そうして宿敵・武田勢を討ちほろぼしたこの年、つまり天正十年春には、近江の六角氏の残党が、武田氏の菩提寺たる恵林《えりん》寺に逃げこむという事件が起こった。その残党らの引き渡しに応じないとして、信長は、寺の住持《じゅうじ》で日向守光秀の郷里たる美濃国・土岐出身の快川紹喜《かいせんじょうき》以下、全僧侶百五十余名を焼殺しているのだ。

内心では光秀も憤りを感じていたようだが、茶の道は禅の道に通ずる……そうと信じ、それこそは「ほとけの源吾」とよばれるほどに御仏への信仰篤い長益にとって、松永久秀や荒木村重らに対する処断にもまして、それらの僧侶への弾圧は看過《かんか》しがたいものに思われた。

御仏に仕える僧尼でさえ、そういう目にあっているのだ。公家《くげ》・公卿《くぎょう》などは信長に、鼻先であしらわれたりもする。

家臣や部下に対しては、なおのこと厳しかった。二年前の夏には、本願寺攻めに功がなかったとして、ふるくからの重臣である佐久間信盛・信栄《のぶひで》の父子を追放しているし、筆頭の家老職にあった林秀貞も、大昔の罪を理由に馘首《かくしゅ》された。

明智日向守光秀にも、難儀は降りかかってきている。

こちらは、信州諏訪におかれた信長本陣でのことである。光秀の何気のない一言が、信長の逆鱗《げきりん》に触れたのだ。

「ついに強敵・武田も壊滅したとは……かように、めでたいことはございませぬ。われらも年来、骨を折った甲斐がござり申した」

これを聞くなり、信長は血相を変えて、

「なにを小癪《こしゃく》な、キンカン頭めっ。おのれはどこで骨を折り、いかなる武功を、この武田攻めで立てたのか」

と、諸将の面前で怒鳴りつけ、とがり気味の光秀の頭を欄干《らんかん》に押しつけ、折檻《せっかん》したのだった。

いまや明智方の重臣となっている斎藤利三《としみつ》を光秀が家来にしたときも、そうである。元の主・稲葉一鉄《いってつ》の訴えを聞き入れ、

「利三を一鉄に返してやれ」

信長は命じたが、光秀は聞き入れない。それに激怒した信長は光秀の髻《もとどり》をつかみ、突きとばすなり、手討ちにしようとしたのだ。

だが光秀は、信長の非道・暴虐ぶりには慣れきっている。気まぐれとしか言いようのない命令や、

その変更にも、たいていは黙って従ってきた。

たとえば甲斐から安土にもどったとき、信長は光秀に「在荘《ざいしょう》」を命じた、みずからの領地、居城・居館にとどまることである。

ところが、光秀にその命がくだった同じ天正十年五月十五日、武田攻めの功績として駿河一国をあたえられた家康が、安土へ謝礼にやってくることとなった。わずかの供を連れ、武田方から信長・家康同盟軍に寝返った穴山梅雪《ばいせつ》を伴ってのことである。

そこで急きょ、光秀の「在荘」は取りやめとなり、

「おい、キンカン頭、そなたが家康どのの饗応《きょうおう》役をつとめよ」

新たな特命を受けることとなった。

生来、生《き》まじめな光秀のことである。二つ返事で引きうけると、すぐさま準備に取りかかった。

七

長益は光秀と家康と、二人ともに嫌いではない。いや、どちらに対しても好感をもっていると言えた。

折りから信忠にも、

「安土へ来い」

との信長からの呼びだしがかかり、傅役たる長益もいっしょに、家康らの一行を出迎えることになった。信長は家康に、安土からさらに足をのばして、京や堺などを見物して帰るように勧め、信

忠に京までの案内役をも仰《おお》せつけているという。

　知多・大草のおのれの居城にいた長益は、信忠からの一報を受けると、すぐさま城を出て、岐阜の城からはせ参じる信忠よりも、ひと足早く安土の城に着いた。

　光秀は日々、家康らの饗応の支度に忙殺されているようだったが、家康ら一行の到着をまえに、長益は一つの案を思いついた。

　家康は十五日に安土に到着し、六日後の二十一日には京に向けて発つ予定と聞く。が、信長や信忠、重臣らが顔をそろえての饗宴は、安土滞在の後半とさだめられている。

　ならば前半、できれば一行が到着する翌十六日の午後にでも、ささやかな茶の湯の席がもてないものか。そこに、饗応役の光秀と後日の宴の主賓《しゅひん》たる家康をよべれば良い、と考えたのである。

　双方の打ち合わせの場としても最適ではないか、と信長には、そう伝えたのだが、信長は他の雑事に追われていて、

「かまわぬ。源吾、そなたの好きなようにせよ」

　ぞんざいに応えた。自分は行けないが、城内の書院をどこなりと使っても良い、という。まさしく、棚から牡丹餅《ぼたもち》、であった。長益は、広廊《ひろろう》で光秀とすれちがったおりに、問いかけてみた。

「明智どの、お忙しくされているご様子ですが、大兄をはじめ、皆々さまがおあつまりになっての饗宴のまえに、家康どのをまねいての茶の湯の席なぞ、いかがでしょうか」

　家康らの到着の翌日と聞いて、光秀は少し躊躇《ちゅうちょ》したが、

「茶の湯でござりますか？……それがし、いかに忙《せわ》しなくとも、長益さまのお点前とあれば、断わるわけには参りませせぬ」

と、頬をゆるめた。

家康が受けるか否《いな》か、問題はそれだけだったが、到着してから饗宴までの間は何の予定もないとのことで、簡単に承諾し、思いもかけぬ出会いの席が「茶の湯」によって、つくられた。

長益は、茶の湯というものが、作法や道具の善《よ》し悪《あ》しで語られることを好まなかった。茶はほんらい、ただの茶でしかなく、それは花でも歌でも舞でも同じことだ。ために、作法だの流儀だのが必要とされるのは、わかる。だが茶を点てるのは人であり、それを喫するのもまた、人である。

そうであってみれば、人と人、「和」と「敬」の心でもてなしあうのが茶の湯の本道である、と信じている。

そんなことを思いつつ、長益が安土の城の一書院をかりて、にわか拵《ごしら》えでしつらえた茶室では、静かな時が流れていた。

家康と光秀はむろん、初対面ではなかった。が、たいていは戦さ場、それも軍議の折りなどに顔をあわせるくらいで、ほとんど会話をすることはない。また、どちらも多弁ではないものの、それぞれが口にする言葉の一つ一つに重みがあった。

家康は光秀より、一廻り以上も若いが、歳の差を感じさせぬほど、老成した雰囲気を漂わせている。幼くして両親と離され、織田方や今川方などへ、人質として転々とさせられた。そうした苦労のゆえもあるのだろう。

一方の光秀は、心奥の懊悩《おうのう》を秘め隠したような表情で坐っていた。光秀は、信長麾下の部将たちのなかでも群を抜くほどに、茶の湯に通じている人物。その光秀が、長益の茶の湯の所作に陶然《とうぜん》と見とれている。

平手政秀から幼年のころより仕込まれた茶の湯の技は、美しくよどみない。袱紗《ふくさ》さばき、茶杓《ちゃしゃく》や茶筅《ちゃせん》の扱いのすべてが、てらいのない自然な所作である。おのずと光秀の心も穏やかになってゆく。

長益は点てた薄茶を、正客《しょうきゃく》の家康に差しだした。家康には、

「茶の湯の作法に決まりはござりませぬ。おいしく飲んでいただければ結構です」

と伝えてある。

それもあって家康は、おおらかな仕種《しぐさ》で、いかにも美味《うま》そうに薄茶を飲み干した。いつしか光秀の表情もやわらぎ、微笑みさえも浮かべている。

長益がつぎに、光秀のための薄茶を点てた。

光秀が見事なまでの手並みで茶を喫し終えると、しばしの間、家康と光秀は長益の茶の湯の腕をたたえていたが、やがて家康が話題を変えた。

「ところで、明智どの。いつぞやの丹波経略はじつに手際よく、見事なものでござりましたな」

「いや、徳川さまにそのようなお言葉をいただくとは、恐悦至極《きょうえつしごく》にござりまする。丹波攻めは本当に難渋いたしました。あまり褒《ほ》められたものではありませぬ」

そこまで言って、光秀はふいと口をつぐんだ。波多野の寝返りや再度の攻撃による敵の降伏、そのおりの交渉と信じがたい結末……磔にされた母親のことが脳裏に浮かんできたのやもしれぬ。そう長益は思った。

見ると、隣の家康も黙りこみ、顔を曇らせている。

長益は思いだした。これより三年前、天正七年の夏のことだ。家康の正室・築山殿《つきやまどの》と嫡男・信康の二人が、武田勢と通じているとの疑いをかけられ、死に追いこまれたのである。

真偽のほどは不明のままだし、築山殿は旧敵・今川義元の姪なので、まだ分からないでもない。が、信康は信長の愛娘《まなむすめ》・徳姫の夫であり、家康が幼いころからその資質に目をかけ、手塩にかけて育てた、最愛の息子であった。

じつは築山殿と信康を弾劾《だんがい》する文《ふみ》を送ったのは徳姫で、それが嫌疑のもととなったのだ。その弾劾状を真《ま》に受けて、信長は「葬《ほうむ》れ」と言う。あまつさえ二人は、信長または信長の手の者によって殺められたのではない。家康が、「おのれの手で処分せよ」と、信長に命ぜられたのである。

あの折りのことを、家康どのは一生、忘れないであろう、と長益は読んでいる。ということは、大兄への怨嗟《えんさ》を心の奥ふかくとどめさせたまま、行動をともにしていることになる。あるいは光秀も、同じかもしれない。

ややあって、あらためて家康が言った。

「さて、明智どのは戦さも上手ですが、攻略のあとの統治の腕前に、拙者は何より感じ入っておるのです」

光秀は碗を両手に包み持つようにしたまま、笑みをこぼした。

「たしかに武略で敵を攻め落とすより、平穏に国を治めることのほうが、幾倍も難しいか、と……」

「さようでござりますな」

家康はうなずいた。

和気藹々《わきあいあい》とした家康と光秀のやりとりを耳にしながら、二人はよく似ている……また、長益は思った。信長は、おのれに敵対する者をゆるさず、女、子どもまでも皆殺しにする。光秀は逆だった。ゆるしを請う者、罪のない者を殺すことは、いさぎよしとしなかった。

丹波経略のさいにも、彼は打ち負かした敵の家臣をひそかに自分の配下として組み入れたことがある。家康も同様である。生還した武田方の将兵をおのれの軍門に下らせる。そうすることで武田流の兵法を、徳川の軍略のなかに採り入れるなどしたのである。

田や畑の作物を薙《な》いで荒らし、村々を焼いて、罪のない民びとたちまでも戦火に巻きこむ。そんな信長のやり方を、家康も光秀も好まないし、民を大事にする。新規に入手した土地の領民にも優しく、年貢の免除や河川、橋、道路の建設などに力をそそいだ。

「まさしく麟……麒麟の来たれる世界の顕現《けんげん》ですな」

ふいと長益は口をはさんだ。えっ、と二人は彼のほうに驚きの眼を向けたが、

「いやぁ、お二人が力をあわせれば、この世はきっと、平らかになるのでは……と思うただけでござります」

つぶやくように告げて、長益は、家康の所望による新たな茶を点てはじめた。

さまざまに家康との意見の一致を見た光秀だったが、その日の晩、突如、饗応役を解任されることとなった。だれが言いだしたのか、光秀が家康らをもてなすべく用意した魚が腐っている、との噂が立ったのだ。

これを知って信長が怒り、小姓の森蘭丸《らんまる》に申しつけて、光秀の額を鉄扇《てっせん》で打たせた。さらには、腐敗したとされる魚貝のすべてを、安土の城の濠《ほり》に捨てさせる騒ぎであった。

翌十七日、毛利領の高松城攻めで苦戦していた秀吉から信長のもとに、救援の要請がとどく。信長はみずから信忠とともに出陣することに決め、光秀にも従軍するよう命じた。家康饗応の任を解かれるのとほぼ同時で、しかもこのとき、

「出雲《いずも》・石見《いわみ》の二国を切り取りしだい、あたえよう」

との通達があった。かわりに、これまで光秀が領していた丹波一国と近江志賀郡を召しあげるというのだ。

出雲・石見の両国は、丹波国にくらべ、都からだいぶ離れた遠隔の地である。体《てい》のいい「左遷《させん》」としか言いようがない。

光秀は出陣の準備をするために、いったん坂本城へともどった。そして五月二十一日、家康は京都へと発つことになり、案内役の信忠の供として、長谷川秀一《ひでかず》や長益らが付いていくこととなった。

出発に先立って、信長・信忠父子につづき、長益は家康と手短な挨拶をかわした。家康は遠慮がちに、というより信長らには聞こえぬような小声で、

「先だっては、思いがけぬおもてなし、まことにありがとうござりました」

丁重につぶやいた。べつだん、変わったところはない。が、ふと見せた笑顔の眼だけが笑っていないような気がした。もしや、長益主宰《しゅさい》の茶席をともにした光秀が、直後に饗応役を解かれてしまったことが引っかかっているのか。

そうと察し、あの茶席で、二人がともに黙りこんでしまったことを、長益は頭によみがえらせた。

人にはだれも、埋めきれない心の傷跡というものがある……愛息《あいそく》を殺めさせられた家康のなかにもそれはあり、さほどのことでなくとも、長益にだって、ある。

だが、光秀のなかに溜まっていた傷の数々はよりひどく膿《う》んで、血をはらみ、破裂寸前になっていはしまいか。

これは何か、大変なことが起こらねば良いが……長益には、禍々《まがまが》しい予感がしてならなかった。

第三章　秀吉の時代

一

長益《ながます》の悪しき予感は当たった。

よもや、と思っていたことが、現実になったのだ。大兄《おおあに》・信長が宿所としていた本能寺が襲われ、大兄は死して寺は焼かれた。

敵——謀反《むほん》を起こし、主《あるじ》たる信長を斃《たお》したのは、ほかでもない、長益とはもっとも近しい部将の一人、明智日向守《ひゅうがのかみ》光秀であった。

光秀のひきいる明智の軍団は、信長の嫡男《ちゃくなん》・信忠《のぶただ》や長益らが定宿にしていた妙覚寺《みょうかくじ》にも迫り、信忠らは応戦しようとしたが、

「ここよりも、二条御所のほうが戦いやすい」

との京都所司代・村井貞勝《さだかつ》の意見を容れて、ちょっとした城塞の体《てい》をなした二条御所へ。ほんらいの住人である誠仁《さねひと》親王を脱出させたのち、防戦したが、一万数千の明智勢に対して、味方の兵は千に満たない。

「とても勝ち目はない」

と見た信忠は、切腹して果てようとする。傅役《もりやく》の長益も自死を覚悟したが、信忠に止められてしまった。

「生きて、岐阜の城へ逃げ帰り、わが子・三法師《さんぼうし》を守ってほしい」

と懇請《こんせい》、否、命令したのである。三法師は信長にとっても嫡孫にあたるが、まだ物心もつかぬほどに幼い。たしかにだれか、しかるべき者が見てやる必要があった。

いずれ主命とあれば、仕方がない。

わが近辺に何事かあったならば、何とか逃げて、織田家を守れ——この信長の言い方も、妙に予言めくが、大兄の遺言とも受けとれる。

長益は御所に残っていた小者と衣服を交換し、髷《まげ》を切り落とすと、逃げ遅れてなおも近辺を走りまわっている家僕らの群れにまぎれこんだ。

それからは無我夢中で、夜がすっかり明けて、雀のさえずりが聞こえるようになるころまで、どこをどう辿ったのかすら、憶えてはいない。ひたすら東へ、東へと駆けて、どうにか京の町を抜けだすことが出来たのだ。

遁走《とんそう》しながらも、長益は、

「なぜに光秀どのは、大兄を討とうとしたのか」

そのことを考えつづけた。

ときに苦戦させられながらも討ち破った朝倉義景《よしかげ》や義弟の浅井《あざい》長政、彼らの髑髏《どくろ》を黄金で彩った杯を信長が披露したときに、光秀一人が昏《くら》い表情をしているのを、長益は見逃さなかった。

いっそう昏くするどい目つきをしてみせたのは、丹波平定の功績を信長に褒めたたえられたときのことだ。その勲によって、光秀は三十万石近い扶持《ふち》をとる大々名となったのだが、母親の磔《はりつけ》そして晒《さら》し首という代償は大きすぎた。

信長はさらに、比叡ばかりか高野のお山にも火をかけ、光秀が尊崇していたという美濃出身の名僧・快川紹喜《かいせんじょうき》が住持をつとめる甲斐の恵林寺《えりんじ》をも襲って、大勢の僧侶を焼き殺した。

長益と同様に、信仰心の篤い光秀には、そうした事実も耐えがたかったのであろう。

くわえて、彼個人に対する数かぎりない苛《いじ》め……罵倒され、殴打され、打擲《ちょうちゃく》される。それが信長みずからが為したことならば、まだ我慢もできよう。

ところが饗宴用の魚介が腐っていたとして、信長の怒りを買い、家康の饗応《きょうおう》役を解かれたときには、ちがった。信長が命じたとはいえ、小姓の蘭丸ごときが鉄扇《てっせん》で光秀を打ち、折檻《せっかん》したのである。

光秀にとっては、屈辱以外の何ものでもない。

へたれで文弱の長益が言うのも、おかしなものだが、

「武士には武士の面目」

というものがあるはずではないか。

そこへもってきて、信長は光秀から、さきの二十九万石の領地・丹波一国ばかりか、もとからの

近江志賀郡を召しあげた。そして、切りとった場合にのみ、

「出雲・岩見の二国をさずける」

という空手形《からてがた》をちらつかせ、毛利勢を相手に戦闘中の秀吉を応援すべく、ともに中国に出陣せよ、と光秀に命じた。

今までの功績など意にも介さず、部下を追い立ててゆく大兄のやり方は、長益にしても重々承知ではあった。

「それでも大兄は、苛酷でありすぎる」

とがった錐《きり》が、おのれの胸の奥深く突き刺さったままでいたのだ。

明智十兵衛尉《じゅうべえのじょう》、いや、惟任《これとう》日向守光秀。文字どおり、堪忍につぐ堪忍を詰めこんできた堪忍袋の緒《お》が切れた、ということかもしれない。

何にしても、すでにして事は起きてしまった。

長益としてはもう、いかようにしてでも、この窮地をおのれの力で切り抜けてゆくしかないだろう。


京の町を何とか脱したところで、小者と交換した衣服を、こんどは街道で出会った物売りのボロ布のごとき服と交換した。着てみると、あちこち破れ、つぎはぎだらけで、臭《にお》いがひどい。顔や両の腕も、汗と土埃《つちぼこり》にまみれ、どう見ても、位の高い武士であろうなどと思われようはずがなかった。

土地の百姓や行商人、旅僧たちと追い越し、追い越されしながら、鈴鹿峠を越えるころには、光

秀配下の者たちに誰何《すいか》される心配もなくなった。

「まずは岐阜のお城をめざすことだ」

それに専念するしかない。岐阜には信忠の妻女と嫡男の三法師がいる。甥の信忠、そして大兄・信長の遺言ともいうべき命をはたさなければならなかった。

ほとんど寝ずに歩き通して丸二日後、ようやくにして長益は岐阜の城下にたどり着いた。疲れきったからだに汚い衣をまとい、汗まみれ、埃まみれの長益を見て、城の門衛《もんえい》は、

「臭《くさ》い、臭いっ」

と、おのれの鼻をつまみ、片手で追い払う仕草をし、

「ここは、おぬしのような者が来るところではない。早々に立ち去れいっ」

と、もう一方の手に持った槍の柄《え》で長益の胸もとを突こうとする。

「……わしは、長益じゃ。この城の主・信忠さまの傅役、叔父でもある織田源吾《げんご》長益ぞ」

長益が疲れきった声で、そう告げたとき、たまたま、その場を通りかかった武士が気づいた。城代家老とともに残って、城の留守居役を託された信忠の家臣の一人である。

「これは、もしや？……長益さまではござりませぬか」

相手は平伏する。あわてて門衛も槍をそばにおき、石畳の上に両手を突いて、ひれ伏した。

こうして無事に岐阜城に帰り着いた長益は、事の次第を城代家老と信忠の正室に伝えた。すでにあらかたの出来事は、伝令によってもたらされていたが、詳細が分からず、わけても信長や信忠、信房《のぶふさ》の最期《さいご》の様子は知らされてはいない。

長益は、三人は皆自刃《じじん》して果てたが、信長にはまえまえから「織田の家を存続させよ」と言われ

ていたこと、信忠には生きて帰って三法師を庇護してほしい、と頼まれたことを明かした。

「三法師はまだ、あまりにも幼い……叔父上のほかに託すべき者はござらぬ、と必死な顔で申したのじゃ」

それを告げると、信忠の正室はわっと泣きくずれた。

「そのようなわけで、わしは情けなくも生き恥をさらして、もどって参った。ゆるしてくれ」

長益はそう言うと、頭を下げた。

「そなたや三法師はすぐに、清洲《きよす》の城へ移ったほうが良いであろう」

清洲はより京から遠いし、水運の便もわるくない。海路、徳川方の領地、三河へと逃げることも可能だろう。

いそぎ支度をさせ、警護の兵を充分につけて三法師とその母を清洲に送りだすと、長益は少し安心した。

「さて……」

と、長益は思案する。

とりあえずは自城の大草にもどろうかとも思うが、そうしてしまうと、光秀の動きをはじめ、天下の動勢がどうなるのか、つかめない。諸種の報せが、はいりにくくなる気がした。

大草城にいるお仙らにはすでに、おのれが目撃した事変の概要と信忠の命、そして自身は無事であるとの文《ふみ》を書き送っている。

長益は岐阜城にしばらく滞在して、現況を見きわめることにした。

まずは信長の麾下《きか》にあった他の部将たちが、どう対処しようとしているか、である。

「本能寺の変」が起きた当時、信長勢の有力な部将たちは、各地に分散して戦っていた。柴田勝家は越中で上杉氏と、滝川一益《かずます》は下野《しもつけ》で北条（後北条）氏と対峙している。毛利氏を相手とする羽柴秀吉は、備中の高松城で水攻めをおこなっている最中だったのだ。

おそらく光秀は、それらの現状を把握し、彼らが早々に信長のもとへ駆けつけることはない——そうと判断したからこそ、兵を挙げたのだろう。

「……家康どのは、どうしておられようか」

家康の心底には、光秀と同じか、それよりも深い信長への怨嗟《えんさ》の思いがあるのを、長益は知っていた。茶の湯の礼を告げたときの微妙な表情からしても、それは察しられる。

だから、このたびのように、もし光秀が兵を挙げるならば、共闘するか、加勢する立場にまわることも考えられなくはない。

けれども、家康ら一行が安土に到着した次の日、長益がもよおした茶の湯の席でも、そうした話は片言も聞かれなかったし、光秀はその夜のうちに饗応役を外され、翌朝には坂本の城へ帰っていったのだ。

二人が共謀して信長を討つ、などという可能性は薄い。少なくとも、あの茶席の前後に、謀事《はかりごと》を語らう密談の場などは、もちようがなかったろう。

じっさい、本能寺での事変が起きたとき、堺から京へともどる途中だった家康ら一行は、「信長薨《こう》ず」の報を得るや、宇治田原《たわら》から近江の信楽《しがらき》をへて、山ぶかく峻険なことで知られる伊賀路にはいり、柘植《つげ》、加太《かた》、亀山の里を抜けて伊勢の海湾に面した白子《しらこ》に出る。

その間、丸二日を要したが、四日の朝には海路、三河へと向かい、四苦八苦のすえに、どうにか岡崎の城に帰り着いたのである。

緊急の間諜《かんちょう》は東方へは派していないから、今の八日の時点では、そこまでは長益も耳にしていない。

ただ、万が一にも、家康が光秀にくみしていたとするならば、信長らよりさらに少ない供の者を連れての上洛と堺見物など、するはずがない。

よしんば、それが「見せかけ」だとしても、京の内外に相応の伏兵ぐらいは潜ませていたであろう。

「やはり、家康どのは何も存じてはおらなんだ。もっと、ずっと怪しいのは……」

羽柴筑前守《ちくぜんのかみ》秀吉である。それというのも、長益のもとへ、これより三日ほどまえ、京師《けいし》近辺に送りこんでおいた間者《かんじゃ》から、とんでもない報告がとどけられたのだ。

本能寺での変が起こった翌六月三日、どういうわけか、秀吉は事実を知った。

「……その晩遅くにはもう、毛利方の使僧・安国寺恵瓊《あんこくじえけい》を自陣にまねき、休戦の交渉をはじめたそうでございまする」

秀吉は和睦《わぼく》の条件として、備中と美作《みまさか》、伯耆《ほうき》の割譲と、水攻めにより、攻落寸前だった高松城主・清水宗治《むねはる》の切腹を要求する。

それを毛利方が受けいれた。四日巳《み》ノ刻（午前十時頃）、水があふれて湖沼のごとくなった城の庭園に浮かべた小舟の上で、宗治が腹を切り、和睦が成立した。

二日後の六日午後、毛利勢の吉川元春《きっかわもとはる》・小早川隆景《たかかげ》の軍勢が陣を引く。その様子を確認するなり、秀吉は東上を開始した。

行軍の速さは尋常ならず、同夜のうちに備前の沼城《ぬまじろ》にはいり、翌七日の晩には、播磨《はりま》の姫路城に到着したという。

すなわち万余の大軍勢が、ただの一昼夜で二十七里（約百八キロ）もの距離を進んだことになる。ましらや韋駄天《いだてん》ならば、ともかく、並みの人間には出来ない。それも、一人や二人ではないのだ。

「さようなことが、あろうはずがなかろう」

騎馬で行く将官はべつとしても、徒歩《かち》の兵のなかには体力のない者、体調のわるい者、平素から足の鈍《のろ》い者もいたはずである。

おまけに今、この日の本は梅雨《つゆ》の季節で、天候もわるい。

それでも秀吉ひきいる軍勢は、その後もほとんど休まず、九日には姫路を出発、十一日午後に尼崎へ。十二日の夜には、摂津富田《せっつとんだ》に到着している。

これが、のちのちまでも「秀吉の神わざ」として語りつがれる「中国大返し」である。

二

岐阜の城にいた長益は、

「常ならぬことじゃ」

と思い、秀吉のあまりにも速い「大返し」に関し、少なからぬ疑念を抱いた。

一つは、対峙《たいじ》していた毛利側の出かたのことである。

事変を知った三日のうちに、秀吉は和睦の交渉をはじめ、翌日にはそれを決着させて、つぎの日には兵を返す準備をととのえ、三日目の昼すぎには備中高松をあとにしている。

「これは……あり得ぬ」

と、長益は自分にあてがわれた城内の寝所《しんじょ》で、ひとり寝返りを打ちながら、唸《うな》った。夜更け前には床についたのに、あれこれと思いを巡らし、空が白みかけても、眠れずにいる。

「もしや、秀吉と毛利氏との間に、まえまえより何らかの取り決め事でもあったのではあるまいか」

毛利軍は総勢五万ともいわれ、秀吉軍の三万をはるかに凌駕《りょうが》している。だからこそ秀吉は、信長に援軍を要請し、信忠や光秀らまでも加勢にくりだすことになっていたのだ。

にも拘《かか》わらず、和睦に向けての交渉のまえまで、毛利勢は秀吉の軍勢と睨《にら》みあったまま、動こうとはしないでいたようだ。

その間、じつに十日あまりもある。ということは、その段階ですでに、

「双方ともに、兵を引きたいと願《ねご》うていたのやもしれぬ」

おもわずつぶやいて、長益は小さく鼻を鳴らした。

このことはもちろん、信長も承知していたはずだが、高松城の攻防戦における兵の数でこそ、圧倒しているものの、毛利氏周辺の国人《こくじん》や土豪《どごう》衆はおおかた、信長方に通じてきていた。

さらには、かつての織田家と同様に、毛利家内部でも対立があって、統制が取れない状態にあったのだ。

「和睦を望んでいたのは、むしろ毛利方のほうか……」

公《おおや》けには、秀吉が本能寺での信長の死を知って、いそぎ交渉を開始したかのように伝えられている。が、じっさいにはもっとずっと早くから、その機運はあり、根廻しはすんでいて、言うなれば、最後の「手打ち」のときを迎えていたのではないか。

そういうふうに考えると、秀吉が信長に援軍を要請し、それを大兄が受けいれたのも解《げ》せないが、

「あのずる賢いサルめのことじゃ、策の弄《ろう》しようも、並みではない……一筋縄《ひとすじなわ》では行くまいて」

秀吉が丸めこんだのは、毛利方だけではないのかもしれない。

事変の急報をいち早くとらえ、早急に毛利と和して、最速の「大返し」を断行する。そんな真似ができるとは、本能寺で事が起こるのを、はなから秀吉が読んでいたとしか思いようがない。

「まさかに、サルめが、何もかもを計らった？」

秀吉と光秀とは、水と油。出自も、教養も、性格も……ちがいすぎる。正反対とさえ言えよう。その二人が手をたずさえる可能性は、万に一つもないような気がする。ならば大兄・信長とおのれ、信吾長益とでは、どうか。「たわけ」に「へたれ」はともかく、好みや気性などは、まるで逆だ。

「……だのに大兄さまは、わしを可愛がってくれていた」

不可能だ、と断じながらも、どこかで長益は、二人が組んだ——密かな約束事を取りかわしていたのやもしれぬ、との憶測も否《いな》めなかった。

しかし秀吉は、ものの見事に、その密約を裏切った。事が成ったとたんに、

「主殺しの仇《あだ》を討つ」

との名目で中国路を引きかえし、今もその「大義名分」を振りかざして、自勢にくみする将兵を

つのりつつある。

つまるところ、よしんば密約などはなかったとしても、だ。それらの段取りの良さ、迅速さから見ても、秀吉が事前にすべてを見通していたことは明白だ。

「それを……日向守光秀の謀反の企てを、サルめの耳に入れたのは……ひょっとして、細川どの？」

だれもが光秀の盟友と信じて疑わずにいる細川藤孝《ふじたか》。教養も知識も深く、長益も何度か茶の湯の席をともにした。彼にならば、光秀もおのれの胸中を何もかも、さらけだし、挙兵のことまでも明かしたかもしれない。

その藤孝が、「人たらし」の秀吉にたぶらかされて、光秀を裏切ったとしたら……そうした噂も、岐阜の城には続々と飛びこんできた。

現に、信長を斃した光秀のもとには、藤孝はもとより、筒井順慶や中川清秀《きよひで》、高山右近《うこん》など、それまで彼の幕下におかれていた諸将も寄ってはいない。

それどころか、中川や高山、池田恒興《つねおき》らの摂津衆は秀吉方にくみしたらしく、光秀はかなり不利な状況に追いこまれているようである。

立場からすれば、長益も、いや、長益こそは、大兄の仇を討つべく先頭に立つべきなのだろう。そうは思うが、個人的には光秀に近いし、秀吉に荷担・加勢するのだけは「御免こうむりたい」と思っている。

長益としては、ここはやはり「高み」とは言わず、横からでも下からでも、じっと見守りつづけるほかはなさそうであった。

織田源吾長益があれこれと憶測していた、同じころ。――

天正十(一五八二)年六月十二日の未明、光秀は洛外の鳥羽《とば》の本陣を出て、京の西郊・山崎へと向かっていた。

信長とはちがい、天皇や朝廷を重んじる光秀としては、「帝《みかど》のおわす京の都」での戦闘は、何としても避けたかったのだ。

それと同時に、自軍の一万六千に対し、秀吉軍は四万に近い。その兵力の差から推《お》して、山崎は、

「無勢で多勢を迎え撃つには、ちょうど良い地形ではないか」

と判断したためでもあった。天王山《てんのうさん》と淀川《よどがわ》にはさまれた隘路《あいろ》になっていて、大軍がいっきに押し寄せるのは難しい。出入りするのにも、厄介な丘陵である。

そこで光秀は、それらの出入り口をふさぐべく、淀川の右岸に位置する勝龍寺《しょうりゅうじ》城の周辺に、自軍の本隊をおいた。

そうしておいて、右翼となる天王山の東麓に丹波衆、中央に近江衆、左翼には斎藤利三《としみつ》や柴田勝《かつ》定《さだ》らの直臣を配した。

すなわち山崎の丘の東西にわたり、全軍を布陣させて、敵の秀吉勢の攻撃にそなえようとしたのである。

一方の秀吉は同日の朝、摂津の富田で軍議をひらく。席上、秀吉は、

「この戦さは亡き殿、信長公の弔い合戦である」

として、信長の遺児の一人、三男・信孝を総大将にすべし、と提案。反対する者はなかった。柴田勝家や滝川一益など、織田家の古老が参陣できなかったこともある。

長益あたりから見れば、いかにも「猿智恵《さるぢえ》」、小ざかしい策略であったが、事実上の総大将が秀吉であることは、だれの眼にも明らかだった。

そして午後、もとは光秀の与力《よりき》衆だった高山右近、中川清秀、池田恒興らが先鋒隊として山崎に送りこまれ、高山は関門の東黒門、中川は天王山に進んで山上へ。池田は淀川すじの右翼に、それぞれ着陣した。

さらに黒田官兵衛《かんべえ》、羽柴秀長《ひでなが》らが天王山麓の西国《さいごく》街道に沿って陣をしき、その西方、左翼にあたる中腹の宝積寺《ほうしゃくじ》に秀吉が陣をかまえた。

この日、両軍の足軽が勝龍寺城のほとりで遭遇、鉄砲で打ちあうなどの前哨戦《ぜんしょうせん》はあったが、ともに主力は温存し、激突までには至っていない。

翌十三日の申《さる》ノ刻（午後四時頃）、雨の降りしきるなか、本格的な戦闘がはじまった。

開戦後まもなく、光秀がもっとも頼りとする斉藤利三が、秀吉勢の中川隊・高山隊・池田隊に襲いかかった。

「多勢なりとて、敵は有象無象《うぞうむぞう》の雑兵《ぞうひょう》じゃ。ひるむなっ」

光秀軍は勢いに乗り、緒戦《しょせん》は優位に立った。けれども、中途で兵の不足がたたりはじめた。右翼のほうに兵をそろえすぎたために、左翼が手薄になった。そこを、秀吉勢に突かれたのである。

自軍が劣勢と見て、すぐさま秀吉は、おのれの生《は》え抜き部隊を池田隊の援護に向かわせる。両軍は合流し、隙のできた光秀軍の左翼に攻め入った。

この奇襲に驚いた光秀軍が右往左往するうちに、右翼にいた秀吉勢もどっと押し寄せて、光秀軍本隊の側面を突いたのであった。

こうなると、もとより兵の数で分《ぶ》のわるい明智方は、抑えようもなく、総崩れとなった。

結果、光秀はいったん退却して、勝龍寺城にもどることに決める。

勝敗が決するのに二ツ刻《ふたっとき》（約六時間）と短かったが、光秀軍の死者三千。勝ったとはいえ、秀吉軍も三千三百名もの死者を出すという熾烈《しれつ》きわまる戦いであった。


あいかわらず織田長益は岐阜城にこもっていて、城内の書院にて、放っておいた間者《かんじゃ》の口から「山崎の戦い」の顛末《てんまつ》を聞いた。

それによると、秀吉方に敗北した光秀は、夕暮れ時に、七百余名の残兵を引きつれて、勝龍寺城に立ち帰った。しかし、ほどなく追撃してきた秀吉軍に城を包囲されてしまう。

「……もはや、これまでか」

と、いったんは自刃《じじん》の覚悟を決めた光秀だったが、まだ再起の望みはある、と城将の三宅藤兵衛《とうべえ》に説得され、恥をしのんで坂本へと帰城することにした。

「それがしどもが火矢を放つなぞして、敵の目を引きつけておきまするゆえ」

「さすれば、よしなに頼む」

夜更けを待って、光秀は夜陰《やいん》にまぎれ、わずか五、六人の供とともに城を出る。秀吉勢の捜索の網をどうにか掻《か》いくぐり、下鳥羽、大亀谷《おおかめだに》をへて山科《やましな》へ。

暗闇と化した獣みちを、なお二里（約八キロ）ほども馬を走らせ、近江国まであと少し、小栗栖《おぐるす》という土地に着いたときだった。

「えいっ」

という掛け声と同時に、竹槍が光秀の脇腹に刺しこまれ、大量の血が流れでた。

このころ、敗走する兵たちの所持品や首級《しゅきゅう》を狙う「落ち武者狩り」が盛んにおこなわれていたが、そういう類《たぐ》いの土民の仕業《しわざ》だったらしい。

どうやら、それが光秀の最期だったようだが、そうと知らされた長益に、「大兄の仇が討たれた」などという喜びは、わいてこない。

むしろ、何か、正体不明の切なさ、悲しみが心底からこみあげてきた。

大兄は事変の起こるしばらくまえに、自分がとことん嫌になった、と言い、だれかに殺《あや》めてもらいたい、と洩《も》らしていた。あれは冗談だったのか、それとも長益の聞きちがえだったのか……彼の耳には、「託すは日向守」との声まで聞こえた気がする。

その日向守光秀が、猿面の秀吉ごときにそそのかされて、本気で謀反を起こした。挙げ句、裏切られて、誅《ちゅう》されたのだとしたら……明智をつぶした秀吉は、つぎにはおそらく、重臣をもふくめた織田の一族・一党のすべてに揺さぶりをかけてくる。

いや、天下をも視野においているのではあるまいか。

なんとも、おぞましい……と、長益は思った。

三

山崎での戦いで秀吉勢が光秀軍を討ち破り、敗走した光秀は拠点の坂本へと逃げる途中の山間で、あえなく土民に殺された。その話を聞いて、長益は千々《ちぢ》に心が乱れ、何とも言いようのない、入り組んだ思いにとらわれた。

一つだけ、喜べることがある。それは叛乱軍の鎮圧によって、ひとまずは、三法師の身の安全が保たれたことだ。

安堵《あんど》して、長益は岐阜城を離れ、自領の知多・大草の城にもどった。

妻のお仙は、ほっとした表情で夫を迎えたが、どことなく陰鬱《いんうつ》げな長益の顔を見て、

「せっかくお帰りなされたのに、嬉しゅうはないのでございますか。何故《なにゆえ》、そのような憂《うれ》い顔《がお》をなされます？」

「いや、いや、嬉しいに決まっておろう。じゃがな……」

と、言葉をつまらせた長益に対し、お仙は枝に止まった小鳥のように首をかしげる。

そんな仕種を見ると、長益も久しぶりに会った妻を愛おしいと思うが、これからのことへの不安のほうが先に立つ。

こののち、大兄の仇を取った秀吉は、どう出るのか。筆頭家老の柴田権六勝家をはじめとする、他の部将たちは？……それより何より、肝心の織田家の将来は、どうなるのであろう。

まぁ、何も起こらず、無事にすむということはあるまい。

心中にわいた、さまざまな疑念は口にせず、長益はお仙に茶を所望《しょもう》した。

この時代、公けの場——茶道・茶の湯の席での女性《にょしょう》の点前はまだ、みとめられてはいない。が、ことに武家の場合、私的な場所では、妻が夫に、娘が親に茶を点てるなどはしていた。

お仙の点前で茶を喫するのは、一年ぶりであろうか。お仙の父・平手政秀は千宗易《せんのそうえき》（のちの利休）と同じく、武野紹鷗《たけのじょうおう》を師匠とし、山科言継《ときつぐ》卿から「類いまれなる」と賞賛されたほどの茶人

である。

その父から薫陶《くんとう》を受けているお仙の点前は、夫の長益と同様、気負うことのない心静まるような所作で、長益はくつろいだ気持ちになる。

袖壁《そでかべ》の窓からは、知多のやわらかな海風がはいり、茶室は清らかな空気に満たされている。平穏そのものだった。

「ようやく、お顔がやさしくなられましたね」

と、お仙は言う。

「もどってきたときのわしの顔は、よほどに怖かったとみえる」

長益は少し笑みをこぼしながら、妻に応えることが出来た。

「怖いというより、それこそは弱り目に祟《たた》り目とでも申しましょうか、鬱々とした渋いお顔をされていましたよ」

「もう、言うな。いろいろ案じられることが多うてな、さきほどは気持ちが荒《すさ》んでおったのじゃ。お仙の茶を飲んだら、落ち着いてきた」

「それは、ようございました。されど、これからが大変でございますね」

長益は薄茶を味わうと、手になじんだ唐物の茶碗をおき、

「ずっとここにおれば、何事もなく、おだやかに過ごせるであろうが……」

と、妻に聞かせるでもなく、ぽつねんとつぶやいた。

長益が大草城にもどった数日後、清洲城は慌ただしい動きにつつまれていた。

「本能寺の変」が勃発してから二十五日をへた六月二十七日に、織田家家臣のおもだった部将たちが、清洲の城にあつまり、

「織田家の跡つぎをどうするか」

それと、これまでの領地の処置と新たな配分についての会議をおこなったのだ。

はせ参じた家臣は、筆頭の柴田勝家、羽柴秀吉、それに丹羽《にわ》長秀、池田恒興である。滝川一益は関東にあり、北条氏とのあいだで苦戦をしており、この「清洲会議」にはついに間にあわずにいた。

信長亡きあとの天下の行方を左右する重要な会議であり、各部将たちや、同席した信長の二男の信雄《のぶかつ》と三男・信孝の思惑が入り乱れ、容易に収拾がつきそうになかった。

ただ部将のなかでは、秀吉が他に抜きんでて、有利な立場になっていた。何しろ、

「率先して、しかも迅速に、信長公の仇をとった」

という功績があり、後嗣《こうし》の問題についても、一歩さきを読んで動いていた。

一方、柴田勝家は事変があったと知っても、なお越後の上杉勢と対峙していて、領地の越前から一歩も出られぬままに終わり、秀吉に、「お株」を奪われたかたちとなっている。

それでも勝家は、織田家の後嗣に三男の信孝を擁することで、主導権を取りもどそうとした。

なぜ三男を推すのかと言えば、勝家は信孝の烏帽子《えぼし》親であり、親しい仲でもあったからだ。さらに信孝は光秀追討の戦いにも出陣しており、表向きは秀吉ではなく、彼が追討軍の総大将となっていた。

二男・信雄は凡庸《ぼんよう》な器《うつわ》で、事変勃発後は自軍を制御《せいぎょ》することが出来ず、せっかく明智勢から奪還した安土《あづち》城を、おのれの手落ちから一部焼失させてしまう、という失策までもしでかしていた。

丹羽長秀はしかし、その信雄を推した。長秀は、信雄が幼いころから面倒をみていたのだ。

「長男亡きあとは、二男が跡をつぐべし」

という長幼《ちょうよう》の序を重んじたのと、信雄の生母は信孝の生母より位が高く、三男・信孝の血すじは劣っていると主張した。

そういうなかにあって、秀吉は、

「亡き殿のご嫡孫・三法師さまこそが、織田家の正当な跡つぎとなられるべきである」

と言いきった。当年とって、まだわずか三歳の幼子《おさなご》を担ぎだすことは、後ろ盾となる秀吉があやつることを意味する。それは見え見えであったが、「信忠の遺言」が決め手となっていた。

なんと信忠の叔父・源吾長益その人が、「生き証人」とされた。

「信忠さまがお腹を召される直前、長益さまに仰《おお》せになったとのよし……それがし、長益さまより、確かな言質《げんち》を得ているのでござる」

あまつさえ、清洲城には三法師がいた。秀吉はここでも、敏速に動いた。いち早く三法師に近づき、手なずけている。

そして秀吉は、三法師を片方の肩に乗せ、そのままで会議の席に現われた。柴田勝家も丹羽長秀も池田恒興も、三法師のまえでは平伏せざるを得ない。秀吉に向かって低頭しているのと、変わらぬ格好になる。

長秀と恒興の二人などは、

「これはもう、筑前守秀吉に付くしかない」

とあきらめていた。

まさしく、秀吉の作戦勝ちであった。

大草城の長益は、傍観者を決めこんではいたものの、会議の情勢がどうなっているのか、気が気ではなかった。穏便《おんびん》にすめば良いが、争いが激しくなれば、兄弟同士、肉親同士が争うことになりかねない。

長益自身は身を引くことにしたのも、おのれまでがそこに巻きこまれるのが嫌だったからだ。

彼の甥にして信長の嫡男・信忠が「三法師を守れ」と命じたのは、間違いない。その後見の役目を長益に課したのも、疑いなかった。だからこそ、彼は生きのびた。生還して、三法師と生母のいる岐阜城まで、ほうほうの体《てい》でたどり着いたのである。

だが秀吉から、

「二条御所での信忠さま、ご最期の折りのことをお話しくださいませ」

と請われたとき、長益は自分が後見役を託されたことまでは明かさなかった。

「わしのような政事軍事にうといへたれには、そんな大役は果たせぬ」

しかるべき有力者に任をゆだねて、自分は付かず離れずの立場で見守っているほうが良いだろう、と考えたからだ。

それでも長益は、おのれの代わりに長男の長孝《ながたか》を清洲城に送りこんでいた。三法師を岐阜城から清洲の城に移すさい、三法師の世話をせよ、と長孝に申しつけておいたのである。

その長孝が父親に報告をすべく、長益の待つ大草にもどってきた。

長孝が帰城の挨拶をしようとするのも、もどかしげに、長益は首を揺すって、

「長孝、苦労であった。して、清洲の会議はどうなったのじゃ？」

「父上が言われたとおり、三法師さまが正式に跡つぎとなったようでございます」

「やはり、そうであったか。サルの目論見《もくろみ》どおりに、事がはこんだわけだな。それで後見役には、だれがつくことに決まった？……まさか、秀吉が後見役となったのではあるまいな」

「いいえ、信雄さまと信孝さまのご両名が、後見役となられました」

「信雄と信孝だ、と。それでは柴田も丹羽も文句が言えぬ。なんとも巧妙な策ではないか」

長益は、秀吉の計略の巧みさに舌を巻いた。相も変わらぬ、とも言える。けれど、すべてが丸くおさまっているわけではない。

信雄と信孝はもともと、仲がわるかった。年齢だけではなく、出自もあって、信雄は信孝を見くだしているが、軍功では、はたの者の眼にも、信孝のほうがまさっていると映る。

二人がそろって同じ後見役につくとなると、紛争の火種は残ったままだ。それどころか、ますます危うくなりかねない。

「……領地の配分は、いかなることになったのじゃ？」

「信雄さまは尾張、信孝さまは美濃を相続され、羽柴秀吉どのは河内と山城《やましろ》、柴田どのはこれまでどおり、越前北ノ庄《きたのしょう》を本拠とされ、さらに秀吉どのの長浜城、北近江の割譲がみとめられたと、うかごうております」

「秀吉は近江の要《かなめ》となる長浜の城を、よう勝家にゆずったものじゃな」

「噂では、羽柴どのが柴田どのの顔を立てて、ゆずったのだ、と言われております。なぜなら肝心の近畿一円における配分は、ほぼ平等……そのうえ、領地の石高では、羽柴どののほうが柴田どのを上まわったそうでござりますゆえ」

「なるほど、このままでは勝家の面目がつぶれてしまう、ということか」

「もう一つ、柴田どのを納得させるための策がござりました」

と、長孝はちょっと意味ありげな視線を父に向けた。

「もう一つ？……ほかにも、あたえた領地があるのか」

「いえ、領地ではありませぬ。人でござります」

「人じゃと……部下でもゆずったと申すのか」

「いえ、お市の方さまが、柴田どののご継室となられるようです」

「お市姉さまが……まことかっ」

われしらず長益は悲鳴のような声を出してしまい、慌てて口を押さえると同時に、左右に眼をやり、近くにお仙がいないことを確かめた。

「勝家は齢《よわい》六十をすぎているだろう。どうしたわけで、そんな……」

お市は生まれ月は早いものの、長益と同い年で、三十半ばのはずだった。その美貌はいまだに衰えを見せず、二十代と言っても、通りそうである。

男にとっては、「領地よりも価値があるやもしれぬ」と長益は思う。それにしても、秀吉は久しくお市姉を狙っていたのではなかったか。年齢も今年、秀吉は四十六で、十歳ほどの差があるが、ちょうど良いとも言える。

お市姉を何とか、おのれのものに出来ないか、秀吉のそういう願望や気配を、長益は以前から感じていた。長益みずから、幼いころより思慕していた姉さまだけに、よけいにそれは分かる。

その思いをここへ来て、とうとう秀吉は断ち切ったらしい。彼はお市姉を勝家にゆずることで、織田家宿老としての誇りを保てるように仕向けたのだろう。

「まぁ、しかし、仮りにあのサルめが、お市姉さまに言い寄っても、姉さまは首を縦には振らぬじゃろうが……」

長益はひとりごちた。秀吉は、お市姉のさきの夫たる浅井《あざい》長政の城攻めにも積極的に動いたし、浅井家の嫡男・万福《まんぷく》丸を捕らえて処刑したのも、彼なのだ。

お市と茶々《ちゃちゃ》、お初《はつ》、お督《ごう》の三人の娘たちには、いかにしても幸せになって欲しかった。戦国の世の習いとはいえ、彼女たちがまた、争乱の嵐にさらされる姿を、長益は見たくなかった。

ともあれ、お市は岐阜城にて柴田権六勝家と婚儀をかわし、娘ら三人を連れ子として、越前の北ノ庄城へと旅立っていった。

長益自身は現状のまま、知多の大草城を安堵された。ただし、形式上は信長の二男の信雄の直轄領とされ、長益は信雄に臣従《しんじゅう》するような立場となった。

「やれやれ、こんどはあの愚昧《ぐまい》な甥っこに、振りまわされるというわけか」

一難去って、また一難……どころか、二難も三難もありそうだ。さほどに明るい未来は期待できそうにない。

このところ、また、暗澹《あんたん》たる気分におちいり、たびたび溜め息を吐く長益であった。

四

お市が柴田権六勝家の継室となり、越前の北ノ庄城へ去ったことが、これほどにも大きな喪失感を自分にもたらすとは、長益の思いもよらないことであった。

長益はまるで気が抜けたようになり、お仙が、

「近ごろ、なんだか、ご様子がおかしゅうござりますよ」

どこか身体の具合でもわるいのか、と案ずる有様である。

お仙がなぜか、お市のことを気にして、嫉妬にも似た感情を抱いているのを知っているから、長益は何も言わない。

だいいちに、お市姉のことだけではなかった。

大兄・信長が亡くなってから、天下の重しとなる巨岩が失せて、それほどの一大事をなした光秀も討滅された。

このまま秀吉ごときの思いのままになるのか。そういう懸念にくわえて、織田家内部のもめごと――ことに信長の二男の信雄と三男・信孝の睨《にら》み合いなど、

「これから、どうなるのであろう」

という不安が、ずっと長益の胸にわだかまっている。

清洲会議が終わり、幼い信長の嫡孫・三法師の身柄はとりあえず、清洲の城から岐阜城に移された。最終的には、

「安土城を再建して、そこに三法師を住まわせる」

と、清洲会議で取りきめられた。岐阜は仮りの居城であるが、三法師の父の信忠はもともと岐阜城の城主であったのだから、三法師は生まれ育った城にもどったことになる。

ところが、そんなことでさえも、兄弟同士で揉《も》める原因となった。

三法師の後見人は信雄と信孝の二人だが、岐阜城は信孝が相続する手筈である。その信孝のもとへ三法師を移すことは、信雄にとっては、とうてい我慢のならぬことだった。

尾張国を相続した信雄としては、これまでどおり、三法師を清洲城にとどめおいておけば、後見人としての立場を強くすることが出来る。ために彼は、岐阜城に三法師をもどすという話に反発した。

一計を案じた秀吉は、

「安土城の修復をいそがせまする。普請《ふしん》が終われば、すぐにでも三法師さまを安土へお移しいたしましょう」

と、信雄を説得した。

秀吉にそう言われてしまえば、信雄も仕方がない。不承不承、諾《だく》とせねばならない。そうして多くの不満や葛藤《かっとう》を残したままに、三法師は岐阜へと帰城したのである。

長益も、三法師はしばらく岐阜城で養育したほう良い、と信雄に伝えた。が、信長そして信忠亡き今、

「おのれこそは、織田の頭領である」

と思いこんでいる信雄は、庶子の弟に三法師を盗《と》られたかのように言いつのる。

長益は、頑《かたく》なな信雄の態度にあきれながらも、

「古来、親族の争いは害あって利なし、と申しまするぞ」

と、穏やかに、この愚甥を諭すほかなかった。


このところ、秀吉はやたらと長益にすり寄ってきている。以前は、たとえ主・信長の弟とはいえ、戦さ嫌いで文弱の長益を、いかにも軽んじているようであった。

金ヶ崎《かねがさき》の退き口《のくち》――退却戦のおりの罵倒にも近い秀吉の言いぐさと、馬鹿にした態度が、長益には、いまだ忘れることが出来ない。

輜重《しちょう》隊の隊員らといっしょになって、殿軍《でんぐん》のまわりをうろうろしていた長益に、尾張の百姓ことばで、秀吉はこう言ったのだ。

「邪魔だにゃーも、とっとと消え失せてくれんかにゃあ」

その顔つきは、まさに木上で歯を剝《む》いた猿にそっくりであった。

思えば、その秀吉を「待て」とよびとめ、長益に向かい、お早く逃げますように、と丁重にうながしてくれたのが、明智光秀ではなかったか。

それはともかく、最近は秀吉の長益への応対ぶりが一変、気持ちがわるいくらいに鷹揚《おうよう》、慇懃《いんぎん》に接しているのだ。むろん今や、秀吉が、長益の利用価値を見いだしたからにちがいない。

ある程度はしかし、長益の茶人としての評価を、秀吉が千宗易から伝え聞いたせいもあるのだろう。

宗易は信長にもみとめられてはいたが、贔屓《ひいき》の仕方は、秀吉のほうが数段、すごい。目下いちば

んに、お気に入りの茶人だ。「山崎の戦い」ののちも、すぐさま勝利の祝いに駆けつけた宗易に、

「そこもとならではの茶室をつくるが良い」

と申しつけている。

その宗易が、秀吉とのやりとりの最中、長益の名をあげたのである。

「それがしが存じあげている武将のなかで、一、二位を競う茶人は、細川幽斎《ゆうさい》さまと織田長益さまでございましょう」

秀吉は、細川藤孝こと幽斎は当然だと見ていたが、突然に長益の名前が出てきたことに驚いた。

長益は、信長の「名物狩り」などにしじゅう同席していた。そのせいで、千宗易だけではなく、今井宗久《そうきゅう》や津田宗及《そうぎゅう》といった、名だたる茶人とも顔見知りであった。

だれもが、長益の茶人としての力量に一目おいている。「にわか仕込み」の秀吉などとは比べものにならない。段ちがいの実力の持ち主なのである。

「どうやら文弱の徒だとか、へたれだとかと、嘗《な》めてかかることは禁物のようじゃ」

今さらながらに、秀吉は気づいたらしい。茶の湯や連歌《れんが》の腕前だけではなく、他人との交渉事にも長《た》けているようだ、と。

たしかに長益は、思慮が足らず、性格に難のある信雄でさえも、なだめさとすことの出来る温厚さと、相応に理や筋の通った物の言いようを兼ねそなえていた。

いまだ生きのびている信長の弟は、数少ない。信包《のぶかね》と信照《のぶてる》、そして長益の三人である。なかで長益は嫡男・信忠の傅役として、その遺言を直接、聞いている。

それだけでも利用価値があるのに、そうした能力まであろうとは……まぎれもなく秀吉は、長益

に対する見かたを、あらためたのである。

「これは、わしが天下をひき寄せる道具に使えるやもしれぬ」

天正十（一五八二）年十月、秀吉は京都大徳寺《だいとくじ》にて、みずから喪主となり、信長の葬儀を大々的にとりおこなった。

参列者のなかに、信長と血のつながった者は、秀吉の養嗣子《ようしし》となっている四男・羽柴秀勝《ひでかつ》のみしかいない。信雄や信孝、お市の方や柴田勝家をはじめとする織田家の重臣の姿も見えなかった。

長益には、秀吉から、

「ぜひともご臨席していただきたい」

との申し入れがあったが、彼もまた断わっている。

ほかに、たとえば元・信長の同盟者であった徳川家康のような有力大名がはせ参じるはずもなく、秀吉は知らせてもいなかった。

すべては秀吉が独断でおこなった、信長への私的な弔いでしかなかったのだが、あまりに仰々《ぎょうぎょう》しく派手であったため、ちまたの者たちは、

「これからは秀吉さまが、信長公に代わって、天下を治めるのじゃろう」

などと噂しはじめた。

そのような風聞が流れるよう仕向けたのも、じつは秀吉であった。

いささかなりと噂が耳にはいれば、なおのこと、反駁《はんばく》している織田家の部将たちとしては、面白くない。越前にいる勝家、岐阜城の織田信孝、滝川一益などである。

そういう彼らに対し、秀吉は、さらに挑発するように、

「安土城の再建が成りました。さっそくに、三法師さまを安土へお移しくださりませ」

と、岐阜の城主たる信孝に迫った。

信孝はそれを拒絶する。ここで、秀吉の言いなりになれば、天下は秀吉のものになってしまう……その危惧《きぐ》と危機感が信孝の反発をかきたてた。

伊勢には滝川一益、越前には柴田勝家という同じ思いをもつ部将がいる。信孝は秀吉と戦う決意をかため、軍備をととのえはじめた。

秀吉は、信孝がそう出ることを、とうに見越していた。

「ここは、先手を打つべし」

と動く。

十二月二日、越前から近江への国境いの道が雪でとざされる。その事実をたしかめると、秀吉は軍勢をひきいて、柴田側にゆずったばかりの、かつてのおのれの居城・長浜城を取りかこんだ。

勝家は積雪にさまたげられて、救援に向かうことが出来ない。

「いかにしても、これでは勝てぬ」

と、勝家の甥にあたる城将の柴田勝豊《かつとよ》は、あっさりと降伏した。

秀吉の軍勢はそのまま美濃に進軍し、岐阜城へと向かう。

信孝は兄の信雄ほど愚かではないが、やはり政略面でも戦略においても、父・信長とは雲泥《うんでい》の差があった。緻密《ちみつ》に作戦をねり、時宜《じぎ》を待つほどの器量がなかったのだ。

あとになって、事情を知らされて、長益はつくづく、そう思わされた。

せめて伊勢の滝川一益と呼応していれば、あるいは雪が溶ける春まで隠忍自重《おんにんじちょう》していれば、事態は変わったかもしれない。が、時すでに遅し。信孝は、秀吉方の大軍勢を一目見るなり、白旗をあげざるを得なかった。

それが二十日のことだが、このとき、信雄はここぞとばかりに、秀吉軍に合流している。

信孝がいなくなれば、

「織田家の頭領は、わし一人しかおらぬことになる」

信雄は、そう考えたのだ。彼の頭のなかでは、三法師の名代として天下を仕切る、おのれの晴れがましい姿のみが浮かんでいたのである。

それが分かるだけに、長益は今の自分の立場を呪った。信雄の配下におかれたがために、不本意ながら参陣しなければならなくなってしまったのだ。

何故《なにゆえ》に、肉親同士が争うのか、

「織田の家の者がたがいに潰《つぶ》しあったのでは、秀吉の利になるだけじゃというに……」

と、長益は口惜しくてたまらぬが、信雄に説いても詮無《せんな》きことと、あきらめるしかなかった。

そして長益は、こうも思う。兄弟同士が争い、織田の血を残せないのなら、

「お市姉さまや、茶々、お初、お督の三人の娘たちに、何としてでも生き残ってもらうことじゃ」

そうして子孫を残すほか、道はない気がする。

翌天正十一年の正月、滝川一益が遅ればせながら、秀吉に対して挙兵した。一時的に京にもどっていた秀吉は、すぐに大軍をまとめ、伊勢に向かった。

その折りに秀吉は、信雄に対し、長益を秀吉の陣営にくわえるよう申し入れた。

要は、おのれの筆頭の茶頭《さどう》・千宗易が賞賛した「茶の湯武人」織田長益を戦さの間も、そばにおいておきたいだけである。

大兄・信長や、主《あるじ》であった信忠の陣中で茶を点てることには、抵抗がなかった。むしろ長益は、戦さ場で功をあげられぬぶんだけ、心をこめようとしてきた。しかし、あのサルめ、秀吉に対しても、同じように尽くせるはずがない。

鬱屈《うっくつ》した思いを秘めながら、長益は秀吉の陣にはいった。

「いやぁ、長益どの。よくぞ、わが帷幕《いばく》へお出でくださった。まっこと、嬉しいかぎりでござるよ」

秀吉は長益の姿を眼にするや、そうでなくとも皺《しわ》だらけの赤ら顔をクシャクシャにさせた。

「さような重い鎧《よろい》なぞ、お脱ぎなされ。ここでは必要ござらぬ」

秀吉自身、鷹狩り装束《しょうぞく》のような軽装であった。

じっさいの戦闘は、配下の部将たちによって指揮されている。秀吉はこの陣中にあって、大まかな方針と、敵をいかにして調落させるか、指示さえ出していれば良いのである。

そんなふうにして、秀吉は余裕を見せていたが、戦況は膠着状態がつづく。滝川一益の軍は、寡兵でありながらも善戦していたのだ。

二月末、柴田勝家が近江に向けて、越前北ノ庄を発した。まだ雪は少し残っていたが、我慢しきれなくなったのであろう。

みちみち、幕下の佐久間盛政《もりまさ》、前田利家《としいえ》らの軍勢と合流。三万の兵をひきいて、三月十二日になって、ようやく近江柳ヶ瀬《やながせ》に到着、陣をしいた。

秀吉は伊勢に一万の兵を残し、五万の兵を連れて、柳ヶ瀬より北へ一里（約四キロ）強の木ノ本《きのもと》に布陣する。両軍の睨み合いとなり、一月《ひとつき》ほどがすぎたころ、一度、秀吉に降伏した信孝が伊勢の滝川勢とむすび、ふたたび挙兵した。

秀吉は、近江、美濃、伊勢の三方面に対応せねばならなくなった。仕方なく、まずは信孝を叩くべく、美濃に軍を進め、秀吉勢の主流は大垣城にはいった。

この動きを知った柴田勝家は、好機とばかり、佐久間盛政に命じて、手薄な大岩山砦《おおいわやまとりで》を攻撃させる。これは成功し、勝家は盛政に、

「いったん、退却せよ」

と命じたが、盛政は動かなかった。自軍が優位である、と強気だったのだ。

一方、秀吉は大岩山砦陥落の報せをうけると、ただちに軍勢を引きかえさせた。

その速さは尋常ではない。十三里（約五十二キロ）の道のりを、二刻半（約五時間）で走破させたのである。

しかも、ところどころに炊き出しと水が用意されており、日が暮れて暗くなるころには、道すじのいたるところに松明《たいまつ》が燃やされている。

「なんという周到さっ」

長益は、秀吉の「大返し」も、ただの法螺《ほら》ではなかったのか、と驚愕《きょうがく》した。

撤退が遅れた佐久間盛政は敗走し、前田利家は秀吉の調略によって戦線を離脱した。勢いに乗った秀吉軍は、いっきに勝家の軍に襲いかかった。勝家は堪《たま》らず、北ノ庄城へ退却した。

秀吉は北ノ庄城を包囲すると、長益をよんで、

「もう勝利は目前でござる。これからが、長益どのの出番じゃっ」

からからと笑った。

長益は茶の湯のほかにも、自分に期待されているものがあることを悟った。

このままでは、北ノ庄城の落城は目に見えている。そのまえに、お市姉と娘たちを無事に連れだすことが、自分に課せられた役割だが、それは姉を秀吉のもとへ送りとどけることにもなる。

「このサルめにむざむざ、お市姉さまを引きわたすのかっ」

そんな真似だけは御免こうむる、と長益は思った。だが、今は私情は抜きだ。とにもかくにも、お市姉と娘たちの生命《いのち》を救わねばならぬ……そのためには、サルにでも何にでも、頭を下げるよりほかなかった。

五

北ノ庄城は、秀吉の幾万にもおよぶ大軍勢によって、幾重にも取りかこまれていた。

賤ヶ岳での戦いでは、勝家がなす術《すべ》もなく敗走したうえ、兵たちの大半が逃げだしてしまった。

北ノ庄に籠城《ろうじょう》して戦うほどの兵力はなかったが、わずかに残った家臣たちは死を覚悟して、最後の最後まで、あらがう気力を見せている。

ただ、城のまわりは不気味なほどの静けさにつつまれていた。

秀吉は勝家に使者を送り、お市の方と三人の姫ぎみを引きわたすよう、申し入れた。勝家は承諾

したが、その代わりに明朝までの停戦を要求したのだ。

騎乗した長益と供の者数人、そして四挺《ちょう》の空き駕籠《かご》、担ぎ手の足軽たちが、北ノ庄の城内にはいったのは、申《さる》ノ刻（午後四時頃）である。

美しく瀟洒《しょうしゃ》な城であった。

天守や屋敷の屋根はすべて、地産の笏谷石《しゃくだにいし》で葺《ふ》かれていて、その青みがかった色が、かたむきかけた陽差しを受けて輝いていた。

大手口のわきに駕籠をおき、供の者らはそこに待機させた。

長益は小刀も帯びず、丸腰のまま、勝家の家臣に案内される。

本殿の長い廊下をへて、大広間にいたり、長益は、

「こちらでしばし、お待ちください」

と告げられた。

ややあって、お市の方と三人の姫たちが姿を見せた。茶々にお初、お督である。お市は、迎えの使者が長益だと知ると、

「なんと、長益どのがお迎えに参られたのか。懐かしい……久しゅうお会いできず、健勝でおられるのか、気にかけておりました」

と、やさしく声をかける。

「姉上さまが、さほどに気をつかってくださっていたとは……それがしごときには、もったいのうござりまする」

長益には、つぎの言葉が出せなかった。平和な世であれば、お市姉といろんな思い出を語り、よ

もやま話に華《はな》を咲かせることも出来ようが、今はそれどころではない。

「茶々、そなたの叔父上の長益どのじゃ。わたくしと同い年なのですよ」

お市はすぐ隣にいた長女に声をかけた。母や妹たちとともに小谷城《おだに》から脱出したときには、まだ七歳であった。そのころ、小谷の城や清洲城などで、長益はいくどか茶々と顔をあわせていたが、あれから十年の月日がたっている。

もう少女の面影はなく、目鼻立ちのととのった顔立ちに、かすかな憂いを漂わせている。

お市姉の顔に似ているが、父親の浅井長政から受けついだものだろう、頬のあたり、こころもちふくよかで、凛《りん》とした眼差しが、まっすぐ長益の眼に向けられていた。

「叔父上、お久しゅうございます」

と、茶々は床に手をつき、頭を下げた。横にならんだお初とお督も、同時に礼をする。

「茶々、初、督。長益どのが迎えに来てくれたので、母は安心じゃ。そなたたちも安堵するが良い……もはや、何の心配もいらぬ。これからは長益どのを養父と思い、織田家のために尽くすのじゃ、よいな」

長益はお市の言っている意味が分からず、うろたえた。

「姉上さま、何をおっしゃいます。まさか、城に残るおつもりで……」

「源吾どの、いや、長益どの……お別れです。お市は、これでも武家の妻。二度も夫を見捨て、逃げだしたとあっては、地獄に落ちましょうぞ。勝家さまは城を出よ、と諭《さと》されたが、わたくしが請い願ったのです。ともに死にまする、と」

「それは」

なりませぬ、という長益の言葉をさえぎって、

「姫たちにも、わたくしの決意は伝えてあります。それゆえ源吾どの、どうか姫たちを幾久しく守っていただきたいのです」

お市は毅然《きぜん》とした表情をくずさぬまま、長益に低頭した。

三人の娘は顔を伏せたまま、じっとしていた。が、それぞれ小刻みに肩を震わせている。やがて、お初とお督の忍び泣きの声が洩れ聞こえてきた。

茶々は唇を噛みしめて堪えていたが、真白の頬は涙で濡れていた。


茶々、お初、お督の三人をそれぞれの駕籠に乗せ、四つ目の駕籠には、娘らの乳母《めのと》の大蔵卿《おおくらきょう》局《のつぼね》を乗せた。

長益は馬上にあって、天守閣をあおぎ見る。夕闇のなかに灯がいくつか、浮かびあがっている。おそらく、勝家とお市、家臣たちが最後の酒宴をひらいている楼閣にちがいない。

明朝、停戦が解かれれば、秀吉勢の攻撃がはじまる。寡兵で守る城は、ひとたまりもないだろう。姫たちを幾久しく守って欲しい。そのお市の願いを、長益は胸のうちに仕舞いこみ、駕籠の列を進ませた。

城外に出ると、秀吉側がつかわした警護の武士たちが待ちうけていた。長益側近の供の者らとあわせると、けっこうな員数《いんずう》になる。今夜は、戦火を逃れた寺院に姫たちを泊まらせる手筈になっていた。

半刻（約一時間）ほどで寺に到着すると、城の様子がまったく見えない場所であることに、長益

は気づいた。このほうが良い、と彼は思う。できることなら、明朝から開始される戦いの叫喚《きょうかん》が、姫たちの耳に、とどかないでもらいたい……。

寺に残る警護の者や世話役の侍女たちに、いろいろと指示をあたえてから、長益は秀吉の陣にもどった。委細を報告するためだ。

長益の顔を見るなり、秀吉はすぐに駆け寄ってきた。

「さすがでござるな。無事にお市さまと姫ぎみを助けだせたのは、長益どのであればこそ……はて、何か、ちがいますのか」

秀吉は、長益の沈んだ表情を見て、つと口をつぐんだ。

「残念ながら、お市姉は……」

必死に心の動揺を抑えて、長益は可能なかぎり、淡々とした口調で経緯《いきさつ》を語った。お市は城にとどまり、勝家と運命をともにするつもりでいて、その意志が固いこと。また、お市の遺言として、三人の姫が長益に預けられたこと。それらを秀吉に伝えると、

「そりゃ、まことかっ。お市さまが……なんということじゃ」

と、頭を抱える。そして、突然に咆哮《ほうこう》した。

「あの、老いぼれの権六めとともに死ぬなぞ、あり得ぬっ」

勝家に向けての秀吉の怒りは激しかった。お市姉が望んだことだ、と長益がいくら説いても、耳にはいってはいない。

迎えの使者が秀吉子飼《こが》いの家臣であったなら、きっと不手際だと言って責め、罰をくだしていただろう。だが、信長、そしてお市の弟でもある長益に、怒りの矛先を向けることは出来ない。

長益は、秀吉にどう思われようと、いっこうに構わなかった。お市姉は最初から、秀吉のもとへ来ようという気持ちはなかったはずだ。ましてや、このサルにしがみついてでも生きようなどとは、微塵《みじん》も考えなかったにちがいない。

お市姉の決断は哀しくもあったが、恨みをこめた女の一矢《いっし》が秀吉の胸に深く刺さったようで、溜飲《りゅういん》の下がる思いすらも感じた。

長益は報告をすませると、そそくさと帷幕を出た。

退出するまえには、お市の遺言どおり、姫たちを守るべく大草の城に連れて帰る、と告げて、秀吉の了解をとった。

「警護の兵や侍女たちも、お借りしますぞ」

とも付けくわえたが、秀吉はただ、茫然《ぼうぜん》と首肯《しゅこう》するばかりである。

翌早朝、城攻めがはじまった。長益は城が見える高みまで一人、馬で早駆けした。天守閣はすでに、紅蓮《ぐれん》の炎につつまれようとしていた。あの炎のなかに、お市姉がいる。長益は瞑目《めいもく》し、祈った。

それがしごときに、姉の三人の娘たちを守ることなぞ出来ましょうか。

「姉上、どうかこの、へたれの源吾に、力をお貸しくだされ」

知多・大草に出立するまえに、秀吉から過分の金子《きんす》と馬十頭が供与された。さらに追加の人足と警護の兵が送りこまれ、長益と姫たちの一行は、総勢百名を超す行列となった。

長益はさっそく、大草のお仙のもとに使いを出し、

「姫たちを迎える準備をせよ」

と申しつけている。

長益の城は、三人の姫と乳母を住まわせるには狭すぎる。屋敷を新たに建て増しせねばならぬし、侍女も増やさねばならない、が、お市の娘たちのためとあらば、秀吉は気前よく金を出すだろう。だいたい今、秀吉の懐《ふところ》ろにあるものは、ほとんどすべて、元は織田家のものだったはずなのだ。

「何の遠慮がいるものか」

と、長益はひらきなおっている。

信雄のことも気にはなったが、彼は目下、伊勢の滝川一益と対陣している。戦さの駆け引きやら兵糧《ひょうろう》の備えやらで、慌ただしくしているだろう。

それゆえ、挨拶をすべく清洲に立ち寄る必要がないのは、もっけの幸いであった。もし信雄が、清洲で暇をかこっていたら、

「姫たちを清洲城にとどめおけ」

とでも言いかねないところであった。

ようやく大草の城に到着すると、お仙は手抜かりなく、姫たちを迎えいれる準備をすませていた。これまで長益夫婦が居していた本丸は、彼女らのために空けていた。長益とお仙は、二の丸に移る。二の丸にいた数人の側室は、城外にしかるべき屋敷を借りうけ、そちらに住まわせていた。

長らく妬心《としん》を抱いていたほどの夫の姉——そんなお市の忘れ形見《がたみ》だけに、なおさら、お仙は必死だったのだ。

長益は、お仙の複雑な心境と苦慮のほどを思い、失笑せざるを得なかったが、彼女の手際の良さに感心もさせられた。

「茶々よ。これが、わが城じゃ。狭いであろうが、我慢してくれ」

長益が、いたわるように声をかけると、

「叔父上、ここは海が見えます。良きところではござりませぬか」

と、茶々は応えた。

旅の途中、お初とお督が打ち沈んでいるのを、茶々は気丈《きじょう》に励ましていたが、長益は、その茶々がときおり妹たちよりも暗い翳《かげ》りを見せることに気づいていた。

知多の海が、茶々らを少しでも慰めてくれるのであれば、大草に連れてきた甲斐《かい》がある、というものだろう。

そんなこんなで、どうにかお市の娘たちが長益の居城に腰を落ち着けようとしていたころ、信雄は伊勢から美濃、岐阜へと転戦し、岐阜城の信孝を包囲して、降伏させた。

信孝は知多郡野間《のま》の大御堂寺《おおみどうじ》（野間大坊）に蟄居《ちっきょ》させられたが、そのすぐあとに信雄から、

「切腹せよ」

との命がくだる。

大草の長益のもとには、ほぼ同時に、一通の信雄からの書状がとどいた。そこには、そうした事情と、

「叔父上に信孝切腹の立ち会いを願いたい」

といったことが手短に記されていた。弟・信孝の死の確認を頼んできているのだ。長益は、腹に何か苦いものがこみあげてくるのを感じた。

何故、実の兄弟同士で血を流さねばならぬのか……。

大兄・信長はたしかに残酷であったが、無駄なことは好まなかった。おのれのため、織田家のために、弟の信行《のぶゆき》を謀殺した。言ってみれば、織田の一族を二つに割らぬがために、為したことなのだ。

信雄の場合も一見、似たように見える。だが、このたびは背後に秀吉という奇々怪々、魑魅《ちみ》魍魎《もうりょう》、何でもござれ、の策士がいる。

「信雄は、あのサルめにそそのかされるままに、弟を死に追いやっている……それが、織田家の力を削《そ》ぐための、秀吉の策謀であることも見抜けんのじゃ」

おもわず長益は、ひとりごちていた。もし信孝が二男で、信雄が三男であったなら、事態は変わっていたかもしれない。そうとも長益は思う。信孝は信雄に比べれば、はるかに賢いし、理性もある。

それに、越前の柴田勝家の後押しも得ていた。その勝家と信孝が、やはり賢明なことで知られる徳川さま……家康どのと組んでいたならば、お市姉もあたら大切な生命《いのち》を落とすことはなかったのではあるまいか。

「今さら何を……埒《らち》もないっ」

と吐きすてながらも、野間へと向かう馬上で、長益はあらぬ想像をかき立てられていた。

大御堂寺に着くと、ただちに信孝が端座《たんざ》しているという座敷に足をはこんだ。信孝は長益の顔を見ると、

「叔父上が立ち会ってくださるのか。それは、ありがたい」

と、深く頭を下げた。それから長益のほうを見すえたまま、絞りだすようにして声を発した。

「この信孝の無念の思い、分かってくださるのは、叔父上のほかには見あたりませぬ……」

板敷きの床に、悔し涙のしずくが落ちる。

「おぬしの無念、痛いほどに強く胸に突き刺さるぞ」

「叔父上。どうか織田家を、あの……秀吉から守っていただきたいっ」

長益はもう何も言えず、静かに信孝の肩を抱いてやることしか出来なかった。

その半刻後に、信孝は躊躇《ちゅうちょ》なく腹をかっ切り、絶命した。

六

長益はえもいわれぬ無常感にとりつかれていた。

天下に勇名をはせた大兄・信長が京・本能寺で斃され、仇の光秀も秀吉らによって、滅ぼされた。その秀吉に敗北した織田家筆頭家老の柴田権六勝家とともに、おのれがいちばんに愛した女性《にょしょう》ともいえるお市姉が自死し、そして今また、甥同士の争いに敗れた信孝までが冥界《めいかい》へと去った。

それらはすべて、たったの三年もたたぬ間の出来事だ。

あまりにも苦しく虚しき日々……信孝の死を見とどけた和田からの帰路、このままいっそ頭を丸めて、出家しようかとすら、長益は考えた。

「法号は、そう、無楽《むらく》じゃ。無常にして無情の無楽……それしかあるまい」

無楽もしくは無楽斎と号し、隠退して、正室のお仙、他の数人の側室とその子らにもそれぞれ、分に応じた領地をあたえる。

そうして自分は剃髪《ていはつ》し、墨染めの衣を身につけ、領内に小さな庵《いおり》でも建て、茶の湯三昧《ざんまい》でほそぼそと暮らす。もしや、お仙が望むならば、尼僧《にそう》への道をえらんでもらっても良い。

そこまで考えて、長益は、

「……む」

おもわず首をかしげ、溜め息まじりの声をもらした。そうだ、茶々やお初、お督はどうするのか……他でもないお市姉自身に、直々に託された遺児たちだ。長益がみずからの手もとにおいて守って欲しい、と。

「世の中のあらゆる魔手……とりわけて、あの猿面の小狡《こずる》い男の毒牙《どくが》には、かからぬようにしていただきたい」

とも、お市は言っていた。

そのお市との訣《わか》れのきわの約束。どうあっても、それだけは守り通さねばなるまい。

「いまだ仏門には、はいれぬ。じゃが、せめて……」

と、またも長益はひとりごちる。せめて「無楽」の号のみは称して、公《おおや》けにはせず、ごく親しい茶の湯仲間や連歌の朋《とも》のあいだで使わせてもらうことにしよう。

それもやはり、ひとえにお市姉の言う「猿面の小狡い男」のせいか、と思うと、あらためて長益は腹が立った。

それにしても、その秀吉の勢いは、容易にとどまりそうになかった。まさしく「日の出の勢い」

である。

天正十一年九月には、大坂城の築城に取りかかった。柴田勝家を破り、秀吉は、天下を掌中《しょうちゅう》におさめる寸前まで来ている。何人《なんぴと》にもはばかることなく、おのれの野心のおもむくままに、巨大な城を築こうとしていたのだ。

当然のことに、信雄からすれば、面白かろうはずがない。

信孝の切腹を見とどけたことを報告すべく、部下を伴い、清洲の城までおもむいたとき、居室にしている奥の書院に、長益一人をまねき入れて、信雄は言った。

「……秀吉が父上の仇を討ったことは間違いない。じゃが、臣下が主の仇討ちをするのは、当たり前のことじゃ」

だからといって、父・信長が長年にわたり苦闘し、ようやっと摑《つか》みかけていた天下を、脇から掠《さら》うような真似はゆるしがたい。

「えっ、そうではないか、叔父上。トンビやキツネでもあるまいし……おっと、やつはサルじゃったか」

と、信雄は笑ったが、長益はにこりともせずに、

「おぬしの言いたいことは、よう分かる。しかし所詮、力ある者に人と金があつまり、それによって、より強くなり、力が増す。さすれば、力弱き者は強き者になびくであろう」

穏やかな口調で諭した。

「由緒ある足利将軍家が昨今、いかなることになっておるか……それを考えれば、むやみに軽率な動きは取れぬ、と思うがのう」

「何を弱気なことをおっしゃる。足利将軍は、父上をみくびっていたがゆえ、しくじったのじゃ。わしは秀吉をみくびってはおらぬ」

「………」

「わしに味方する、力ある武将は何人もおるのじゃ」

はたして、どうかな。そうは思ったが、ただ呆《あき》れ顔をしたままに、長益は口をつぐんでいた。

「ここで秀吉を叩いておかなければ、奴はますます手に負えなくなり、天下を織田家から奪いとってしまいまするぞ。三法師が元服すれば、三法師が天下人となるのが筋であり、そうなるまでの間は、わしが代わりに国を治める……それこそが正義、正しき道でござろう」

信雄はいつのまにか立ちあがり、口角《こうかく》泡を飛ばしながら、座して動かぬ長益のまえを、いらだった様子で歩きまわっている。

やれやれ、この甥御どのは自分のことを、足利将軍より力があると思っているのだろうか。

足利義昭は最後は大兄に屈服したが、ありとあらゆる策謀で信長を苦しめた、いわば「知謀の征夷大将軍」だ。信雄は朝廷を動かす力もなければ、賢将でもない。

それが分からぬとは……。

長益は心のなかで、あれこれとつぶやきながら、「主」たる信雄の怒りがおさまるのを待った。

と、

「わしには、策があるのじゃ」

ふいに信雄が、自信たっぷりに言い放った。

「……いかような策が?」

長益は不安げに問いかけた。信雄は即答する。

「家康どのを担ぎだす。秀吉に対抗できる武将はいま、三河しかおらん。三河が立てば、サルのやつめ、慌てふためくであろう」

長益は頭が痛くなってきた。人一倍、頭の回転の速い男だ。そんなことは、秀吉が予想しないわけがない。

家康は有力な武将だが、現在の戦力としては、秀吉のほうが上まわっている。勝負はやってみなければ分からないが、勢いに乗っている秀吉側が有利だろう。

秀吉の頭脳に負けぬくらいの軍師がいれば、愚策である、と信雄を諫《いさ》めるにちがいない。が、不幸なことに、それほどの材は、信雄の近辺にはいない。

あまつさえ、信雄の重臣たちの何人かは、秀吉の息がかかっている節さえ見うけられる。

「信雄どの、事を荒立てるまえに、為すべきことがござろうよ」

「為すべきこと?」

「秀吉と一度会《お》うて、話しおうてみなされ」

「話しあう?」

「信雄どのの心のうちを話して、秀吉がさて、どう出るか……確かめてみてからでも、遅うはないはず。うまくすれば、秀吉が譲歩するやもしれぬ」

三河のことは、ほのめかす程度で良い。

「さよう、家康どのの名を出すまでのこともないのやも……秀吉とて、われらが織田の家と反目すれば、いろいろ具合のわるいことになるであろうよ」

「なるほど、叔父貴の言うことも道理ではあるな。しかし、こちらがのこのこ、出向いてゆくのは御免じゃ」

「……では双方が、ほどよき辺りで会うては、いかがかな」

「ふむ。それなら良いやもしれぬな。叔父貴、一つ、秀吉に打診してはくださらぬか」

「このわしが？……まぁ良いが、会う場所は一任してもらわなければ、困りますぞ」

「分かった。叔父上にまかせよう」

長益はいくぶん安堵した。また戦さがはじまるのか、とハラハラしていたのだ。信雄と秀吉の話し合いが、はたして上手《うま》くいくのか、自信はないが、憶測だけで、敵意剥きだしのまま戦いにもっていくのは、得策でないことは明らかだった。

話しあえる余地がある、と秀吉に思わせるだけでも、この一件、価値がありそうである。


知多・大草の城にもどると、長益はさっそく、秀吉にあてて信雄との会見をうながす書状をしたためた。

近ごろ、秀吉はしきりに大草城に使いをよこし、三人の姫たちに着物や髪飾りなどの贈りものを寄こしている。

長益への文のなかでも、「姫たちのこと、よしなに頼み申す」と、丁重に懇願する。

「長益どのには、かなうことなら京にて、茶の湯のご指南も願いたい」

そうやって世辞《せじ》をまじえながらも、姫たちの様子が気になるようで、文にはいつも必ず、相当な金子が添えられているのだ。

長益の書状に対する秀吉からの返書は、意外なほど早く来た。

秀吉は、長益の仲介の労に礼を述べながらも、会見の場所は、近江坂本の三井寺《みいでら》において、

「年明け早々に会う」

と指示している。二ヵ月もさきの天正十二（一五八四）年の正月である。

この一方的な取り決めに、案の定、信雄はあまり良い顔をしなかったが、長益がなだめすかし、ようやくのことに納得させた。

信雄と秀吉の会見の席に、長益はくわわっていない。

長益は形ばかりとはいえ、あくまでも信雄の家臣の立場だ。話し合いの場で、信雄の強硬な態度をたしなめることになったら、世間体もわるいし、「叔父貴は秀吉と通じている」と、信雄に怪しまれかねない。

しまいには、信孝と同じ目にあう危険性もあった。

あとはもう、信雄に任せるしかない、と考えたのである。

結局のところ、三井寺での両者の話し合いは決裂した。信雄はかなりの強気で、秀吉と対峙したらしい。自分をないがしろにして、

「勝手に朝廷へ寄進するなぞ、言語道断《ごんごどうだん》」

と難じたという。それでは、あたかも秀吉が朝廷の庇護者のようではないか、と責め立てたのだ。

話し合いどころではない。ただ、喧嘩《けんか》を売りに行ったようなものであった。

長益は、ほぞを噛んだ。やはり、自分が信雄についていくべきだったか。あれほど、一方的におのれの意見を主張するでないぞ、と忠告したのだが……。

三井寺より清洲城へ帰るや、信雄はすぐに家康のもとへ使者を送り、派兵を求めた。同時に彼は、秀吉に懐柔《かいじゅう》されたと思われる津川義冬《よしふゆ》、岡田重孝《しげたか》、浅井長時《ながとき》の三人の家老を処刑してしまった。待っていたかのように、秀吉は兵を挙げた。

三月十三日、徳川家康が一万五千の軍勢をひきいて清洲城にはいると、織田家譜代の家臣・池田恒興が秀吉側に寝返り、犬山《いぬやま》城を占拠。ただちに家康は犬山から四里（約十六キロ）ほども離れた小牧山《こまきやま》城を占拠し、対陣する。

緒戦は、徳川勢が勝利をおさめた。

羽黒《はぐろ》での戦いでは、秀吉側の森長可《ながよし》が敗走させられ、つづく小牧・長久手《ながくて》での戦いでも、羽柴秀《ひで》次《つぐ》が敗れるなど、徳川方が優勢であったが、その後、一進一退の膠着状態となる。

長期戦の様相を呈してくると、兵力で劣る徳川勢は徐々に押されるようになり、小規模の戦闘では、秀吉側が勝利することも多くなった。

その頃合いを見はからったように、秀吉は信雄に講和を申し入れる。秀吉方の使者が、その旨を記した書状を陣中の信雄のもとへとどけると、

「叔父貴よ、秀吉から講和せぬかと言ってきたぞ」

信雄はそばにしたがう長益に、それを見せた。長益は書状にさっと眼を通して、

「……で、どうするつもりじゃ？」

と、信雄に訊《たず》ねた。

「いや、わしは、これほど戦さが長びくとは思わなんだ。家康どのであれば、秀吉なんぞ、あっという間に平らげて、今ごろは京の都で祝杯をあげているやもしれぬ、と……考えが甘かったか」

甘いといえば、はなから甘い。終始、醒めた眼で長益は、この凡庸にして愚昧な甥の為しようを見ていた。

ただ長益は、家康が知勇ともに兼ねそなえ、何ものにも屈せぬ底力の持ち主であることを知っている。その家康が荷担したことのみに興味を抱き、多少の期待をももった。

それでも三月から戦いはじめ、今はもう十一月。兵糧もつきはじめていた。

「もしここで、わしが秀吉と講和したなら、家康どのは怒るであろうなぁ」

信雄は弱気になっていた。秀吉の講和の条件は、信雄の尾張、伊勢、伊賀三国の領地のうち、伊賀と伊勢半国を秀吉に割譲すれば、和解するというものだ。つまり、残りの領地は信雄のものとする。代わりに秀吉に「臣従せよ」ということである。

このまま長期戦がつづき、敗れてしまえば、信雄はすべての領地を失い、下手《へた》をすれば首を取られかねない。

長益は、秀吉の深謀に舌を巻くほかなかった。

家康の実力が侮りがたいことを、秀吉はこの戦いで、身に染みて分かったはずである。それゆえ無理に決着をつけようとせず、屈強の徳川勢のなかで「唯一の弱点」とも言える信雄に狙いをさだめ、講和をはたらきかけてきた。

おそらく信雄は、秀吉の要請に応ずるつもりだ。神輿《みこし》に担いだ信雄が勝手に秀吉と和解すれば、家康は梯子《はしご》をはずされた形となる。秀吉と戦う名目もなくなってしまう。

だが家康にとって、今のこの戦況は、あまり良いとは言えない。持久戦となって、睨み合いがつづけばつづくほど、不利になるだろう。

家康は逆に、信雄の頓挫《とんざ》を口実に、自軍をいったん三河に引きあげさせれば、態勢を立てなおすことが出来る、と見ているのではないか。そうと長益は読んだ。

「信雄どの、秀吉と講和なされよ。条件はわるうない。おぬしに加勢した家康どのには、わしが詫び状の一つも出しておこう」

言いおくと、それきり長益は信雄の帷幕《いばく》を去った。

七

信雄が単独で秀吉と講和をむすんだため、戦いの大義名分を失った格好の家康は三河にもどった。

翌天正十三（一五八五）年になると、大坂城の本丸御殿が完成し、秀吉は山崎城から移転して、大草城にいる茶々を迎える機会を、虎視眈々《こしたんたん》とうかがっていた。

同年三月、秀吉は正二位内大臣《ないだいじん》に昇進した。さらに七月になると、朝廷の内紛に乗じて、従一位《じゅいちい》関白《かんぱく》の位までも手にし、姓も羽柴から豊臣に変えていた。

それによって、秀吉の権威は絶対的なものとなった。

だがしかし、目下の秀吉にとって、いちばんに気になるのは東方の強豪・徳川家康である。

三河から動かずにいる家康に対し、再三にわたり、秀吉は、

「上洛されたし」

と求めたが、家康は適当な返書を送ってくるばかりで、じっさいには一向に立ちあがろうとはしない。

その状態が一年以上もつづいた。

家康とすれば、そう簡単に秀吉に頭を下げることは出来ない。毛利や上杉、長宗我部《ちょうそかべ》と同じように、臣下の礼をとり、這《は》いつくばってしまえば、秀吉に見くだされるばかりではなく、良いように利用される。

「あのサルめに、他とは別格の武将である、と思わせたいのにちがいない」

長益には、家康の思惑が手にとるように、よく分かる。

信雄に秀吉と和睦するよう進言した手前、長益は家康に対し、裏切ったような負い目を感じていた。が、いつぞやの明智光秀をもまじえての親密な茶会のおかげもあるのであろう、その後も家康は、長益に変わらぬ信頼の情を寄せてくれている。

「秀吉と全面戦争をするには、時期尚早《しょうそう》であった」

長益が信雄に講和を提言したころには、家康もそう思いはじめていて、むしろ長益に感謝したいくらいの気持ちになっていたのかもしれない。

じじつ、それを裏書きするような家康からの文も、長益は受けとっている。

家康と秀吉の間の腹の探り合いは、長益にとっても、大いに気にかかることであったが、秀吉は奇策ともいうべき一手を打った。

天正十四（一五八六）年の春のことである。秀吉の妹である朝日姫を、

「家康どのの継室に、どうであろうか」

と打診したのだ。

その秀吉の策に、長益は仰天した。姫とは言っても、四十四歳の中媼《ちゅうおうな》で、もとは秀吉と同様、

百姓の娘。しかも今の夫を離縁させて、家康に嫁《とつ》がせるという。

徳川家にすれば、とんでもない話で、家康の重臣たちはこぞって猛反対した。

「みなの者、良いか。これはさして騒ぐ話ではない」

と、家康は家臣たちを宥《なだ》めた。

「秀吉はただ、人質を差しだしたい、と申してきておるのじゃ。それも大事な身内のなかでも、とくに血の濃い妹御をえらんだということよ」

家康はすでに人質として、二男の於義《おぎ》丸を大坂に送っている。

ある意味では、秀吉にとっての朝日姫などより数段、大切な身内である。

長男の信康は、信長の命によって、切腹させられている。ために今や、於義丸は徳川家の嫡子となるべき大切な男児なのだ。

そういう男児と引換えに、齢四十四の女性とは……いかに血のつながった妹とはいえ、釣り合いはまったく取れない。

公平な人質交換ではなかった。

だが家康は、現況をあれこれと慮《おもんぱか》って、これを容《い》れることにしたのだった。

いずれ、まことに奇妙で不可解な輿入《こしい》れ。その片棒を、長益は担がされることになった。

「朝日姫の輿入れに、介添え役として同行していただきたい」

と、秀吉から仰せつかったのである。

朝日姫を浜松に送りとどける一行は、総勢二百人近い大行列となった。秀吉は目一杯、豪華な駕籠を用意し、供侍や侍女のいでたちも、きらびやかに装わせている。

騎馬で付き添う長益は、大げさな行列のなかで、朝日姫の顔が暗く沈んでいることを知っていた。朝日姫の夫は同じ百姓であったが、義兄・秀吉が出世することで、ひとかどの侍に取り立てられ、何不自由ない暮らしを得た。朝日姫は、その幸運を兄に感謝こそすれ、不満をおぼえたことはない。ところが突然、夫と離縁して、「家康どのの後添《のちぞ》いとなれ」と告げられたのだ。もうすでに自分は人生も半ばをすぎた。夫が戦さ場で死なないかぎり、ともに労《いたわ》りあいながら、老いを重ねてゆくであろう、と思っていた矢先である。

夫の佐治日向守《さじひゅうがのかみ》は秀吉方から、離縁すれば多額の報酬をあたえる、との申し入れがあったが、それをこばみ、自刃して果てたという。

ともあれ、そこまでして秀吉は、実妹の朝日姫を家康のもとへ嫁がせたのだが、それでもまだ、家康は臣従しようとはしない。

当然、秀吉は業《ごう》を煮やしたものの、家康の手ごわさは身に染みている。そこで同年秋、なんと秀吉は、実母の大政所《おおまんどころ》を人質に差しだしたのだ。

かたちとしては家康に輿入れした朝日を見舞いに出向いたわけだが、これには、さすがの家康も動かざるを得ず、上洛して関白・秀吉に臣下の礼をとることとなった。

さて、朝日姫を無事、浜松の城まで送りとどけ、介添え役として家康との祝言《しゅうげん》の場に立ち会うまでが、長益の務めである。

ところが到着早々、家康自身から、

「知らぬ仲でもない、長益どの……そうそう早急に立ちもどることもござるまいよ」

少し休んでゆけ、と言われて、その気になった。

「そこもとのな、お点前が忘れられぬのよ」

内心、ふむ、と小首をかしげる。広からぬ部屋で、人払いして向かいあう茶の湯の席は、密談にもってこいの場なのだ。であればこそ、商人《あきうど》ばかりか、武家の間でも流行《はや》ったのにちがいない。

祝言のあった翌日、さっそくに家康は、長益と二人だけの茶席をしつらえた。そして長益の点てた濃茶《こいちゃ》を、ゆっくりと味わってから、

「昨夜はのう、朝日どのをわが寝所には、よばなんだ」

みずから、そんなことを明かした。わざわざ「どの」を付けるのも、可笑《おか》しい。

「………………」

黙ったまま、長益はいくぶん驚いた表情をしてみせる。

「いや、閨《ねや》の相手よりも、旅の疲れを癒《いや》すがさきであろう、と申しましてな、別間をあてがってやったのでござる」

「で、朝日姫は？」

「祝言のあいだと変わらぬ。ずっと、人形のごとき顔つきでござったわ」

たぶん明日も、明後日も……永劫《えいごう》に同じであろう。

「……ということは？」

「絶えて閨をともにはいたさぬ所存。いずれ、岡崎の城に新たな館を建てて、そちらで暮らしていただくつもりでござる」

むやみに追いかえしたりはしない。だが、諸手《もろて》をあげて折れたわけでもない。そこが味噌《みそ》――家

康側の深謀というものであろう。そしてそれをあえて、こういう場で長益に伝えるのも、一つの策かもしれない。

「しばらくまえに、わが家中で、とんでもないことが起こった……無二の重臣と思うておった男が逐電《ちくでん》しましてな」

「……存じておりまする」

石川数正《かずまさ》のことだ、と分かったが、その名は出さずにいた。数正は籠絡《ろうらく》されて、秀吉に臣従したのだ。

「他の家臣どもは大騒ぎでござったが、それがしは怒らぬようにしております」

場合はまるでちがうが、「抑える」「堪える」という点ではいっしょだ、と家康は言った。

「朝日どのが哀れじゃ。哀れでなりませぬ……したが、情けは禁物でござる」

幼いころから今川や織田家など、あちこちを盥廻《たらいまわ》しにされた。それもあるのだろう。

「いつしか情には流されぬ、とりわけて一時の情には流されまい、との性癖が身に付き申した」

「……お察し申しあげまする」

低頭して応えながら、家康と秀吉の間の応酬、これで一件落着というわけにはゆくまい、と長益は思っていた。

結局は丸三日、滞在して、四日目の朝に浜松を発った。

長益が数人の供びとを連れて大草の城にもどると、なにやら城内が喧《かまびす》しい。

「一体、いかがしたのじゃ？」

と、留守居役の家臣に問いかけた。

「先刻、信雄さまの使者が参りまして、明日、信雄さまが直々こちらにお見えになり、姫さまらを大坂城にお連れする、とのことでござります」

「なに、姫たちを連れてゆくだとっ」

おもわず叫び、その勢いでお仙をよぶと、彼女は張りつめた顔つきで、渡廊《わたろう》を駆けつけてきた。

「殿、姫ぎみらが連れ去られてしまいまする……信雄さまに、どうかよしなにお取りなし、お願いいたします」

お仙らしくもなく、だいぶ動揺していた。

「で、姫たちの様子はどうなのじゃ？」

長益は茶々のことが気にかかった。

「初姫や督姫は、何やら嬉しそうにしております。ここの田舎暮らしに飽いてきたのやもしれませぬ。茶々姫は無表情と申しますか、妙に諦観《ていかん》したような感じでございます」

「茶々が……あきらめている、と？」

「茶々姫は、この日が来ることを悟っていたふうにも窺《うかが》えまする」

お仙は眉根を寄せて、憂い顔を見せる。

「ふむ……」

長益は、何も言えなくなってしまった。

つぎの日の昼ごろ、信雄が三挺の駕籠、警護の兵と足軽たちを伴い、大草城にやって来た。長益の顔を見ると、彼は苦笑を浮かべた。

「これは叔父上、急なことで、ご相談もせずに、姫たちを大坂へお連れすることになりました。何分にも、秀吉公のお達しでござる。すぐにでも姫たちを大坂城に移せ、と矢のごとき催促《さいそく》……困ったものでござる」

まるで自分に責任はない、という口調だ。

「それにしても、わしは浜松から帰ったばかり……何の沙汰《さた》もなく、猶予《ゆうよ》もあたえずに姫たちを連れ去るのは、いかに秀吉公でも礼に欠けるのではないかっ」

長益の声は憤懣《ふんまん》のいろに満ちていた。

「叔父上、いま少し声を落とされよ。後ろに控えている者どものなかには、秀吉の直臣もおり申す。何を告げ口されるか、分かりませぬぞ」

信雄は長益の耳もとでささやいた。調子の良い男だが、まだ完全に秀吉に服従したわけではなさそうだ。長益が警護の兵をあらためると、なるほど信雄の家臣ではない者が何人かいる。

「姫たちの出立の支度は、できておるのですか」

と、信雄はすました顔にもどって言う。

「しばし、待て。わしはまだ姫たちと、別れの言葉もかわしてはおらぬのじゃ」

長益が姫たちの住む本丸にはいると、三人の姫と大蔵卿局はすでに旅支度をととのえており、あとは出立するばかりになっていた。

四人は長益の顔を見ると、深ぶかと頭を下げた。

「叔父上さま、長らくお世話にあいなりました。このご恩、けっして忘れることはございませぬ」

茶々の声は毅然としていた。三年前、長益に向かい、おのれの自決の覚悟を語り、残る娘たちを久しく守って欲しい、と告げたときのお市姉のきっぱりとした言いようが、その声に重なって聞こえた。

自分はしかし、姫たちの身柄をきちんと守ることも出来ず、あの秀吉に奪われてしまう。何という不甲斐なさであろう。ただ、今や、天下に王手をかけた秀吉に逆らうことは到底かなわなかった。へたれの源吾は、いつまでも、へたれでしかないのか。

長益は必死に涙を堪えた。堪えつつ、よほど女のほうが強いではないか、と思う。したたかに、女たちは生きる……家康に嫁がされた朝日姫も、理不尽な命令にしたがいながら、人前では静かに耐えているように見えた。

姫たちを乗せた駕籠が、西方へと旅立っていった。長益とお仙は、行列が見えなくなるまで、じっと門外に立ちつくしていた。

第四章　夢のまた夢

一

お市の娘たちを秀吉に奪われたこと。しかもその手引きの役を、甥《おい》の信雄《のぶかつ》がつとめたこと。長女の茶々はともかく、お初、お督《ごう》、大蔵卿局《おおくらきょうのつぼね》はむしろ、大草の城を去るのを嬉しそうにしているように見えたこと。——

長益にとっては、まこと腹立たしいことばかりであった。

この怒りをいちばんに向けたいのは秀吉だが、そんなことが叶うはずもない。現在の地位や立場の差もある。が、長益ほんらいの気性からしても、それは出来なかった。

だからといって、周囲の誰彼にも、ぶつけようがない。

ある意味、もっとも始末がわるいのは、自分ではないのか。おのれの無為《むい》・無力……そう、力の無さ加減を、とことん思い知らされた気分である。

「思えば、ここ数年、鬱々《うつうつ》とさせられるばかりで、楽しきことは絶えてなかったのう」

城の自室に一人いた長益は、ふいとつぶやき、自分が茶席や連歌のつどいなど、ごく私的な場でのみ、もちいている「無楽《むらく》」の名を思いだした。これも甥で、信長の三男・信孝が、無情にも兄の信雄に切腹を科されたときに考えついた号だ。

長益は剃髪し、公式に「無楽」と号することに決めた。ただし依然、出家・遁世はしない。したくとも、出来ぬであろう。

だいいちに秀吉がみとめぬであろうし、茶々ら姉妹を見守り、織田の家を存続させ、よみがえらせるためにも、なお今しばらくは、俗世にとどまらねばなるまい。

無為・無力……無情。そして、無常。

「……なるほど」

また独り言が出た。

「無心、にも通ずるやもしれぬな」

無心、そして無我こそが、長益の信ずる茶道の最高の境地であった。


以後、長益は「無楽」を公《おおや》けの席でも使いはじめたが、彼は源吾《げんご》とよばれた幼いころから、織田家の家老の一人・平手中務丞政秀《ひらてなかつかさのじょうまさひで》に可愛がられ、連歌や茶の湯の手ほどきを受けていた。けだし。政秀は彼の正室・お仙の父親でもある。

政秀は大兄《おおあに》・信長の傅役《もりやく》であったが、信長は遊芸《ゆげい》には興味を示さず、もっぱら、武の鍛錬を好み、相撲や鷹狩りに熱中している。それで政秀は、兄の信長とは反対に、武道にはまるで才覚がなかったが、文や芸の道に筋の良い源吾長益の育成に力を入れたのだ。

茶の湯の道の何たるかも分からぬうちに、彼の点前は、

「大人顔負けの所作である」

と言われた。そればかりか、

「源吾どのの点《た》てる茶は、本当に安らぐのです」

と誉めたたえる者も多かった。

長益はその所作を、大人になってから、頭で理解して覚えたのではない。自然とからだに染みついた技は、何のてらいもなく気負いもなかった。

彼が七歳のとき、政秀が亡くなった。それからは、あおぐべき師はいなくなった。茶人として名をはせるのであれば、

「堺や京に出て、いま一度、茶の湯の道を学びなおすほうが良いのではないか」

と勧める者もあったが、長益は恬淡《てんたん》として、応じなかった。

ただ内心では、茶の湯をきわめたい、という気持ちを捨てきれずにいるのも事実だ。信長の在《あ》りし日、堺から有名な茶人をまねいての茶会があると、長益は喜んで、その席に参じた。

今井宗久《そうきゅう》、津田宗及《そうぎゅう》、千宗易《せんのそうえき》（利休）などの点前を、しっかりと眼に焼きつけ、長益は「わび茶」の真髄《しんずい》にも触れている。

政秀から薫陶《くんとう》を受けた茶は、主に「書院の茶」であったが、京にも知己《ちき》の多かった政秀は、わび茶の始祖とされる武野紹鷗《たけのじょうおう》とも親しかった。ために「わびの心」を長益にも伝えていた。

紹鷗は利休の茶の湯の師匠といわれるが、広くとらえれば、長益は紹鷗の孫弟子とも、利休の同輩とも取れる。

その武野紹鷗は、

「茶の湯のわびとは、いかなるものですか」

と、弟子の一人に訊《たず》ねられたとき、

「見わたせば、花も紅葉《もみじ》もなかりけり、浦のとまやの秋の夕暮れ」

という藤原朝臣《あそん》の歌を引き合いに出して、

「これが、わびの心だ」

と答えたという。

長益は当時まだ幼かったが、すでに著名な藤原朝臣の歌を知っていた。が、その話を聞いて、

「わびとは、ずいぶんと寂しい風景のことだなぁ」

としか感じなかった。花や紅葉があったほうが、景色は美しく華やかなものとなるし、心なごむものではないか。そうも思ったものである。

けれども、長益は幾多の戦乱を乗り越え、大兄やお市姉《あね》をはじめ、たくさんの肉親の死を目《ま》のあたりにしてきた。人の世の無常さを、嫌と言うほど見せられてきたのだ。それゆえにだろうか、このごろになって、さきの朝臣の歌が妙に頭に浮かぶのだ。

もしや、それが「わびの心」かもしれない。長益の茶はしかし、あくまでも武家の茶である。華やかでないものにも「美を見いだす」といった商人や貴人のわび茶とは異なる。

質素なものであれ、豪壮なものであれ、茶室などという限られた空間そのものを欲しない。どこ

かの書院、いや、荒《あば》ら屋の一隅、今にも戦《いく》さのはじまる陣内、帷幕《いばく》のなかでさえも、すべて「茶室」となり得る。

ただひたすらに、無心で茶を点てる——長益こと無楽の茶とは、そういうものであった。

ところが、である。

当人が気に入って、公けの場でも称している、その無楽の号を「変えよ」との沙汰が他でもない、秀吉からくだった。あるとき、突然に彼を大坂城本丸の御殿によんで、

「無楽では、あまりにも芸がない……味も素っ気もないではないか」

と言ったのだ。

「何故《なにゆえ》そなたは、そのように暗い号を名乗る?」

「暗うござりましょうか」

逆転した立場が、それぞれの言葉づかいにも出てしまう。

「暗い、暗い……そなただけではないぞ。まわりにいる者、みなの心根が暗うなる」

それは面白い、と長益は思った。あくまでも「面従腹背《めんじゅうふくはい》」でいるつもりの彼にとっては、願ってもないことだ。表向きでは頭を下げても、心中、舌打ちし、あるいは舌を出してやる。

秀吉もしかし、そうした長益の魂胆《こんたん》を見抜いてもいるし、負けてはいない。

「どうせなら、夢を楽しむ……そちらの夢楽《むらく》を号したら、どうかな」

「夢……を楽しむ?」

「さよう、さよう。この世のことは、一夜の夢のごときもの。夢のまた夢じゃ」

サルにしては、しゃれたことを口にする。長益は黙ったまま、微苦笑を浮かべた。

「それにのう、苦あれば楽あり、とも申すではないか」

苦の多きなかに、楽も……有りか。頭の一隅にひらめき、つい応えてしまった。

「では、有楽といたしましょう、有楽斎」

「おうおう、それよ。有楽斎か……今後はすべて、その名で通すが良いぞ」

してやられた。まさに舌打ちするほかなかった。しかし、自身、気に入ってしまったのだから、仕方がない。

そうと読んでか、秀吉はさらに攻勢に出た。

「頭は丸めたままで良いが、寺にははいるなよ。そなたには、大切な仕事を仰《おお》せつけねばならぬ」

お市の娘たち、とくに茶々の世話をやくことだな、と長益、いや、有楽は察した。秀吉はうなずいて、こう告げた。

「そうじゃ。この機に、そなたをわしの直臣とし、御伽《おとぎ》衆の筆頭にして進ぜよう。信雄にも、同様の役目につくよう、申し伝えるつもりじゃ」

出自が出自なだけに、秀吉は読み書きが得意ではない。そこで「耳学問の師」を御伽衆として大勢雇い入れ、そば近くに侍らせた。

なかには名だたる儒者や僧、堺出身の商人（茶人）もいたが、旧守護家のような名門大名、隠居した有力大名など、由緒ある家柄の者が大半をしめた。

名門・山名《やまな》家の末裔《まつえい》たる山名禅高《ぜんこう》や、素玄《そげん》を号した金森長近《ながちか》、狂歌の名人の曽呂利新左衛門《そろりしんざえもん》などがいる。が、旧主すじである信長の兄弟や子弟、重臣らにも声をかけ、なかで織田の長益あらため有楽斎を、その御伽衆の筆頭格に採用しようというのである。

その折りに秀吉は、これまでの知多・大草にくわえて、ここ大坂にほど近い摂津国に、味舌《ました》二千石の所領をあたえることを約した。

これは同時に、茶々の後見人となることも意味し、有楽もまた、大坂城へ移ることになった。

大草の城は長孝《ながたか》ら息子たちにゆだね、味舌に新たに設けた邸宅には、お仙ら女人《にょにん》と直臣たちを住まわせた。自身は暇を見て、そちらに帰りつつ、日ごろは大坂城内の役宅に起居することにしたのだ。

大坂城は、まだ一部普請《ふしん》中であったが、類を見ないほどの規模の城である。

茶々たち三人の姫が生まれ育った小谷《おだに》城や、越前北ノ庄《きたのしょう》城も立派な城であったが、大きさといい、豪華さといい、比較にはならない。

茶々らは正直、驚いているようだった。

本丸御殿から渡廊《わたろう》でむすばれる格好で、十数人におよぶ側室たちの住む屋敷が設けられていたが、茶々、お初、お督の三人は、御殿の近くにつくられた別棟の屋敷をあたえられた。

秀吉の糟糠《そうこう》の妻、恐妻としても知られる正室の寧々《ねね》、現在の北政所《きたのまんどころ》の居室はもちろん、本丸御殿内にある。

別邸を用意したのは、寧々に増して気の強い茶々と彼女の二人が出喰わさぬための配慮と、女同士の嫉妬を秀吉が恐れたからだが、当の茶々には妬心《としん》など、もちようはずがない。

ただし対抗心ならば、大きく萌《きざ》していよう。

そうしたことより、実の父と義父とを二人ともに殺《あや》めた秀吉への憎悪、瞋恚《しんい》のほうが激しく深い。

「どうやったら、あの男に復讐できるか」

そればかりを考えて日を送っているようだ。自分を狙っている秀吉を焦《じ》らすだけ焦らすのも一計、と思っているのにちがいない。

まもなく、お初とお督が名門たる京極《きょうごく》家の嫡男《ちゃくなん》・高次《たかつぐ》と、秀吉が養子にした甥の豊臣秀勝《ひでかつ》のもとへ、それぞれ嫁いでいった。

妹たちがいなくなって、淋しくなったのは間違いないが、おのれ一人が取り残されるなどと感じるはずがない。

茶々はとうに二十歳《はたち》をすぎていた。当時の基準からみれば、「うば桜」とまでは言えないまでも、女盛りの絶頂期はすぎている。

けれど、すべては「あの男」のはかりごと、と見えているのである。

じっさい、秀吉としては、ますます別邸に通いやすくなった。

のちの江戸期の大奥のような場所で、男子禁制になっている。叔父の有楽斎ですら足を踏み入れられない決まりで、彼はただ大蔵卿局らとともに、渡廊の入り口で見張る役目を課されたりしていた。

秀吉はしかし、したり顔で、柿が熟するのを待っていたのだ。地位と金と権力において、今や秀吉は最高の位置をしめている。その自信はゆらぎなく、五十をすぎた男の威風を、ますます高めていた。

茶々がついに秀吉の思いを受けいれ、彼の側室となったという事実を、有楽が知ったのは、秀吉に茶を献じていたときだった。

有楽の点てた薄茶を飲み干すと、

「有楽斎どの、昨夜はめでたきことがござってな」

「ほう、関白さまのめでたきこととは」

「姫がな……ついに、なびいた、受けてくれたのよ。このわしの申し出をのう」

長い時を要した、と言って、秀吉はにやりと笑った。

ほんのわずかではあったが、有楽は袱紗《ふくさ》を持つ指先が震えるのをおぼえた。

「それは……ようございました」

応えた瞬間、何かあったな、と直感した。茶々と北政所との間に、である。ことによると、意地悪でもされたのか……が、それもきっと、普通なら知らぬ存ぜぬで通せる類《たぐ》いの些細なことなのだろう。

いずれ、実の姪といえども、「女ごころは分からぬ」と、有楽斎は思った。

二

正室の北政所も他の側室も、だれ一人として、秀吉の子を産んでいない。

それが齢《よわい》五十三にして、初めて子が生まれる。しかも母親は、秀吉を嫌い抜いた挙げ句に、しぶしぶ閨房《けいぼう》にはいった茶々なのだというから、有楽斎だけではない、皆が驚き、当の秀吉でさえ、にわかには信じがたかったようだ。

懐妊《かいにん》が明らかになったのは、天正十六（一五八八）年の秋のことであった。

「まことかっ。まさか、夢をみておるのではないじゃろうな」

秀吉は驚喜し、名医が多数いる京都の西郊に、茶々の産所をつくらせた。

それが、淀《よど》城である。

日本史上、一城をそっくり築城され、贈られた側室は、茶々のほかはない。一つには、

「大事な初子《はつご》を、静かで穏やかな場所で産めるよう」

との秀吉の配慮があったのだろうが、淀城の主となった茶々は、以後「淀殿」あるいは「淀の方」とよばれるようになった。

翌天正十七年五月、その淀殿は秀吉の第一子を無事、出産した。叔父の有楽は後見人として立ち会っている。

「先年は甥の信孝の自刃の場に立ち会い、こたびは姪の茶々の出産の場に立ち会うことになろうとは……」

因果《いんが》はめぐる、とでも言うべきか。本能寺で生きのびた、おのれの運命をふしぎに感ずるばかりである。それでも今回は、朗報にして慶事であり、本音で喜ばしいと思った。

生まれた子は幼名を「棄《すて》」と名づけられた。捨て子は丈夫に育つ、という俗信からの命名だった。が、まもなく「鶴松」の名をあたえられる。

「なんと、男児か……それは、二重にめでたい。わしの世つぎが出来たというわけじゃからのう」

秀吉は鶴松（棄）を溺愛《できあい》した。彼は生まれて四月《よつき》もたたないうちに、鶴松と淀殿を大坂城に移しているが、日ごと夜ごとに、鶴松の顔が見たかったがためである。

有楽にとっても、その父親はともかく、最愛の姉・お市の方の忘れ形見たる茶々の子となれば、実の孫のようなもの。日々、成長してゆく鶴松の様子を間近に見るのは、それはそれで楽しかった。

御伽衆筆頭格、というよりも遊芸の達人――とくに茶人としての有楽斎の名は高まる一方で、相応に充実した毎日を送っていた。

大坂城で頻繁におこなわれる茶会に、秀吉は必ず有楽をよぶ。

筆頭の茶頭《さどう》は元の千宗易で、現在の利休。この居士号《こじ》は三年前の天正十三年正月、正親町《おおぎまち》天皇に禁中献茶を奉じるために、特別に朝廷から勅賜《ちょくし》されたものだ。

もちろん朝廷には、秀吉の添え言がはいっており、ために一介の商人《あきうど》の身分でありながら、天皇に献茶できる「居士」の号を得ることが出来るようになったのである。

いずれ、天下無比の宗匠といわれ、秀吉の信頼篤き人物である。

それが証《あか》しに、利休は堺の商人でありながら、知行三千石をあたえられ、秀吉の側近として、そば近く侍《はべ》っている。

利休の茶の点前、創意工夫、美意識の高さは、たしかに他の茶人たちを圧倒しているように見えた。だが有楽は、利休に心酔《しんすい》することはなかった。

秀吉に臣下の礼をとった武将たちはみな、利休に弟子入りすることを望んだ。けれど、有楽にすれば、利休を師とあおぐことには抵抗があった。

有楽斎の茶の湯は、あくまでも平手政秀ゆずりの武家の茶である。当世風の「わび茶」を理解し、実践できる有楽ではあったが、利休の弟子になることは、茶の世界においてまでも秀吉に屈し、その傘下《さんか》にはいることを意味している。

利休は、秀吉に懇願されて、黄金の茶室をつくった。

これは明智光秀を相手取った「山崎の戦い」のさなか、秀吉の陣中でこしらえられた「二畳（隅炉）の茶室」と同様、運搬することが出来る代物で、例の「禁中献茶」で披露《ひろう》され、北野大茶会でも使われている。

有楽もまた、その茶室にまねかれたことがある。が、煎《せん》じつめれば、「二畳」も「黄金」も同じことだ。しょせんは作りもの、決まりごとでしかない。

「わび茶とは一体、何なのか」

利休は魂を権力者に売った。そうとしか思えなかった。

「宗易どのよ。そこもとは、これで良いとお考えか」

堺の商人として蓄財し、三千石の知行と、秀吉の側近としての権力を得たうえに、朝廷からの居士号を勅賜された利休は、「もはや茶人ではない」とさえ有楽は思う。

利休は一見、平然とした様子を保っているが、茶の湯の点前に不遜《ふそん》なものが、かいま見える。それを有楽の眼は、はっきりと、とらえていた。

ある日、有楽斎は秀吉から、淀殿の住まう大坂城の別御殿によびだされた。彼の顔を見るなり、上段の間で鶴松を抱いた秀吉は、機嫌よく語りかけてきた。秀吉の隣には、淀殿も座している。

「有楽どのよ、わしは利休から台子《だいす》の作法を伝授されたのじゃ。もう嬉しゅうて、嬉しゅうて……いや、わしには鶴松の誕生が、いちばんじゃがな」

台子とは茶道具の一つで、二段の棚になっている。城や邸宅の書院などの茶席では、なべて台子をもちいていて、珍しいものではなかった。が、利休は格式の高い茶の湯の席に、独自に考案した台子を使い、その作法をあらためている。

「かように良いことばかりがつづいては、逆に不安にもなるがのう」

「そんなことは、ござりませぬ。台子の作法を伝授されるとは……利休どのが、関白殿下の茶の湯を第一級であると、おみとめになった証しでござりましょう」

有楽はそつなく、秀吉の自尊心をくすぐった。

「利休どのは、こと茶の湯の世界では、古今随一のお人ですからな」

最近では、秀吉のまえで二枚も三枚も舌を使うことに、有楽も慣れてきている。気づいているのか、秀吉のわきで、淀殿も昔の茶々にもどったかのように、小さく肩をすくめて有楽を見た。

「有楽どの……叔父貴も、そう思うか」

ここへ来て、秀吉は有楽斎を「叔父貴」とか「叔父上」などとよぶ。有楽は淀殿の実の叔父であり、秀吉は、その淀の婿《むこ》にあたるわけだから、義理の「叔父」「甥」に間違いはない。

けれど、秀吉は有楽より十一も歳が上なのだ。それこそは、片腹が痛い。

「利休どのの台子点前は、秘伝中の秘伝といわれておりまするゆえ」

それは正親町天皇の献茶のさいにも披露されたので、なおのこと世の中に、たいそう貴重なものとして広まったのだ。

秀吉も台子点前を特別なものとして、とらえたのであろう。

関白ではあっても、利休のまえでは秀吉も、弟子の一人にすぎない。建前《たてまえ》や理屈はともかく、利休はそういう台子の作法を、弟子である秀吉に伝授することで、居士号勅賜の恩を返したとも言えよう。

それでも有楽は、

「羨《うらや》ましゅうござる」

感じ入ったように、つぶやいてみせる。すると、

「……そうであったか」

突然、皺の寄った眼をみひらかせて、秀吉が言った。

「いや、叔父貴も受けるがよろしい。有楽どのの点前の腕も天下一品と評判……直接、利休に伝授されて、しかるべきであろう。わしに遠慮することはない。そうされよ」

今日の秀吉は、いたって気分が良いようだ。その腕に抱かれている鶴松にも、それが伝わるのか、なぜか愛くるしく笑っている。


数日後、利休から有楽斎にあてて一通の文《ふみ》がとどいた。

「関白殿下より、有楽斎どのにも台子の作法を伝授されるように、とのお申し付けを頂戴いたしました。わたくしめも、異存なぞございませぬ。さすれば……」

これに応じて、有楽斎は利休の茶室をおとずれ、利休の台子の作法を間近に見ることとなる。

利休の作法は、有楽が知っている作法とはちがって、相当に簡素化されたものだったが、無駄をはぶいた美しい点前は、有楽としても「さすがは利休」と、その才をみとめざるを得ない。

「見事なお点前でござりました」

有楽は心の底から、礼を述べた。

「有楽斎さま、ここだけの話ですが、関白殿下にはお伝えしていないことがございます。それはつまり……言葉ではなく、作法の心とでも申しましょうか、そこのところを有楽斎さまに伝えたつもりですが、ご感受いただけたでしょうか？」

利休はじっと有楽斎を見つめた。

「しかと受けとめたかどうかは定かではありませぬが、もしや利休どのは、台子の作法は茶の湯の本筋ではないと、お考えになっておられますか」

有楽斎は感じたことを素直に返した。

「やはり、有楽斎さまは分かっていらっしゃる」

と、利休も真顔で言った。

「茶の湯の作法は時代によって移り変わるもの。しかし当今は、型どおりに完全に作法をおこなわなければ茶ではない、と言う者が増えております。わが師の武野紹鷗は、いずれの芸も下手《へた》の名をとるべし、とおっしゃっておりました」

「下手の名を？」

「はい。その心は、わが身の限界を悟り、下手と思う心を忘れるな、ということでございます」

有楽は、いつもとは異なる利休の態度に驚きを隠せなかった。

利休の言葉は、ややもすれば秀吉への批判にも通ずる。茶の湯や能の舞《まい》にしても、秀吉は「型」を器用にこなすことが出来た。それも、ある種の才能といえるが、芸の道には、器用さだけでは到達できない深さがある。

才能だけではなく、血のにじむような努力と忍耐をもってしても、報われないことがある世界だ。

どのような芸であっても、「免許皆伝《めんきょかいでん》」は金で買えるものではない。

「利休は真の茶の道を尊んでいる」

と、有楽は感じた。だが、秀吉の茶頭の筆頭となった以上は、

「黄金の茶室をつくれ」

と命ぜられれば、つくるしかない。

利休の葛藤《かっとう》は、有楽の胸にも、するどく刺さるものがあった。

三

天正十八（一五九〇）年二月、秀吉は大軍を擁して小田原に向けて進軍した。秀吉にまだ屈していない関東の雄・北条氏を叩くためである。

北条氏と徳川氏は同盟関係にあったが、すでにして徳川家康は秀吉にくみしている。家康は三万の兵を出すとともに、徳川家領内の橋や街道を整備して、秀吉軍の通過に協力することとなった。

北条氏政《うじまさ》・氏直《うじなお》の父子がひきいる北条方は古来、難攻不落をほこった小田原城に立てこもる。その城を秀吉は、二十万を超える大軍で取りかこんだ。

「やたら兵を損ずるまい……ここは、相手が音《ね》をあげるのを待つまでじゃ」

秀吉は長期戦であることを見こみ、小田原城を指呼《しこ》の間《かん》に望む海湾べりの笠懸《かさがけ》の山々を切りひらき、八十日間をかけて、敵城に比肩《ひけん》し得るほどの山城を築いた。

四方を石垣でかこみ、本丸ばかりか、二の丸、三の丸、ほかに大小たくさんの曲輪《くるわ》を擁した本格

的な城郭である。

その石垣山城を拠点に、手下《てか》の将兵を近隣の北条の支城に送りこんで、着々と攻め落としてゆく。箱根の要衝《ようしょう》、山中城や伊豆の韮山《にらやま》城、甲州道の八王子城、東山道の松井田城などで、しだいに本城小田原を孤立させていった。

そうしながら、秀吉自身は石垣山城を一歩も離れない。城には二十数万の兵を、じつに二百日も養える兵糧米《ひょうろうまい》を用意していた。さらには清水や下田《しもだ》の湊《みなと》を押さえて、上方《かみがた》から続々、武器や食糧をはこばせている。

「こちらは、いくらでも待ってやるぞ。したが、退屈なのは、かなわんなぁ」

そこで各部将に、気に入りの女房をよび寄せるように通達した。それは秀吉にとっても、都合が良かったのだ。

寧々こと正室の北政所には大坂城の留守居役を頼み、他の側室には何も知らせず、淀殿だけをよんだ。

むろん北政所としては、面白かろうはずもない。嫡子たる鶴松を産んだ淀殿と北政所の対立は、ここへ来て、いっそう激しさを増していた。

淀殿すなわち茶々の叔父である有楽斎は、はなから、そうなることと察していた。秀吉と茶々とのそもそもの馴れ初《なそ》め――秀吉が彼女を大坂城に迎えて、側室にしようと計ったときから、

「これは寧々どのとの間に、何か一悶着《ひともんちゃく》あるぞ」

と、有楽は睨んだ。

北政所の存在そのものが、勝ち気な茶々の対抗心、敵愾心《てきがいしん》をあおり、それが結果として彼女を秀

吉の懐中《かいちゅう》に飛びこませることとなった。

その有楽の読みはやはり、間違えてはいなかったようだ。

名うての人たらし女たらしで知られる秀吉は、たいへんな恐妻家でもあった。

彼はできる限り、寧々の機嫌をそこねぬよう、丁重な文を書き送ったようだが、今の秀吉にとっては、ある意味、寧々より茶々より大事な跡とりの鶴松は、いくら何でも戦さ場には連れて来られない。

鶴松は北政所と同じく、大坂城にとどまっている。妙な話ではあるが、秀吉や淀殿が正室に預けた「人質」のようなものである。

それで北政所が納得したかどうかはともかく、おそらく茶々が、

「久しぶりに会いたい」

と、秀吉にねだったのであろう。なんと小田原の石垣山城には、従軍している京極高次と豊臣秀勝の妻——つまりは茶々の妹のお初とお督の二人も、よばれることとなった。


ともあれ、淀殿は小田原入りし、有楽斎もその後見人ならびに筆頭の御伽衆として、彼女に同行した。

城内には諸将の妻妾《さいしょう》のほか、商人や職人、千利休をはじめとする茶人や芸人、遊女までもあつめられた。そういう賑《にぎ》わいのなかで、秀吉らは日々、茶会だの酒宴、歌舞音曲《かぶおんぎょく》の催しだのをして過ごしていた。

幾人かの能役者もくわわっていたが、じつは有楽斎も、能好きだった大兄・信長や岳父《がくふ》・平手政

秀の影響を受けて、多少なりとも舞の真似くらいは出来る。あるとき、それと知った秀吉に強く所《しょ》望《もう》され、

「太閤殿下の願いとあらば、仕方ござりませぬな」

古株の能役者とともに、有楽は一同をまえに舞を披露した。

舞うのは、嘘かまことか、信長が本能寺にて紅蓮《ぐれん》の炎につつまれながら、最期《さいご》に舞ったという大兄仕込みの『敦盛《あつもり》』である。

人間《じんかん》五十年
下天《げてん》のうちをくらぶれば
夢まぼろしのごとくなり……

舞い終わって、有楽が最前列の姉妹のほうを見ると、茶々とお初は、いかにも愉しそうに手を叩いているが、姉たちの陰に隠れるようにして、お督はちょっと浮かぬ顔をしている。

「何やら暗いな……いかがした、お督?」

寄っていって、有楽はひそやかに声をかけた。

「あ、ご免なさいまし、叔父上。せっかく叔父上が、取っておきの舞をご披露してくだすったというのに」

「いや、さようなことは、どうでも良い。何か気を煩《わずら》わせておることでもあるのか、と思うてのう」

「は、はい」

茶々とお初は父親の血をも受けついだのか、ややぷっくりとしているが、お督はお市と同様、痩せて、ほっそりとした顔立ちをしている。

姉たちよりも繊細《せんさい》で、聡明そうに見えるところなども、お市に似ている。

「じつは、夫が……」

「太閤の甥御の秀勝どのか」

「ええ、日ごろより病みがちで、今宵も熱を出しておりまして」

「そうか。それは困ったな」

淀殿・茶々はともかく、お初も、このお督も、どちらも夫婦仲は良いと聞いている。それだけに、お督としては、戦さ場で発熱した夫の秀勝が案ぜられるのだろう。

「しかし、お督……ここは、潮風が心地よい」

われながら唐突にすぎる、と有楽は思った。しかし、利発なお督には分かったようだ。

「あゆちの潮風は幸せをはこんでくる、と?」

「そのとおりじゃ。憶《おぼ》えておるようじゃな。愛を知り、愛をよぶ……それが、あゆちの風よ」

お督がまだ七、八歳のころであったろうか。知多・大草の有楽の居城に起居していた時分、何やら彼女が気鬱《きうつ》そうにしているのを見て、有楽が理由を訊《き》いたことがある。

お督はしばらく答えずにいたが、やがて言った。この大草の城は狭くて、息苦しい、と。

「それで、わしが話してきかせたのじゃったな。そなたらが住んでいた近江の小谷城や越前・北ノ庄城にくらべれば、この城はずっと小さい……それは確かじゃが、ここからは海が見える、とのう」

「そうでした。姉上……淀殿も、それがいちばんの取り柄だと言うて、わたくしを慰めてくれたものです」

「ああ。わしにもよう、そのように申しておった」

「叔父上はまた、わたくしたち姉妹に、その海は異国にまでも繋がっている……とても大きなものだ、とも教えてくださりましたね」

けだし。そうであれば、海から吹く風、あゆちの風は幸せをはこんでくる、と有楽は告げたのである。

「そういえば……」

と、お督は仔猫のような仕種で、鼻をうごめかせた。

「なるほど、潮の匂いが強くいたします」

「ここ小田原も、海湾に近いゆえのう」

「………」

黙ったまま、お督はうなずき返したが、さっきよりもだいぶ元気を取りもどしたようであった。

かたや飲めや唄え、の大賑わい、一方はいくら堅牢《けんろう》とはいえ、一つの城に籠《こ》もり通しで、評定《ひょうじょう》（小田原評定）をくりかえす毎日。そこにもむろん、秀吉一流の勘定がはたらいているのは疑いない。

長陣に飽いた味方の将兵を慰労して士気をたもたせ、逆に敵方の戦意を喪失《そうしつ》せしめる戦術なのだ。

そうしておいて、秀吉は北条方の部将たちにも工作をつづけた。

たとえば重臣・松田憲秀《のりひで》が豊臣方に寝返り、ついで武蔵《むさし》国忍《おし》城主・成田氏長《うじなが》も降参。その後も北条の支城はあいついで落ち、北条父子はいよいよ孤立し、追いつめられた。

七月五日、ついに北条勢は降伏した。

このとき秀吉は、家康の婿にあたる当主の北条氏直と、彼の叔父で、さきに一度上洛して謁見《えっけん》した氏規《うじのり》は死罪にせず、高野山へと追放し、強硬派の父親、氏政には切腹を命じた。

これで関東一円は秀吉の支配下にはいったが、まもなく秀吉は領地替えをおこない、実力者の徳川家康を、これまでよりさらに畿内から遠い関東に移すこととした。

地理的にはこの日の本の中央部にあたり、豊穣な三河や駿河、遠江の領主であったものを、領地こそ大幅に増えるものの、当時は辺地よばわりされていた関東に移封《いほう》するというのだ。

この策に対し、家康がどう出るかと秀吉は見守ったが、家康は家臣の反対を押し切って、関東に行くことを了承した。

「これも良い機会かもしれぬ、と考えたのでござるよ」

小田原での最後の茶会で隣り合わせになったとき、家康は有楽に小声で打ち明けた。

「わが徳川の宗家《そうけ》をささえておるのは、いまも松平の一党であり、三河譜代《ふだい》の家臣団……その強い結束があったればこそ、これまでのたび重なる戦さや危難に打ち勝ってもこれたのじゃ」

だがこれから、徳川氏がいっそうの力を付け、伸長してゆくためには、旧弊《きゅうへい》は無用なのではないか。

「ふるい因習や、よけいな因縁《いんねん》を断つ。それには、新たな領地に参るのが何よりかもしれぬ、と思いましたのじゃ」

「さすが、ですな。これは世辞《せじ》ではなく、家康どのでなければ、思いもつかぬこと……」

「されば、でござる」

その新領国の拠点、本城をどこにしたら良いか。

これまで関東は、ほとんどが北条に支配されてきた。そういう関係性を排するならば、小田原や三島などではなく、もっと北条の故地とへだたる、それこそは僻遠《へきえん》の地がふさわしかろう。

「……わしは関東での本拠を、武蔵国の江戸におくつもりでござる」

「……ほう」

そこまで有楽に伝える家康の度量といおうか、おのれへの信頼度にも感服したが、江戸とはまた、仰天ものであった。

さもあらん。これより百数十年前、最初に江戸に城を築いたのは扇谷《おうぎがやつ》上杉氏の家宰《かさい》、太田道灌《おおたどうかん》だが、そのころは相応に栄えたという。それが、いまや寂《さび》れはてて、

「海湾より吹く風に、泥土《でいど》に生える枯れ葦《あし》がなびく」

と、だれもがそんなふうに聞かされていたのである。

じじつ、家康主従は荒れ放題に荒れた江戸城を修復するのに、えらく難渋したようだ。

枯れ葦こそ生えてはいなかったものの、庭の茅《かや》やいばら、雑草が伸び放題にのびて、それらが屋内にまではびこっていた。本丸や二の丸、三の丸、いずれも檜皮葺《ひわだぶ》きの粗末な造りで、ふるびて壁土は剥《は》げ、梁《はり》や柱はゆがんで、ところどころ朽ち落ちている。――

「われらが居住できるようにするまでに、三月、四月と要し申した」

といったことを書き記した文を、移転後、一年ほどもしてから、有楽斎は受けとっている。

かくて家康が出たあとの三河の領地に、尾張の織田信雄を移すことに秀吉は決めたが、それを信雄は拒絶する。当然、秀吉は激怒した。信雄をただちに改易し、下野国《しもつけ》へと流罪にした。

有楽斎はこの顚末《てんまつ》に、愕然となった。

かの大物・徳川家康でさえ、おとなしく太閤・秀吉の指示にしたがったのだ。わが甥の浅慮《せんりょ》に、ただただ呆れるほかなかった。

そして翌天正十九年になると、有楽斎には予想だにつかぬ出来事が、つぎつぎと起きるのである。

四

天正十八（一五九〇）年の秋。

有楽斎は、秀吉が洛中に建立した政庁兼別邸の聚楽第《じゅらくだい》にいた。

相伴《しょうばん》のような格好で、秀吉とならび、千利休が点てる茶を味わっていたのだ。利休は聚楽第の北御門近くに屋敷をたまわり、最近ではそちらで客をもてなすことが多かった。

同十八年七月、小田原城を落とすと、秀吉はそのまま奥州仕置きのために会津へ進軍し、京都にもどってきたのは、九月になってからのことだった。

小田原まで同伴していた淀殿は、秀吉勢が北条方に勝利したのち、すぐに淀城へ帰っている。鶴松もまた、大坂城から淀城へ移ってきていた。

淀殿母子恋しい秀吉は、帰京するなり、その淀の城へと直行。それから数日をへている。

聚楽第は淀城からおよそ二里（約八キロ）と、ほど近い。利休の邸宅もあり、そこにはむろん、茶室もそなわっている。そんなこともあって、秀吉が、

「たまには、叔父上もどうじゃ」

と誘ったのだが、有楽斎はどうも、この聚楽第が好きになれない。

三年前の天正十五年九月に完成した豪華な平城であるが、大仰《おおぎょう》な意匠の天守閣と、各館の金箔瓦《きんぱくがわら》は、いかにも成金趣味と言えようか、くだんの「黄金の茶室」を彷彿《ほうふつ》とさせる。

世辞にも品の良いものとは思われなかった。

利休はどう考えているのか分からないが、有楽にすれば到底ここの城郭内に住む気にはなれなかった。

「どうじゃ、立派なものじゃろう。有楽斎どのの屋敷も建ててやろうではないか」

秀吉には再三、そう勧められたが、そのつど慇懃《いんぎん》に断わっている。

一方、利休はと言えば、聚楽第のみならず、秀吉からその種の話があるたびに受けいれ、あちこちに立派な屋敷をあてがわれている。

「公儀のことは弟の豊臣秀長《ひでなが》へ、内々の儀は利休へ」

世にいわれる豊臣政権の「二本柱」は、秀吉の篤き信頼を得ていた。とくに利休は、茶頭の域をはるかに超えた権力をもっている。

茶室では、秀吉と利休が二人きりになることも多く、秀吉はおのれの腹中にあるものをさらけだし、利休に意見を求めること頻《しき》りであった。そうとなれば、まわりの直臣、大名たちは、

「いったい、あの手狭な茶室のなかで、何が話しあわれているのか」

と気になり、疑心暗鬼《ぎしんあんき》におちいるのである。

利休が支度をしているあいだ、秀吉はしばらく淀殿母子の話をしていたが、それが一段落すると、意外な方向に話題を向けた。

「来年には朝鮮征伐の軍を出そうと思っておる。かの半島にくわしい者によれば、二百年の平和に慣れた朝鮮軍は、腑抜《ふぬ》け同然だそうじゃ……となれば、朝鮮をあっという間に平らげ、明国《みん》まで怒濤の勢いで攻め込むことも可能じゃ」

「……ふーむ」

有楽としては初耳のことであった。

「いやいや、明国へと突き進み、あるいは天竺《てんじく》まで行けるやもしれぬ」

秀吉の眼は爛々《らんらん》と輝いていた。有楽はその眼を見た記憶がある。

そうだ、大兄・信長の目と同じじゃ……大兄も相似た話をしていた。朝鮮に侵攻し、明国を征服し、すべての国を統《す》べて、おのれはその大国の王となるのだ、と。

有楽は、また兄者の大ぼらがはじまった、としか受けとっていなかったが、信長のそばには秀吉、いや、当時は藤吉郎といった猿面の男が寄り添い、感きわまった表情で、

「殿、余人《よじん》には思いもつかぬこと。藤吉郎、感服つかまつりました。明国に攻め入るときは、それがしめにぜひ、先陣をたわむりとうござります」

と、平身低頭で信長に頼みこんでいた。

時代は移り、信長に代わって天下を手中にした秀吉が、大兄の妄想を受けつごうとは、予想だに

しなかった。

利休はそんな話を耳に入れても、表情一つ変えず、静かに茶を点てている。利休はすでに朝鮮征伐の話を聞いているのか、と有楽は思った。

自分と同様、愚にもつかぬ策、と見なしながらも、知らぬ顔をしている？……ちがう、それだけではない。小田原攻めの折りに、秀吉と利休の間に何か、相当な確執《かくしつ》があったのだ。

利休の高弟・山上宗二《やまのうえそうじ》が秀吉の勘気《かんき》に触れて、畿内追放の憂き目を見たのは、六年もまえのことである。

その宗二がいったんは前田利家に仕えたものの、再度高野山へ逃れ、最後は小田原に行き、北条氏にかくまわれた。それと知って、北条方と秀吉勢との一戦をまえに、

「このままでは、宗二も難をまぬがれぬ」

と踏んだ利休が、秀吉と宗二の仲を取りもち、小田原で両者を対面させたのだ。

「上手くすれば、また秀吉が宗二を登用してくれるのではないか」

と、利休は願っていたのだが、結果はそうは行かなかった。登用どころか、宗二は生かしてさえもらえず、秀吉は彼の耳と鼻をそいだうえで、打ち首にしたのである。

有楽斎は利休の点てた茶を飲んだ。妙に重い静寂が、茶室をつつんでいた。


翌天正十九年正月二十二日、豊臣秀長が本拠の大和郡山城内で病没した。秀吉がもっとも頼りにしていた有能な実弟であり、補佐役であった。

秀長は大坂城の東に位置する大和、和泉、紀伊三国の大守《たいしゅ》をゆだねられていたが、自領の統治に

もすぐれ、秀吉の京都滞在中は、兄の代わりに京での政務を統括したほどの男である。

その秀長の死は、秀吉にとって、大きな痛手となったはずだ。

さらに不幸はつづいた。

同年閏《うるう》正月、嫡男・鶴松が病いの床についた。秀吉は畿内の神社や仏閣に対し、「鶴松の病い平癒のための祈祷」を懇請している。有楽斎も秀吉から、

「洛中の名医という名医を、さがしてくるように」

と指示されて、京都中を駆けずりまわった。

同じ時期に、利休は苦境に立たされていた。関白秀吉との間に暗雲が立ちこめていたのだ。

さきの秀長の死は、豊臣政権内の力の均衡を崩すきっかけをもたらしたのかもしれない。

秀吉の側近たる石田三成《みつなり》、増田長盛《ましたながもり》、長束正家《なつかまさいえ》、前田玄以《げんい》といった奉行たちは皆、近江の出身であり、「文治派」とよばれる一派を形成していた。

彼らは鶴松を産んだ淀殿に近づき、豊臣政権内で勢力を増していた。

一方、その文治派を快しとしない旧臣たちは、「武断派」と称され、秀吉の実母・大政所《おおまんどころ》や正室の北政所の支援を受け、秀長と利休を頼りとした。ところが、秀長が病死したことで、もう一人の実力者・千利休を、

「文治派が排除しようと画策している」

との噂が立った。

利休を追い落とす理由を、文治派たちはいくつも見つけてきた。

大徳寺《だいとくじ》山門の改修のさい、利休の木像を楼門の二階に設置し、その下を関白がくぐるように仕向

けた、とか、安価な茶器を豪商や大名たちに高値で売りつけたとか……秀吉の朝鮮出兵を批判したことも、罪状の一つとされているらしい。

それらの噂を耳にするたびに、有楽斎は、

「何やら利休居士をおとしいれるために、三成たちが無理矢理、事をねじ曲げ、針小棒大《しんしょうぼうだい》にして秀吉に伝えているようだ」

としか思えなかったが、秀吉のまわりには、他に冷静な忠言をする者はおらず、関白・秀次《ひでつぐ》以下、すべてが文治派官僚に牛耳《ぎゅうじ》られている。

太閤側近の両翼の一方、秀長亡きあと、茶頭の筆頭とはいえ、いまだ商人の利休の立場は、いかにも弱い。

しかも、かつて有楽が怪訝《けげん》に感じたように、わび茶を追及する利休と、「黄金の茶室」を是《ぜ》とする享楽的な茶を愛する秀吉とでは、ひっきょう合うはずがない。水と油のような関係になっている。

利休は利休で誇り高く、

「何故《なにゆえ》、このわしが、秀吉ごときに弁明せねばならぬのか」

ということだろう。ここで、仮りに秀吉に言い訳をして、生命《いのち》乞いでもすれば、

「茶人としてのわが名、わが魂を売りわたすに等しい」

と、利休は思っているのかもしれなかった。

利休の頑《かたく》なな態度に、秀吉はますます疑念をふかめた。そうとなると、利休の弟子たちは気が気ではない。

芝山監物《けんもつ》をはじめ古田織部《おりべ》、細川忠興《ただおき》などの茶人武将や、前田利家も取りなしに動いたが、秀吉

は聞く耳を持たず、同年二月十三日、利休は、秀吉名で、

「堺へ退去せよ」

と命ぜられた。

そして二十六日、ふたたび京都に召還され、主命により二日後の二十八日に聚楽第の自邸内で切腹して果てた。享年七十であった。

当日、弟子の武将らが利休を助けだそうとするのではないかとの懸念から、秀吉は上杉景勝《かげかつ》に命じて、屋敷のまわりを彼の軍勢で取りかこませた。

さらに秀吉は、切腹を科しただけでは怒りがおさまらず、利休の首を、原因となった大徳寺山門上の木像に踏ませるかたちで、一条戻橋《もどりばし》にさらした、という。

「秀吉の仕置きはたいてい、相手憎さに凝りかたまり、かぶせる罪は名目に過ぎぬ」

と、有楽は嘆息する。権力者に近づきすぎた茶人の悲劇は、その後の政情を予告するかのような重苦しさをかもしていた。

秀吉の愛児・鶴松が病死したのは、それからわずか半年後のことである。

鶴松の病状はいったん回復したように見えたが、八月にはいるや、急激に悪化し、五日、わずか三歳で落命した。

秀吉の悲嘆ぶりたるや、尋常ではなかった。彼は鶴松の菩提を弔おうと、髻《もとどり》を切ったため、臣下がこれにならい、こぞって髻を切ったので、髻が山となり、塚のようになった。

もとより頭を剃《そ》りあげたままでいる有楽に、それは出来ない。彼はただひたすら沈黙で通すしかなかった。

秀吉はすでに五十五歳となっていた。

「もう子どもは出来ぬ」

と思っても、ふしぎではない。鶴松の死後まもなく、秀吉は甥の秀次を養嗣子として、関白をつがせる決意をかためた。

関白はもともと天皇の政事《まつりごと》を補佐するのが役目だが、当の秀吉は、その関白や摂政《せっしょう》職を経験した者が成る太閤の地位についた。ある意味、上皇と似ているが、たんなる退任・退官ではなく、実権はむろん手放さない。

ただし、いったん国内のことはなべて秀次らに任せて、秀吉みずからは、朝鮮征伐の準備をはじめていた日本軍の総指揮をとるべく、遠い九州の備前名護《なご》屋《や》城に向けて旅立とうとしていた。

翌天正二十(一五九二)年三月二十六日に、太閤・秀吉は淀殿を伴って聚楽第を出陣した。

淀殿の後見人である有楽斎は、これにも同行している。

備前名護屋城までの行軍は、非常にゆっくりとしたものだった。

備前に到着するまで一月《ひとつき》近くもかかっている。

物見遊山《ものみゆさん》の旅のようであった。有楽からすれば、

「秀吉と茶々は、鶴松の死を忘れるために旅に出たのか」

と思われたほどである。

朝鮮侵攻は四月にはじまり、緒戦《しょせん》は勝利を重ね、漢城(ソウル)占領までは順調に進んだ。名護屋城の本営もその報せにわいたが、それは一時のことであった。

しだいに戦局は不利となる。朝鮮水軍の反抗によって、海路による補給がままならない状況となった。

秀吉は六月にみずからが朝鮮に渡り、指揮をとるつもりであったようだが、後詰《ごづ》めで名護屋城に控えていた徳川家康に、

「総大将が動いてはなりませぬ」

その計画は無謀であり、危険である、と止められている。

淀殿は、元号が文禄《ぶんろく》（元年）と変わった師走《しわす》に京都にもどった。このとき、淀の方は子を孕《はら》んでいた。翌二年八月、拾《ひろい》（秀頼）が誕生する。

五

秀吉とっては思いがけぬ新たな嫡子の誕生であったが、このたびは手放しで喜んでばかりもいられなかった。

子が生まれる一月前には、秀吉の実母・大政所が薨去《こうきょ》している。しかも朝鮮での戦況はままならず、秀吉は不本意ながらも休戦に同意し、戦さは一時、中断された。

秀吉は八月十五日に名護屋城を発ち、わずか十日ほどで大坂城にもどっている。

自分を産み育てた実母の死に、思いにまかせぬ大陸侵攻……表向き、沈鬱そうな表情をつくろっていたが、内心では、

「一刻も早く、わが子の顔が見たい」

と思っていたのかもしれない。

ただ秀吉のなかにも、複雑な気持ちがあったのは確かだろう。

ようやくにして得た初の愛児を、たったの三歳で亡くし、すでにおのれは齢六十を目前にしていた。もう嫡子はできない、とあきらめたからこそ、甥の秀次を養嗣子とし、関白の職をつがせたのだ。

それが、まさかの「おめでた」である。

じつは、さきの鶴松誕生のころから、ちまたでは、ひどい噂がひろまっていた。

「秀吉は種無し。されど、子ができた。どこから来た種ぞ。ふしぎじゃ、ふしぎじゃ、摩訶《まか》ふしぎ……」

今回の懐妊に関しても、同様の噂が流れ、「以前よりいっそう、あり得ない」との声も、しきりにささやかれた。乳母《めのと》の大蔵卿局の長男・大野治長《はるなが》が本当の父親ではないか、とか、側近の石田三成が怪しい、などと、さまざまな風聞が有楽の耳にもはいってきている。

有楽はしかし、名護屋の城でも、淀殿の住まいは厳重に警固されていたのを知っている。むろん男子は禁制、女性でも大蔵卿局と、ごく少数の侍女しか、はいれない。

これは大坂城でも同じだったが、たとえ実の叔父であり、後見人の有楽斎でさえ、入邸はゆるされず、他の場所でも二人きりになることは禁じられていた。いかに大蔵卿局の実子の治長であったとて、無理であったろう。

にも拘わらず、その有楽にも、怪訝《けげん》でならない。

彼は遠くから、秀吉と淀殿が連れだって、寝所に向かうのを見たことがある。当然、閨《ねや》のいとなみはあったのであろう。しかし日ごろ、間近に二人の立ち居を眼にしていて、そんなことが、いくども繰り返されたとは思われない。

もしや一度、せいぜいが二度か三度か。それで、茶々のお腹が大きくなろうとは……秀吉自身、疑っている節が見られる。いや、彼こそが、いちばんに真相を知りたがっていたのにちがいない。

それかあらぬか、秀吉は淀殿の懐妊を知らされたとき、正室の北政所にあてた文のなかで、こんなことを書いている。

「……大かう（太閤）こ（子）、つるまつ（鶴松）にて候つるか、よそへ越し候まま、にのまる（二の丸）はかりのこ（子）にて候はんや」

太閤、つまり自分の子は他界した鶴松だけで、こんど懐妊した子は二の丸——淀殿だけの子である、と言っているのだ。

これは、ついに子を産まずにいる北政所の心中を、おもんぱかったものとも受けとれる。が、もしや無意識のうちにでも、淀殿を疑う気持ちがあったのではなかろうか。


大坂城に到着した秀吉は、すぐに二の丸へ向かった。命ぜられて、有楽斎も山名禅高や富田左近《さこん》など、他の御伽衆ともども秀吉に随行した。

秀吉ら一行が二の丸の広間に姿を現わすと、淀殿は泰然とした佇《たたず》まいで、赤子を抱いて秀吉を迎えた。いかにも堂々としていて、後ろ暗い様子などは微塵《みじん》もみせない。

それだけでもう、秀吉は安堵したようだ。彼は母子とならんで、一段高い上座に腰をおろすと、淀殿から赤子を受けとって、横抱きにし、有楽ら一同にその顔が見えるようにした。

「……どうじゃ、このわしに似ておるかな」

「そっくりでござりまする」

と、すかさず山名禅高が応え、

「まさしく、うり二つ」

「眼も鼻も、口もとまでも、似ておりまする」

「いかにも賢そうでござりまするな」

他の皆が口々に褒《ほ》めそやす。

このことを確認するために、われら御伽衆を伴ったのか、と有楽が思ったとき、

「有楽どのよ、いかがであろう、そこもとはどう見るかな？」

突然に訊《たず》ねられて　有楽は一瞬、面喰らった。じつは、赤子などというものは、どの子も同じような顔をしている。赤黒く、皺《しわ》だらけで……そういえば、猿に似ている。となれば、すべての赤子は太閤秀吉似とすら言えるのではないか
だが、そんなことは、口にできるはずもない。

「そ、それがしといたしましては……」

有楽は口ごもった。が、ふいに、だれも耳のことは指摘しておらぬな、と気づき、

「たしかに眼鼻も似てはおりますが、それがしが思うに、耳のかたちがもっともよく、太閤殿下の血をついでおるかと存じまする」

「耳のかたち？」

「よろしかったら、ご自身で耳たぶの付け根をご覧くださりませ……殿下と同じく、お顔に深く切

れこむように付いております」

秀吉はまじまじと赤子の耳を見る。そして「鏡を持ってこい」と、下座の背後に控えた侍女に命じた。

侍女がそそくさと退出し、たずさえてきた手鏡を差しだす。すると、秀吉は片手で持って、おのれの耳のかたちを確かめた。

「なるほど、わしの耳とよう似ておる。さすがは叔父上、目の付けどころがちがう」

秀吉の顔面が喜色《きしょく》につつまれる。有楽は、ほっとした。秀吉は自分の額より高く赤子を抱きあげ、愛おしげに、

「良い子じゃ、良い子じゃ。健やかに育てよ」

とささやいている。

有楽はちらと淀殿のほうを見やった。彼女は叔父に感謝するかのように、かすかにうなずき返した。さきの太閤の北政所あての文ではないけれど、だれが父親であったにせよ、いずれ二の丸、淀殿、茶々の子であることだけは間違いないのだ。

「勝負ありじゃな。わが姪《めい》ながら、たいしたものよ」

胸中につぶやきながら、有楽はあらためて淀殿、そして太閤父子の姿に眼を向けた。

亡き鶴松の幼名は「棄」であった。秀頼の幼名は「拾《ひろい》」である。「棄て子は育つ」という同じ縁起を担いでのものであったが、こんどは、

「一度、赤子を棄てたうえで拾う」

そんな儀式をおこなうほどの念の入れようで、拾に対する秀吉の思いの深さは、鶴松へのそれをも超えていた。

そうした慶事が、ほどなく逆目《さかめ》の凶事をもたらす。

秀吉もまた、血縁と争い、相手を完膚《かんぷ》なきまでに押しつぶすという残酷無比な行為に出るのだ。

実甥にして養嗣子の秀次に関白職をゆずったことは、新たな嫡子を得たいま、秀吉には痛恨の極《きわ》みとなっている。

秀吉は諸々の事情により、朝鮮国と明国に侵攻する計画を中断せざるを得なくなった。そこで彼は国政に眼を向け、秀次の仕事ぶりをじっと見つめている。

秀吉からすれば、秀次のやり方は、何もかもが気に入らない。

そもそも秀吉は、秀次の器量を見こんで関白にしたのではなかった。弟の秀長が生きていれば、彼をこそ関白にして、いずれ鶴松が長じたおりには返してもらうつもりでいたのである。

それが、信頼できる弟を失い、あとを追うようにして鶴松までが病死した。残っている血縁はわずかで、さして深く考えることもなく、姉の子である秀次に白羽《しらは》の矢を立ててしまった。

「おのれが関白になろうとは、夢にも思うてはおらなんだわ」

という秀次の言葉を、有楽斎も聞いている。秀次は有頂天《うちょうてん》になっていた。傲岸《ごうがん》にすら見えた。だれもが天下人に手がとどくと、

「気の病いを起こすのではないか」

と、有楽斎は疑っている。大兄・信長の場合は特別だと思っていたが、秀吉しかり、秀次しかりである。

秀次のわるい噂を、有楽斎はたびたび耳にするようになった。

正親町上皇が崩御《ほうぎょ》されたときも、秀次は鹿狩りに出かけたとか、女狂いが激しいとか、百姓を鉄砲の的にして撃ちかけたなど、おぞましい風聞が世間を騒がしている。

有楽斎は、その風聞の真相よりも、だれがどこで流しているのかが気になった。しらべてみると、秀次の良からぬ噂の出所は、石田三成など、秀吉側近の輩《やから》のようであった。

そのやり口は、利休をおとしめて死に追いやったときといっしょである。有楽は胸騒ぎをおぼえた。

文禄三（一五九四）年七月三日、秀次は、自邸に押しかけてきた三成や増田長盛ら、秀吉政権の奉行衆から詰問《きつもん》された。詰問というよりは、弾劾《だんがい》に近い。悪《あ》しき噂の一つ一つを矢継《やつ》ぎ早《ばや》に責めたてられ、秀次側は抗弁もできなかったという。

奉行衆の報告を受けた秀吉は、七日に秀次の関白職を剥奪《はくだつ》して、高野山に追放し、無理矢理、出家させた。

有楽斎は「とんだ目にあわされたものだ」と、秀次を哀れに思ったが、秀吉はさらに追い打ちをかけた。八日後の十五日、切腹を命じたのである。有楽は驚いた。

「秀次のおこないは本当に、一死に値いするほどの行状《ぎょうじょう》であったのか」

やがて有楽は驚きを通り越し、震撼《しんかん》とさせられることになる。

八月三日に秀吉は、秀次の妻妾やこどもたち三十九人を三条河原に引きだし、晒《さら》された秀次の首級のまえで、全員を惨殺したのである。まさに、鬼畜《きちく》の仕業《しわざ》といっても良い。

もっとも、秀吉は信長の家臣だったころから、その残虐ぶりはよく知られている。

比叡山では焼き討ちのあった翌朝、かろうじて生き残った者たちを一堂にあつめ、高僧や名僧、貴婦人までも、名のらせたうえで惨殺している。なかには、必死に助命を請う者もあったが、

「何だ、その偉そうな謝り方は……土下座《どげざ》せんかい」

土にまみれた顔に唾をかけ、

「斬れ、首を刎《は》ねよ」

と、部下に命じたという。

お市の最初の嫁ぎ先、浅井《あざい》方を攻めほろぼしたときも、逃走した嫡男の万福丸をさがす役目を、みずから買ってでて、発見後、捕らえて串刺しの刑に処している。

信長の家臣だった荒木村重が裏切ったときに、妻子らとその一族百五十名を磔《はりつけ》にしたり、撫《な》で斬りにしたのも、秀吉だ。彼は何の罪もない五百人の使用人までも焼殺している。

これが有名な「有岡城の惨劇」だが、こののち脱出した村重の遺臣をかくまったという罪で、無抵抗の高野聖《ひじり》千三百人を惨殺したときも、秀吉は先陣を切っていた。

主・信長の「鬼」だ「悪魔」だといわれる部分の実戦部隊を、率先して指揮していたのが、秀吉なのである。

三条河原での惨劇があった、その日。有楽斎は自宅の仏間にひきこもり、ひたすら経《きょう》を唱えていた。延暦寺の悪夢が再現されたごとくに、罪なき人びとの阿鼻叫喚《あびきょうかん》、血の臭《にお》いがよみがえる。

「秀吉も、とうとう狂うてしもうたか」

そう思わずには、いられなかった。

二年後の文禄五年閏七月に、京都を直撃する大地震が起きた。

そのときには、伏見城の天守は倒壊し、東寺《とうじ》や天龍寺もつぶれ、千人以上の死者が出たと伝えられている。

秀吉が建立した方広寺《ほうこうじ》の大仏の首が落ち、京雀《きょうすずめ》たちは、

「太閤の所業に仏罰が下りたのだ」

と噂した。

今まで関白さま、太閤さまと崇《あが》められた秀吉の人気は、文字どおり、地に堕《お》ちていた。

六

秀次やその妻妾、子どもたちまでも惨殺した秀吉は、それでもまだ不安だったのだろう。諸大名をよび寄せて、血判の起請文《きしょうもん》を取りつけた。

「御ひろいさまへ対したてまつり、いささかも表裏別心《ひょうりべっしん》を存せず、もりたてまつるべきこと」

これを第一条として、以下、秀吉のさだめた法度《はっと》と置目《おきめ》を遵守《じゅんしゅ》すること、守らぬ者は成敗すること、とつづく。関東は徳川家康、四国は毛利輝元《てるもと》が管掌《かんしょう》すること、という条目もある。

この誓詞《せいし》だけでは、なお安心しきれず、秀吉は家康、輝元、前田利家、宇喜多秀家《うきたひでいえ》、小早川隆景《たかかげ》の五名の連署から成る掟書を交付した。

これほどあからさまに、世間に知らしめておかねばならぬとは、ある種、逆効果であろう。もはや豊臣の政権は、

「そこまで危ういものになっているのか」

と、有楽斎は思う。この事態を家康どのは一体、どうお考えなのだろうか。

家康はちょうどこのころ、大坂城に来ていた。有楽斎はよい折りであると考え、最近、味舌のほかに大坂城下、天満《てんま》の地にたまわった自邸に家康をまねいたのである。

「天下一の茶人におよびいただき、ありがたきことです」

家康は有楽斎に礼を述べた。世辞抜き、である。利休亡き今、その弟子の古田織部、芝山監物、細川忠興など、何人か、名だたる茶人はいるが、天下無双の者といえば、たしかに有楽斎をおいて他にはいない。

「何をおっしゃいます。それがしこそ、このようなむさくるしい屋敷にまで、徳川さまに足をおはこびいただけたこと、生涯の誉れと存じまする」

「堅苦しい挨拶は抜きにしましょう、有楽斎どの。今日は貴殿が点てる茶を楽しみに参ったのです。それにしても、ここは本当に心安らぐ茶室でござる」

「いやいや、おのれの数寄《すき》にまかせて、気ままにつくった茶室。お恥ずかしい限りです」

「かつて利休どのの茶室でも、いくどか頂戴しましたが、拙者としては狭苦しゅうて、息が詰まりそうでござり申した」

家康は苦笑いを浮かべた。利休の「二畳の茶室」は、太閤の「黄金の茶室」と同様に、有楽も好みではない。彼はつられたように小さく頬をゆるめて、言った。

「こたびは太閤殿下より、いろいろとご注文を受けられたとの由、うかごうておりますが、大変でござりましたな」

「殿下もお歳ゆえ、お拾さまのことが心配でならぬのでござろう」

「ここだけの話ですが、徳川さまは昨今の太閤殿下のなされよう、いかが思われますか？」

有楽は率直に訊ねた。家康はふっと真顔になって、

「有楽斎どの、淀殿の後見役のお立場でもあり、滅多なことは口にされぬほうが御身のためでは……」

「淀殿の後見人とは申しても、近ごろは大蔵卿局とその嫡男の大野治長が、ご身辺のすべてを仕切っております……お拾さまのご後見役は前田利家さまでござりますし、それがしの出番なぞは無きがごとしで」

有楽は自嘲気味につぶやいた。

「したが、有楽斎どのは淀殿の叔父上ではござらぬか。今や、織田家で唯一の頼りとなるお人じゃ。さすれば、貴殿から淀殿に申しあげて欲しき所存がござる」

「茶々に何か、伝えたきこと？」

有楽斎はおもわず、茶々と言ってしまった。

「淀殿はどうも、拙者のことを疑《うたご》うておられるようじゃ。お拾さまはまだ二歳の身、されど太閤殿下のご体調は芳《かんば》しからず、ということで、この家康が天下を狙おうとしているのでは、とお考えのようで……」

「茶々、いえ、淀殿が、ですか」

「はい。仕方なきことやもしれぬとは存ずるが、みどもに二心なきこと、お伝え願いたいのでござる」

有楽の耳に、家康の口調は誠実そのものに聞こえた。

「分かり申した。淀殿には、きちんと言うておきましょう。しかし、ちと厄介なのは、お取り巻き連中でござる……石田三成、増田長盛なぞの奉行衆、そして大野治長や大蔵卿局には、昨今の大勢が見えておるのか、疑わしゅうてなりませぬ」

家康はわが意を得たり、とばかりに、顎《あご》をひき寄せた。

「有楽斎どのは分かっておられる。天下の大勢はどのように動くのか。太閤殿下のまわりには、さきを読める御仁《ごじん》がほとんどおりませぬ。太閤殿下ご自身でさえも……」

家康は十手どころか、二十手、三十手先を読んでいる……そんなふうに、有楽斎は感じた。秀吉はもう目の前の一手、二手しか考えられない。側近たちも、数手先が限度だろう。

それでは秀吉は、秀吉の打ち立てた豊臣政権は、終わる。


翌慶長元（一五九六）年五月、家康は内大臣《ないだいじん》――内府に任ぜられた。その任官は、家康を頼りにするほかない、という秀吉の期待と焦燥がにじみでている。ここで家康に見放されては、豊臣政権は立ちゆかない。

家康は大坂城や伏見城に、たびたび出府を要請された。

九月、明からの使者が大坂城をおとずれた。朝鮮侵攻の戦いを中断してから、三年もたって、ようやく講和の使者がやってきたのである。

しかも、であった。明使から手わたされた国書には、

「……ここはとくに、汝《なんじ》を封じて日本国王となし、これに誥名《こうみょう》をたまう」

といったことが書かれているのみで、その内容は、秀吉が望んだものとは、だいぶかけ離れていた。秀吉は激怒して、再度、朝鮮への出兵の令を発した。

家康は秀吉に進言する。

「太閤殿下、いまは時宜《じぎ》がかないませぬ。自重《じちょう》あそばし、見あわせるがよろしかろうと存じまする」

だが、秀吉は聞き入れなかった。

慶長二年の正月には、加藤清正《きよまさ》、小西行長《ゆきなが》を先鋒に、十四万の遠征軍があらためて渡海。部分的には善戦もしたが、士気はあがらず、敗退の気配がいろ濃く漂っていた。

そして慶長三年三月、秀吉は伏見に近い京都の東南、醍醐寺三宝院《だいごじさんぼういん》で花見の宴《うたげ》をもよおした。のちの世にいう「醍醐の花見」である。

その宴のために、秀吉はみずから出向いてゆき、下検分をするなど、ずいぶんとまえから準備をしていた。

拾あらため秀頼はもちろん、正室の北政所、淀殿をはじめとする側室をことごとく伴った。有楽斎も相伴にあずかっている。秀吉は始終、機嫌よく振るまっていたが、花見の終盤には顔色わるく、自力で立ちあがることさえ出来なくなった。

そのいかにも力のない老太閤の姿を、有楽斎は目《ま》のあたりにしている。

五月五日、秀吉は、端午《たんご》の儀礼のために参集した諸大名を、改築なった伏見城の大広間に迎えて、返礼した。その儀式の直後に彼は倒れ、床に伏した。

数日後、有楽は伏見城に、淀殿を訪ねた。秀吉のその後の様子を訊《き》くためだが、以前、家康に託された伝言に関して、もう一度、念を押すつもりもあった。

「太閤殿下の、お具合はいかがじゃ?」

有楽は淀殿の表情の変化を見守りながら、問うた。

「叔父上、ご心配をおかけしております。名医たちがあれこれと手当をほどこしていますが、良くなったり、わるくなったりの繰り返し……万が一の場合の覚悟もできております」

淀殿は取り乱したふうでもなく、淡々としている。

「万が一、であるか。それほどに、おわるいのか」

「今さら叔父上に嘘をついても、仕方ありませせぬ。殿下のおからだの按配《あんばい》がどうかは、叔父上もよくご存知ではござりませぬか」

「秀頼さまは、いまだ幼少の身……茶々の気苦労が案じられてな、わしは気が気ではないのじゃ」

「鶴松が三歳で亡くなりましたゆえ、秀頼を何とか無事に育てようと、わたくしなりに、精魂《しょうこん》をかたむけて参りました。おかげで五歳となり、鶴松とはちがい、丈夫な子に育っております」

淀殿はかたわらに大人《おとな》しく座している秀頼のほうを、ちらと見やって、笑みを浮かべる。

なるほど、秀頼はしっかりとした体格で、風貌も年を追うごとに、定かになってきた。からだつきも大きく、目鼻立ちもきわだって、秀吉のそれとは相当に異なっている。大野治長、いや、治部《じぶ》少輔《しょう》三成にも似ているような気がする。

噂はやはり、本当であったか……あらためて有楽はそう思ったが、いくら実の姪が相手でも、そのことにだけは触れられない。

「もしもの場合を考えて、だいぶまえに、わしがそなたに伝えたこと、憶えておるか?」

「徳川どのの、あの二心がないという伝言でしょうか」

「そうじゃ。いま、頼りとなる大名は徳川の家康どのしかおるまい、とわしは見ている。太閤殿下も、そうお考えであろう……であれば、家康どのに反発することは得策ではあるまい」

淀殿の目付きが、するどくなった。

「叔父上のお言葉を返すようですが、わたくしには家康どのの本心や魂胆が見えております。お笑いになるやもしれませぬが、女の勘というものです」

「いや、それは……」

有楽斎には何とも、応えようがなかった。


八月五日、秀吉は家康と前田利家、毛利輝元、宇喜多秀家、上杉景勝を五大老とさだめて、秀頼の将来を委託。そのうえで、家康と利家に、石田三成ら五奉行とのあいだで誓詞を取りかわすよう、命じている。

有楽は家康から、秀吉の遺言ともいえる枕頭《ちんとう》の言葉を聞いた。

「内府……徳川どの、かえすがえすも、秀頼がこと、お頼み、申しまするぞ」

聞きとれぬほどに弱々しく、しかし、一字一句、区切るようにして、はっきりと告げたという。

「秀頼が長ずるまではしばし、天下の政事は、徳川どのにお任せいたしますれば、秀頼、長じたあかつきには、ぜひにお返し、くだされたく……」

そうと知らされ、有楽は、ほうと半ば驚き、半ば呆れた思いで溜め息をついた。

同様のことを託されたはずの信長の曾孫・三法師はすでに立派に成長して、織田秀信《ひでのぶ》と称し、美濃一国を領しているが、彼に政権を返す気など、秀吉には毛頭《もうとう》ない。

逆にこのたび、家康に頼んだのと相似た約定をとりかわし、後釜の関白にすえた秀次は謀殺し、妻子らを皆殺しにしている。

その秀吉の最期のつぶやきも、家康は有楽に伝えた。

「秀頼が、成りたつことばかり、心残りでござれば、ほかには思い残すこと、あり申さぬ」

なんと、類いまれなる権勢をほこった天下人の言葉とは思えなかった。有楽斎としては、死期をさとった秀吉の足掻《あが》きぶりに、失墜した権力者の憐れさを感じるほかなかった。

第五章　茶の湯太閤

一

　さしも権勢をほこった太閤・豊臣秀吉も、齢《よわい》六十三にして薨《こう》じた。慶長三（一五九八）年八月十八日の丑《うし》ノ刻（午前二時頃）、伏見城内でのことであった。

　事後の混乱をおもんぱかった秀吉の遺命によって、かたく喪《も》は伏せられた。その間に、家康ら五大老と石田三成ら五奉行が合議して、朝鮮に在陣する将兵に対し、撤退命令をくだした。

　有楽斎はもともと政事《まつりごと》とは距離をおき、わけても豊臣政権の中枢とは離れているので、まったく蚊帳《かや》の外であったが、立場上、淀殿に報告される合議の結果を知ることは可能であった。

　秀吉亡きあと、豊臣家の嫡男《ちゃくなん》・秀頼の生母として、淀殿の存在感は増している。石田三成など「文治派」の奉行たちは、

「秀頼さまのご機嫌伺い」

などと称しながら、淀殿にしきりと接近していた。

北政所《きたのまんどころ》は大坂城にあって、なおしばらくは喪に服していたが、やがては夫・秀吉の菩提《ぼだい》をとむらうべく剃髪《ていはつ》し、城を出て、京師《けいし》へと向かうこととなる。

本格的に出家して尼僧《にそう》となるのは、五年後の慶長八年のことで、初めは高台院殿快陽杲心大禅定尼《こうだいいんでんかいようこうしんだいぜんちんに》、のちに高台院殿湖月浄心大禅定尼《こげつじょうしん》と法号をあらためるが、元太閤の正室ということで、今も昔と変わらず、家康を筆頭に、諸大名の尊崇《そんすう》を一身にあつめている。

それだけに、秀吉生前のころより、その北政所ではなく、自分に近づき、礼をつくしつづける者たちを、

「何とも頼り甲斐のある忠臣たちではないか」

そう淀殿が思うのも、ふしぎではない。

有楽はしかし、おのれは極力、中立の視線で、事の推移《すいい》を見守るつもりでいた。

淀殿は、昔の茶々とはちがっている。叔父の有楽の居城だった大草の城で、三姉妹の長女として、けなげにも誇り高く、振るまっていた乙女ではない。

愛息・秀頼を育て、彼が天下に号令する姿を見るために、執念を燃やす母となっている。

権謀術数《けんぼうじゅっすう》がうずまくなかで、淀殿のまわりには冷静に情勢を見きわめ、何が大事なのかを伝える者は、自分をおいて他にはいない。そう考えて、有楽はみずから気を引きしめるとともに、心寒い思いにもかられるのだった。

秀吉が逝《い》った翌四年の元旦に、諸大名が伏見城の大広間につどい、秀頼に参賀の礼を奉じた。

式次第は、石田治部少輔《じぶしょう》三成が取りしきる。そして「拾」とよばれていたころからの秀頼の傅役《もりやく》である前田利家が、重い胃の腑《いふ》の病いを押して伺候《しこう》し、秀頼を膝にのせて抱き、上段の間に座した。五大老の一人、家康の様子を、有楽斎は遠目にうかがった。家康は平静をよそおっていたが、いかにも複雑で、面白くないといった表情である。

それは、そうだろう。有楽は、危篤直前になって秀吉が「秀頼が長じるまで」という条件付きながら後事のすべてを彼にゆだねたのを、家康本人の口から聞かされている。

松の内をすぎた十日になると、秀頼は利家に伴われ、淀川をくだり、大坂城へと移っていった。これも秀吉の遺命の一つであったが、それをいそがせた裏には、三成と利家の、

「家康を孤立させようとの企てがあったにちがいない」

と、有楽斎は察した。

主の秀頼が大坂に移れば、諸大名もこぞって付きしたがう。家康は、これも秀吉が公《おおや》けにした遺言で、伏見城での政務を託されており、伏見の地に居残っておらねばならない。

そうとなれば、おのずと彼ら大名方とは疎遠になる。

有楽はこの状況を、家康がどうとらえているのか、真意をたしかめようと、伏見城内の家康のもとを訪ねた。

「これはこれは、有楽斎どの、同じ城内にありながら、なかなかお会いできず、失礼をしております。有楽斎どのはまだ、大坂にはお行きにならぬのですか」

「こちらこそ、家康どのがお忙しそうにしておられるので、ついつい、お声掛けもできず、失礼い

たしました」

と、有楽は真顔で低頭する。

「できることなら、わが茶室でおもてなしをしたいところでございますが、今はだれも皆、大坂に移る支度をしている最中ゆえ、難しかろうと躊躇《ちゅうちょ》しておりますれば……」

「いやいや、お気持ちだけで充分です。まぁ、正直申せば、有楽どのの茶を飲みたい、飲みたいと喉《のど》が欲しておるのでござるがのう」

家康は快活に笑った。

「じつは、それがし、家康どのにお聞きしたいことがござりまして、伺ったのですが……」

「ほう、何でござろうか？」

「忌憚《きたん》のないご意見をお聞きしたいのでござる。力不足ながら、それがし、淀殿の後見人として、中立の立場で天下の行方を見守り、淀殿に対し、具申《ぐしん》できればと願《ねご》うておりまする」

「……ふむ」

「太閤殿下ご存命中より今日にいたるまで、淀殿のまわりには、一方に偏《かたよ》った意見を述べる者ばかり……それがしとしましては、ぜひに家康どののご意見を拝聴し、淀殿には、道をあやまらぬよう献言いたしたいと思うておるのです」

家康はしばしの間、沈黙した。が、やがて、

「さすがでござる、有楽斎どの」

いくぶん声音《こわね》を落として言った。

「お立場上、みどもに近づくことじたい、ご不利になるやもしれぬのに、愚拙《ぐせつ》の意見を求めるとは、

お心の広さに感じ入ります。じつを申しますとな、みどもも中立たらんとしておるのです」

「ほう、家康どのも、でござるか」

家康は大きく顎をひき寄せる。

「いま、天下が治まっているのは、亡き太閤殿下と、それをささえた忠臣・部将たちのおかげでござる。それを利巧面《りこうづら》した若造どもがへ理屈を言いたてて、政務を牛耳《ぎゅうじ》れば、争いのもとになるは必定《ひつじょう》……」

名指しこそしないが、利巧面した若造とは、三成ら官僚上がりの奉行たち――「文治派」の面々を指しているのだろう。

「したが、世はたえず移り変わっております。時がたてば、戦《いく》さが上手なだけの武将は不要となりましょうが、まだまだ、いかなることになるかは分かりませぬ」

「………」

「この時代の落としどころを見あやまれば、それぞれの行く末は天と地ほどの差になろうかと存じます」

ここで家康はもう一度、有楽斎どの、と低音ながら、よびかけるように声を発した。

「淀殿にも、秀頼さまを大切に思《おぼ》し召《め》されるならば、一念に固執《こしつ》することなく、融通無碍《ゆうづうむげ》にお考えいただきたい、とお伝えくだされ」

有楽は家康が最後に口にした「融通無碍」という言葉に、束の間、はぐらかされた気がした。だが、たしか、この言葉は、『華厳経《けごんきょう》』のなかにあり、

「それぞれ別のものごとが溶けあい、通いあうことで、調和する」

という意味をもっている。

有楽斎は、そういう深い意味を有する言葉を、なぜ淀殿に伝えてほしい、と家康が言ったのかを熟考した。が、そのときはまだ、理由がつかめなかった。

彼が家康の懐《ふとこ》ろの大きさと、文言《もんごん》の真意をさとったのは、だいぶ後になってからのことである。


むろん、現実の政事は、経文の教えとは異なる。

家康は伏見城に居残ったことを幸いに、諸大名への工作をはじめた。家康を孤立させようとする三成と利家の思惑を、逆手《さかて》に取ろうとしたのだ。

有楽斎はそうした家康の動きに、何やら不安なものをおぼえた。有楽にも分かるほどなので、当然のことながら、その動きは三成方にも知られてしまう。だが、家康は頓着《とんちゃく》しなかった。

家康の六男・忠輝《ただてる》と伊達政宗の子女との婚姻を推《お》しすすめる。また養女にした娘を、福島正則の嫡子に嫁《とつ》がせ、さらに蜂須賀家政《はちすかいえまさ》、加藤清正方との縁組の話なども着々と実行に移していった。

秀吉がさだめた、

「許可なく他家との婚姻を禁ずる」

との掟書に反する行為である。

案の定、三成は家康のもとへ急使を差し向けた。有楽はすでに大坂に移る準備を終えていたが、家康がどう対処するのか、知りたくて、伏見城にとどまっていた。

あらかじめ城の茶坊主たちに過分な心づけを渡し、手なずけておいたので、ある程度は事の成り行きを知ることが出来た。

三成からの使者は、西笑禅師《さいしょう》と生駒近規《いこまちかのり》であった。

さきの縁組の件だけでなく、西笑禅師らは、家康が細川忠興や森忠正に加増を約束したことも責めたようだ。

二人は、家康をのぞく全大老と五奉行の合議による上意をふりかざし、「返答によっては大老の職を返上していただく」と、強気の態度を取ったという。

「……して、最後はどうなったのじゃ？」

有楽は茶坊主をせかし、話をつづけさせた。

「ご内府（家康）は、お二人をきっと睨《にら》みすえて、みどもが大老職を仰《おお》せつかったのは、太閤殿下のご遺命によるものぞ、とおっしゃったのです」

「まさに、そのとおりじゃ。間違《まちご》うてはおらぬ」

「そのあとも、ご内府は、それを充分な詮議もなさずして、除名しようとは、それこそ亡き殿下のご遺志を踏みにじるものではござらぬかと、たいへんな剣幕《けんまく》でござりました」

「西笑禅師らは、いかがした？」

「禅師さまも生駒さまも、怖れをなしてご内府にひれ伏し、逃げるようにして、お帰りになられました」

有楽はおもわず笑みをもらし、

「よう見とどけてくれたぞ」

と、茶坊主に新たな心づけを渡した。

そこまでは良いとしても、しかし、有楽は伏見城を離れることが出来なくなった。家康と石田三成、前田利家らとの軋轢《あつれき》は高じ、しだいに抜き差しならぬものとなりはじめたからだ。

幼主・秀頼が居する大坂城には、彼らのほか、四人の奉行衆に毛利輝元《てるもと》、上杉景勝《かげかつ》、宇喜多秀家《うきたひでいえ》の各大老。それに小西行長、佐竹義宣《よしのぶ》、長宗我部盛親《ちょうそかべもりちか》といった諸大名があつまった。

かたや家康のいる伏見には、藤堂高虎《とうどうたかとら》をはじめ、福島正則、池田輝政《てるまさ》、黒田如水孝高《じょすいよしたか》と長政《ながまさ》の父子、そして織田有楽斎も意を決して参じた。有楽の手勢は少数であったが、彼は、

「旗幟《きし》を明らかにすることに、意味がある」

と決断したのだ。

伏見の城下は、いまにも戦さがはじまるかのごとき様相を呈していたが、有楽には「戦さなぞにはならぬ」という勘がはたらいていた。

「家康どのは、おのれのほうから事を仕掛ける御仁ではござらぬからな」

その有楽斎の勘はあたった。

「三成をうとんじながらも、前田利家には逆らえない」

という部将たちの存在が事を左右した。細川忠興や加藤清正、浅野長政、加藤嘉明《よしあき》といった諸将である。彼らは大坂城に参集はしたものの、そのじつ、家康とも親しかった。

「われらの立場もござりますれば、ここは是が非でも、丸く収めていただきたい」

細川らはつぎつぎと、そんな書状を家康のもとへ送りとどけた。

そこで家康は、みずから折れてでた。

二月五日、家康は大坂城をおとずれ、四人の大老ならびに五奉行との間で血判の起請文《きしょうもん》を取りかわした。

不法な婚姻に関する警告をみとめる。亡き太閤のさだめた法度《はっと》を遵守する。そして、このたびのことを遺恨としない――この三ヵ条から成る誓詞を差しだし、利家や三成側から記された同一内容の誓書を受けとったのである。

さらに、これも細川忠興らの忠言を容《い》れ、利家がまず伏見の徳川邸を、ついで家康が大坂の前田邸を、たがいに表敬の訪問をすることになった。

二月の末から三月にかけてのことで、利家はそのころ病いが重篤《じゅうとく》になり、家康がおもむいたときには病床にあったが、ひとまず、これにて一件は落着した格好となった。

二

有楽斎は、いまだ伏見にとどまっていた。

前田利家や石田三成らが大坂城に拠《よ》って、秀頼の威光を盾に伏見にいる家康と対峙《たいじ》した折り、織田の一族のなかで唯一、家康側に付いた者であり、なおかつ、淀殿の後見人という立場でもある。

うっかり大坂などへ行けば、

「さぞかし、風あたりが厳しかろう」

という判断のゆえであった。

大坂と同様、伏見城の南にもまた、有楽の屋敷があり、むろん茶室もしつらえている。このさい、茶の湯三昧《ざんまい》に浸る毎日もわるくないと思ったが、世情の動向はそれほど甘くはなかった。

慶長四（一五九九）年閏《うるう》三月三日、前田利家は胃の腑の病い癒えず、臨終におちいり、ついに不帰の人となった。この利家の死は、家康を敵視している陣営にとっては、大きな痛手である。

その翌日、四日の朝に、有楽のもとへ、大坂城に出仕していた長男の長孝から急報がとどいた。

「大坂で一騒動が起きている」

との報せである。

福島正則、池田輝政、黒田長政らの手勢が石田三成の屋敷に押しかけている。そこへ加藤清正や細川忠興、加藤嘉明らもくわわって、一触即発の状態だという。

あつまったのはいずれも、さきの大陸侵攻時に渡海した、武辺一途の将——「武功派」ばかりだ。

有楽は、

「家康どのに火の粉が降りかかったと思ったら、こんどは逆に三成が火だるまにされるってわけじゃな……さて、三成はどう出るか」

と、事態の進展に大きく首をかしげたが、有楽の驚きはまだつづく。

三成はこっそりと自邸を脱けだしたが、じつに、彼が逃げこんださきは、家康の伏見の屋敷だったのだ。小舟で淀川をさかのぼって着いたらしい。

「ふーむ。まさかに、敵側の大将の懐中に飛びこむとは……」

おそらく三成は、家康は自分を殺したりはすまい、と読んだのであろう。まだ、たがいに機は熟してはおらぬ、とも……まさしく双方、腹の探り合いである。

なるほど、賢い。有楽はしかし、三成の知恵が、家康の度量の広さに勝てるであろうか、と怪しみながら、成り行きを見守っていた。が、結果的にはやはり、家康のほうに利はかたむいた。

家康は、武功派の諸将たちから、三成を引きわたすよう要請されたが、頑《がん》として撥《は》ねつける。そうしておいてから、「喧嘩両成敗《けんかりょうせいばい》」のかたちで、

「ここは一つ、奉行職から退きなされよ」

と、三成を説得。三成は渋々ながら、その措置《そち》に同意して、本拠たる近江佐和山城にて蟄居《ちっきょ》した。

三成を討とうとした者たちにもそれぞれ、なにがしかの咎《とが》をあたえ、事態を収拾したのである。

前田利家は亡くなり、石田三成は奉行職を解かれたことで、反・家康の陣営は「二本柱」を失ったも同然となる。反対に、家康の力は一挙に強まった。

おかげで有楽斎も淀殿の後見人として、ふたたび大坂城に出入りできる状態となった。


重陽《ちょうよう》の節句を二日後にひかえた九月の七日、家康は伏見を発って、大坂をおとずれた。大坂城の秀頼に、重陽の賀詞《がし》を言上するためである。

大坂に到着した夜、家康の宿舎に、五奉行の一人である増田長盛《ましたながもり》が、ひそかに姿をみせた。

その話を有楽斎は、後日、家康本人から直接、聞いている。

長盛は、家康が現われるなり、平伏したのち、

「ご内府のお生命《いのち》を狙う企てがござりますれば、いそぎ参上つかまつりました」

唐突に切りだしたという。首謀者は亡き利家の子で、亡父の跡をつぎ、家康と同じ大老職にある前田利長《としなが》である、とも告げた。

「……利長どのは浅野長政や土方雄久《ひじかたかつひさ》、大野治長《はるなが》どのらをそそのかし、明後日、重陽の挨拶で登城

なさる予定のご内府を闇討ちするつもりなのでござります」

そう言う長盛は、家康排除の急先鋒である三成の一味であり、家康の敵方の人間である。当初、家康は「こいつは、おかしい」と勘ぐったようだ。

おのれを亡きものにしようとする動きがあることは、家康自身、充分に察知していた。だから、こうして長盛が告げ口をしに来ることじたいが、疑われもする。

ただ、豊臣方における石田三成の影響力が減速した今、ここで寝返って、家康におもねったほうが得策……そうと長盛が踏んだとしても、ふしぎではない。

事実として、有楽斎が見るところ、家康はこの騒動を巧みに利用した。

家康は伏見から多数の兵をよび寄せ、厳戒態勢をしいたうえで、九日には予定どおり登城して、無事に秀頼への拝謁《はいえつ》をすませた。

折りしも故秀吉の正室、北政所が大坂城の西の丸を出て、京に移り住むことになっていた。

北政所は、三成らが支持・支援する淀殿との確執《かくしつ》もあり、以前から家康とは、相応に親しい仲になっている。

家康はその北政所に事情を話して、移住を早めてもらい、その月末近くに、彼女と交代する格好で、「反・家康」方の牙城《がじょう》、大坂城に向かった。

そして、家康を襲おうとした者があることを公けにし、秀頼らの身の安全を守ることを口実にして入城したのである。

月が明けた十月の二日、家康は長盛の話に出た浅野長政を謹慎蟄居させ、土方雄久、大野治長の両名には流罪《るざい》を科した。

首謀者とされた前田利長はすでに領国・加賀に帰っていたが、これを征伐すべく、家康は兵を送る姿勢をみせた。すると、利長は慌てて謝罪の使者を寄こし、母親にして亡き利家の後室、元のお松の方こと芳春院《ほうしゅんいん》を人質として差しだした。

芳春院は利長に、家康に抗することの愚《ぐ》を説いて、みずから「江戸へ参ろう」と申しでたという。

家康の技量を見抜いて、前田家の存続をはかった芳春院の眼力もなかなかのものだが、有楽もまた、

「なんと見事な手練手管《てれんてくだ》であろう」

と、家康のやり方に舌を巻かざるを得なかった。そこはしかし、家康に言わせれば、

「みどもはのう、有楽斎どの、幼少のみぎりより長年月、それだけの苦心と智恵をしぼりださねば、生きてこれんじゃったのよ」

といったところだろう。

けだし。家康が伏見城にて、三成の使者の西笑禅師らから「上意である」と、秀吉の遺命違反を糾弾されたときから十月《とつき》後には、家康は豊臣家の命運を握る立場となっている。

「秀頼さまがことは、この家康にお任せあれ……みどもが一身を賭《と》して、お守りし申す」

と、諸大名たちをひとまず国もとへ帰らせた。

家康以外の大老も帰国したが、なかで家康は、上杉景勝の動きに目をつけた。

景勝は領国の会津にもどると、領内各地の城や砦をあいついで修復し、兵糧《ひょうろう》をたくわえて、軍備を強化しはじめた。あまつさえ、禄を失った諸国の浪人たちまで雇い入れて、手下《てか》の兵にくみこも

うとしていたのだ。

景勝は謙信の遠縁にあたる長尾政景《まさかげ》の子で、謙信の養子となったが、同じく養子の一人、北条氏《うじ》康《やす》の子である景虎《かげとら》との間で起こった相続争い（「御館《おたて》の乱」）に勝利し、謙信の後継者として上杉家の当主の座についた。

慶長三（一五九八）年、秀吉の命によって越後から陸奥の会津へと転封《てんぽう》されていたが、なおも百二十万石の大身代《おおしんだい》である。

その領地経営に血道《ちみち》をあげるのも、無理はなかった。

有楽斎は、家康がつぎにどのような手を打つのか、それとなく探りを入れてみた。が、家康は、ふるくからの近臣にすらも、本音を語らずにいるようで、皆目、見当がつかない。

淀殿は、秀頼の現在と将来が保証されるのであれば、

「庇護者がだれであろうと構わぬ」

という態度を取っていたが、機嫌がわるいのは明白だった。内心では家康を信用していない。どころか、疑心暗鬼《ぎしんあんき》でいっぱいなのにちがいない。

信頼していた三成は自領・佐和山の城に蟄居しているし、大蔵卿局《おおくらきょうのつぼね》の息子であり、気心の知れている大野治長も、「家康暗殺」の策謀にくみした咎により、下総国《しもうさ》に流されたままになっている。

淀殿の不機嫌さは、そういったことにも絡んでいるのだろう。

「淀殿、秀頼さまが元服されるまでは、今しばらくの辛抱……徳川さまとて、豊臣家をないがしろにするような真似はなさらぬはずです」

と、有楽はなだめるが、淀殿は牡蛎《かき》のごとくに黙りこくって、取りつく島もない。さきの豊臣家

内部の抗争の折り、有楽が家康側に付いたことが、よほど気に喰わないでいるのだ。

そんなところへ、景勝の旧領の越後に移封した堀秀治《ひではる》が、

「上杉方に謀反、陰謀の疑いあり」

との報をもたらした。

家康は絶好の機会と思い、慶長五（一六〇〇）年の正月に、

「貴殿に不穏な動きあり、と見た。上さまへの釈明のため、早急に上洛されるべし」

と、景勝に催促状を送りつけた。

上さま、すなわち秀頼の名をかりての命令であったが、景勝はこれを無視。家康は毛利輝元や宇喜多秀家、五奉行衆らともはかり、公けの使者を会津へとつかわしたが、景勝が筆頭家老の直江兼続《なおえかねつぐ》に申しつけて書かせた返事――「直江状」は、家康を非難する言葉をいくつも並べた、きつい内容の文であった。

これにより、家康は「上杉征伐」を決断する。が、もちろん、彼は上杉だけを注視していたわけではない。

とりわけて、近江佐和山の石田治部少輔三成に目を向けていた。これまでの経緯《いきさつ》もあるし、こちらのほうが京・大坂に近い。

しかも、であった。

三成もまた、城の修築をはじめ、浪人衆を多く召し抱えるなどして、戦さの支度にかかっていたのだ。おそらくは、上杉勢と連絡をとりあってのことだろう。

東西で呼応して、家康を挟撃する腹づもりにちがいない。

有楽は諸処の噂と、たまさか家康がもらす、わずかな言葉から推測して、
「ほどなく、天下分け目の大戦さがはじまるやもしれぬ」
そういう予感に、大きくからだが震えるのをおぼえた。

三

有楽斎はすでに、齢《よわい》五十四をかぞえる。もう戦さなどには巻きこまれず、平和裡《り》にすごしたい、と思っていたが、またぞろ戦さ場に出向く羽目となった。

徳川方に付くと決めた以上、たとえ寡兵を引きつれてでも、家康のもとにはせ参じなければ、わが家系は絶えてしまうだろう。

幸いにも長男の長孝は自分に似ず、遊芸《ゆげい》のみが取り柄の軟弱な武士ではなかった。息子を頼りにするのは情けないが、自分一人ではないことが、有楽斎の決断をうながしたのである。

慶長五年六月半ば、家康は会津へと上杉討伐の軍を出陣させた。伏見から近江、伊勢をへて、海路、三河へいたり、七月の初めには江戸城にはいった。

有楽斎は当初、家康がそれきりしばし動かず、なかなか会津へ向かおうとせぬことに疑問をもった。が、そのうちに、
「なるほど。近江の治部少輔……石田三成の動向を見きわめようとしておるのじゃな」
と気づいた。

三成の動きがつかめたのは、七月も二十一日になってのことだった。そのころになって、ようや

く討伐軍が会津へと出立したのである。

三成は盟友・大谷刑部吉継《ぎょうぶよしつぐ》とはからい、家康と一戦をまじえることに決したらしい。そして僧籍大名の安国寺恵瓊《あんこくじえけい》を同志に引き入れ、総大将に毛利輝元を立てた。

それと吉川《きっかわ》や小早川をふくめた毛利一族、宇喜多秀家や島津義弘《よしひろ》らにもよびかけたそうだ。

二十五日、家康は、下野《しもつけ》は小山《おやま》の本陣に麾下《きか》の将を召集して、現時点での三成方の様子を伝えた。

さらに、ここにいる諸将の妻子の大半を、三成は人質として大坂城に幽閉《ゆうへい》していることを明かした。

そのうえで、家康は将らに対し、

「人質のことは、さぞやご心痛のことでござろう。よって、これよりどうするか、いずれに加担されるか……その去就進退は各人、おのおのに任せたい」

と告げたのである。

普通なら、わるいようにはせぬ、おのれに付いてきて欲しい、と言うところだ。これでは皆に離反を勧めているようなものではないか、とも思えたが、江戸城で家康は三成方の動向をさぐっていたばかりではなく、その間にも、いろいろと策をめぐらせている。

ことに同じ豊臣の家臣でも三成と対立する「武功派」の有力者に、盛んにはたらきかけているのを、有楽斎は見抜いていた。

案の定、一同が数瞬、黙って静まりかえったときを期し、福島正則が最前列に進みでて、

「拙者は、ご内府の仰せにしたがう所存……すべてをなげうち、喜んで治部少輔めを討ちとりに参りましょうぞ」

大声で言い放った。すかさず、黒田長政が、

様である。

「拙者も参りまするっ」
と叫び、あとは一、二をのぞき、大方の将がこれにならった。末席にいた有楽斎父子もまた、同様である。

当然のことに、上杉勢も放っておくことは出来ない。家康は、伊達や最上《もがみ》らの奥羽諸国の軍勢をこれに当たらせて、牽制することにした。

家康は、おのれの二男の結城秀康《ゆうきひでやす》にも、小山にとどまることを命じ、ひきつづき会津口を押さえさせた。秀康はいったん秀吉の猶子《ゆうし》（仮養子）となったのち、北関東の名家たる結城家（元下野国守護）に養嫡子としてはいり、結城の名跡《みょうせき》をついでいた。

三男の秀忠《ひでただ》には、少しのあいだ、兄・秀康の近くにあって、上杉勢の動きに対処させる。そののち、榊原康政《さかきばらやすまさ》や本多正信《ほんだまさのぶ》ら譜代の将をひきいて、

「東山道を西へ向かうべし」

と指示した。

のちに中山道とよばれる東山道すじにも、信州上田城の真田《さなだ》勢をはじめ、幾多の敵がいる。これを威圧しながら西上して、美濃で東海道を進む福島政則らの本隊と合流する、という段取りであった。

家康自身は側近の部将らとともに江戸へともどり、八月の初めから一月《ひとつき》ほども江戸城内にこもっていた。

むろん、何もしていなかったわけではない。

さきに、同じように動かずして、三成方の様子をうかがいながら、政則らの「武功派」を籠絡《ろうらく》していたように、こんどは終日、文机《ふづくえ》に向かっていたのだ。

みずから筆をとって、書状をしたためつづけた。その数百数十におよび、送付した相手の数も七、八十には達したといわれる。

有楽斎はこの段階では、まだ家康のそば近くにいて、ときたま、

「いやはや、文を書くというのも疲れる……肩が凝って、たまらんですわい」

という家康によびだされ、例によって戦陣でもどこでも供せる「有楽流」の茶を点てて、もてなした。

やはり秘策中の秘策なのであろう、茶の湯の席でも家康は、今回の策に関しては、ほとんど何も語らなかった。が、人一倍、勘のするどい有楽斎のことである。あまつさえ、家康の側近衆にも知《ち》己《き》の者がいる。彼にはだから、あれこれと推察することが出来た。

三成方の動きからみて、伊勢や美濃あたりが徳川陣営と激突する主戦場になる、と家康は踏んだようだ。そこで、その近辺の大名たちには、俸禄の大小を問わず、片端《かたはし》から書状を送りつけた。

家康方を「東」、三成方を「西」とすると、東西両陣営にほとんど二分される九州方面の武将たちも、無視しがたかった。

わけても家康は、肥後熊本の加藤清正と、黒田長政の父親・黒田如水には配慮した。支援を請い、相応の恩賞も約している。

家康がいちばんに腐心《ふしん》しているのは、東軍か西軍のいずれにつくか、定かではない者。それに、敵方にくみしつつも逡巡《しゅんじゅん》の気配が見てとれる者らであろう。

「戦わずして勝つ」

この家康の調略策の最大の「獲物」は、小早川秀秋《ひであき》と吉川広家《ひろいえ》だ。

秀秋は秀吉の正室の北政所（寧々）の兄の子で、秀吉はこの義理の甥もまた猶子の一人として迎え入れ、可愛がった。一時はおのれの跡目にしようとまで考えたようだが、側室の淀殿に秀頼が生まれると一転、冷遇するようになった。

これより六年ばかりまえの文禄三（一五九四）年、秀秋は突然、世子《せいし》のない小早川家へ養子に出された。

秀秋は養父・小早川隆景《たかかげ》のあとをつぎ、筑前《ちくぜん》一国と筑後《ちくご》二郡の三十五万石の領主におさまったが、慶長の朝鮮侵攻の折りの失策をとがめられ、越前に国替えを命ぜられた。

家康は北政所とはからって、秀吉の怒りを解くべくつとめ、秀吉の死後には秀秋を、旧領の筑前・筑後にもどしてやった。

おのずと秀秋は家康に親近したが、立場上、彼は、このたびの合戦では三成勢に付かざるを得なくなった。

秀秋は西軍方にくみして、徳川の重臣・鳥居元忠《とりいもとただ》らが守る伏見城の攻撃にもくわわったが、大坂に帰ると、ただちに謝罪の文を家康のもとへ寄こした。

「……心ならずも治部少輔方に味方することになり申したが、本心はご内府と挙を一《いつ》にすることにあり」

といった文面であった。

「ふーむ。これは使える……表向き治部の陣営におるというのが、かえって好都合」

家康は、そう思った。

はなから味方の陣にあるよりも、敵方につかせておいて寝返らせるほうが、相手の打撃は大きく、効を奏する。一万有余の大兵を擁する小早川の動静は、この戦さのゆくえを決しすらしよう、と。

一方の吉川広家は、かの毛利元就の二男・元春《もとはる》の子で、出雲富田《いずもとだ》の吉川家をつぎ、宗家の現当主たる毛利輝元をささえる立場にある。

広家は当初から、毛利一族が家康に弓を引くことには、異をとなえていたという。

一つに、時代の流れ——政局が家康と徳川勢にかたむきつつあるのを見きっていたせいもあろう。が、彼はもともと黒田長政や福島政則ら武功派の諸将と気脈を通じている。

ところが輝元が、三成や安国寺恵瓊に担ぎだされるかたちで、西軍の総大将になってしまった。

広家は家康の近臣、榊原康政に、

「……輝元においては前後を存ずまじく候《そうろう》。不審に存ずるばかりに候」

としたためた書状を送りとどけ、すべては恵瓊らのはかりごとによるもので、輝元のあずかり知らぬことのように言ってきた。

けれども、その後、輝元が大坂城にはいり、くだんの家康への弾劾状をもみとめてしまったがために、広家は窮地におちいった。

さきの小早川秀秋と同様、彼も毛利の傘の下にある関係上、やむを得ず西軍として参戦。輝元の養子の秀元《ひでもと》とともに、伊勢安濃津《あのつ》城の攻撃にくわわった。

その間もしかし、広家は黒田長政などを通じて、

「本心は内府公のもとにあり」

との旨を伝え、なおも輝元を説得することを表明しつづけている。

「いずれ、こたびの大戦さの勝敗を決する鍵は、小早川と吉川の去就にあることは、間違いない」

そうと家康は踏んでいたようである。


九月一日になって、おもむろに家康は腰をあげ、江戸を出立した。

石田三成は前月の半ばには美濃の大垣城にはいっており、それに対して、福島政則を主将格とする東軍の将兵らは八里（約三十二キロ）ほど離れた尾張清洲《きよす》の城に結集した。

双方睨みあったまま、これも長らく動かずにいたが、出立前に家康が使者をつかわし、

「ころは良し。ほどなく、われらもそちらへ向かう」

と、攻撃を指示した。

待っていた、とばかりに福島らは勇みたち、岐阜城を攻めて落とし、八月末には東美濃一帯を制圧。三成らのこもる大垣城とは目と鼻の先の赤坂《あかさか》に布陣して、家康の来着を待つばかりとなったのである。

その赤坂の陣に、家康が手勢をひきいて到着したのは、九月の十四日のことだった。ほんらいなら早駆けしてもおかしくないところなのに、十日あまりもかけて、ゆるゆると進軍した。その間、赤坂の東軍勢は動かない。

「何かある」

けだし。三成方は、奇妙に思い、
といぶかしむにちがいない。

それこそが、家康の狙いであった。

大垣の城を攻めるには、相応の兵を要し、時もかかる。もしや戦さが長びいて、大坂の毛利輝元が後詰《ごづ》めとなり、背後から襲ってきたならば、挟み撃ちにあう。

ましてや豊臣方が幼主と慕う秀頼を奉じられでもしたら、東軍内でも多数を占める太閤恩顧の諸将の心は揺れ動き、家康勢は内側から崩れていってしまうだろう。

いまは彼らを束ねるがごとき立場の福島政則や黒田長政ですら、危うい。

「この戦さは長びかせてはならぬ。いっきに片をつけねばなるまい」

家康は赤坂の本陣に麾下の将を全員あつめて、軍議をひらき、

「明日十五日をもって、さらなる西征を開始する」

みずからの策を明かした。

「……この赤坂には一隊のみを残して大垣城の備えにあて、本隊は治部少輔石田三成の居城たる佐和山を攻落。余勢をかって大坂城へと進撃する」

さしたる異論もなく、おおむね家康の建策どおりで行く、と議は決した。

敵をあざむくには、味方をも、あざむかねばならぬ。

東軍の内部にも、三成方の西軍に通じている将はいるはずだった。

この段にいたってもなお、東西いずれにつくか、迷っている者もあろう――それと目星をつけた手合いを中心に、家康は故意に、この軍議の結果を敵の耳に入れようと計っている。

そうと知ったとき、有楽斎は、この天下分け目の「大舞台」、何もかもが家康一人の指先であやつられている絡繰《からく》り芝居のように思われてきた。

じっさい、西軍が移動しはじめたとの諜報を得た瞬間、ちょうど帷幕《いばく》内にしつらえられた茶の湯の席にいた家康は、してやったり、とでも言いたげに、にんまりとした。

四

九月十四日、関ヶ原合戦の前日。

この日は朝から雨模様だったが、夜になって雨脚が強くなった。その荒天をついて、三成方は大垣城をあとに垂井《たるい》を抜け、関ヶ原方面へと進軍をはじめた。

数千の兵力を大垣の城にとどめ、三成みずからひきいる軍勢を先頭に、島津義弘、小西行長、宇喜多秀家と隊列がつづく。

この報を得て、

「行き着くさきは、四里（約十六キロ）ほど離れた関ヶ原のあたりだ」

と、家康方は読んだ。

大垣から向かった兵は三万余と聞いたが、関ヶ原近辺にはすでに、大谷吉継、毛利秀元、吉川広家、小早川秀秋、長宗我部盛親、長束正家《なつかまさいえ》らが陣をかまえている。

これが「西軍」で、算ずるところ、八万ばかり。対するに、家康方の「東軍勢」は七万四千。

ほぼ互角とは言えるが、野戦はわずかでも兵の多いほうが有利、とされている。

しかし家康には、充分に勝算があった。

同日の昼前に家康勢は赤坂の本陣に着いて、午後、福島政則らの先発隊と合流。そのころには、

吉川広家が家康の本陣に使者をつかわし、

「毛利方は一切、手だしせず」

という旨の書状を、二人の人質を添えて、とどけてきた。

小早川秀秋のもとにも密使を立てて、念を押してある。

兵の総数では劣勢でも、吉川勢と毛利秀元の軍勢あわせて一万八千が動かず、小早川勢一万五千余が東軍方に寝返れば、形勢は逆転する。

一つだけ気がかりなのは、東山道を進んだ秀忠の手勢が、いまだ到着していないことだった。信州上田城の真田勢を攻落するのに手間取り、進軍が遅滞《ちたい》しているとの報はもたらされていたが、ここへ来て、連絡もとだえている。

あるいは、この夜のうちにも、参陣するかもしれなかった。が、たとえ秀忠勢が姿をみせずとも、明日の決戦を逃すことは出来まい。——

いつなりと「陣中の茶」が供せるように、つねに有楽斎は家康のいる帷幕内に控えている。そんな有楽には、家康の決意・決断が、はっきりと見てとれた。


日付が変わった。

翌十五日、未明に赤坂を発って、家康が関ヶ原に着いたのは、夜もしらじらと明ける卯《う》ノ刻（午前六時頃）であった。

雨は小やみとなり、かわりに野面《のづら》からは、濃い霧が立ちはじめていた。

関ヶ原は北に伊吹《いぶき》の山塊、南に鈴鹿《すずか》の山々がつらなり、東西にそれぞれ南宮山《なんぐうさん》と今須山《いますやま》がそびえる周囲一里ほどの盆地である。そのなかほど、やや北寄りの桃配《ももくばり》山麓に、家康は陣をかまえた。

その時分には、先鋒の福島正則隊をはじめ、東軍の諸隊はすでに所定の場所に布陣しており、敵方の陣形も判明していた。

西南をながれる関《せき》の藤川《ふじかわ》をのぞむ台上に、大谷吉継の陣があり、その手前の平野部に脇坂安治《わきざかやすはる》、小川祐忠《おがわすけただ》らの諸隊。西南端の松尾山《まつおやま》に小早川勢が陣している。

反対の東南方、南宮山一帯には、毛利秀元と吉川広家の毛利勢に安国寺恵瓊、長宗我部盛親、長束正家らの諸隊。石田三成の本隊はいちばん北側の笹尾山《ささおやま》に陣をおき、それに秀頼の旗本である黄《き》母衣《ほろ》衆、島津義弘隊、小西行長隊とつづく。

最後に到着したとおぼしき宇喜多秀家の軍勢はその南、天満山《てんまやま》の麓に位置し、大谷吉継らの陣と隣接していた。

そうした西軍方の陣形が、ここ四方を山にかこまれた関ヶ原の地勢を利した「鶴翼《かくよく》の陣」であることは、だれにも分かる。

それぞれ盆地の四方の小高い場所に陣して、赤坂から一連なりに進撃してくる東軍勢を、

「翼のなかに容《い》れて、つつみこみ、殲滅《せんめつ》しよう」

との策であろう。

ただし、それは各隊がうまく連携して、一挙に事をなし得た場合にかぎられる。

じっさい、たちこめた濃霧によって視界がそこなわれ、敵か味方かの見分けすら出来ない。そういうなかでの突撃は盲動《もうどう》同然で、西軍勢は容易には仕掛けてこなかった。

対峙した東軍勢とて、同じである。

先陣の福島正則隊は敵方にもっとも近づいて、天満山の宇喜多勢と相対し、そのななめ後方に、京極高知《たかとも》と藤堂高虎隊が布陣。

この北側に本多忠勝《ただかつ》や井伊直政《なおまさ》、松平忠吉《ただよし》らの徳川譜代の将が陣し、最北方には黒田長政や細川忠興らが位置して、笹尾山の石田隊と睨《にら》みあっていた。

東軍方の総大将・徳川家康の本陣のある桃配山は、東山道と伊勢街道がまじわる関ヶ原の盆地を、東側から望む辺りに位置していた。有楽斎の陣は、その本陣よりさらに後ろ、東山道をはさんだ北側にあって、樽川《たるかわ》に沿うている。

いわゆる前線、第一陣ではなく、第二、第三陣として、息子の長孝や数少ない部下たちとともに控えている。

一ツ刻《ひとつとき》（約二時間）がたった。

いつのまにか雨はやんでいたが、霧は晴れずにいる。膠着《こうちゃく》状態がつづいた。

やがて西方、井伊直政の「赤備《あかぞな》え」の軍勢が福島隊のほうに向かい、前進をはじめた。

この直政の動きに、福島勢もあおられたとみえ、宇喜多勢をめがけて突進した。ほとんど同時に、黒田長政の陣した丸山《まるやま》の頂きから戦闘開始を知らせる狼煙《のろし》があがった。

やや間があって、三成勢のいる笹尾山、小西勢の天満山からも狼煙があがるのが見えた。

「えいえいおう」「えいえいおう」「えいえいおう」

三度におよぶ鬨《とき》の声がひびきわたり、ほら貝の音が周囲の山々にこだまする。

最前列の銃隊同士の銃撃戦がはじまった。

陣太鼓の音は、すさまじい銃声にかき消され、硝煙がなおも地を這《は》う霧とまじりあう。西側一帯は灰白色一色と化して、ほとんど視界が失せてしまった。

おそらく家康も同じだろうが、有楽の眼にはまったくと言って良いほど、兵たちの姿が見えない。

ただ、ときおり家康のもとへ、軍のあちこちに配した斥候《せっこう》からの報告がもたらされる。

福島勢は、数のうえでまさる宇喜多勢を相手に、一進一退をくりかえしているらしい。また、西軍の大谷勢の士気は高く、藤堂高虎や京極高知らは苦戦をしいられている様子だった。

北方の笹尾山に陣どった石田三成勢への攻撃だけは、東軍が優勢に立っているようだ。

三成は西軍の事実上の総帥《そうすい》であるのにくわえ、東軍諸将の憎悪の念を一身にあつめている。黒田長政をはじめ、細川忠興、加藤嘉明らの軍勢が一丸となって襲いかかったのだから、たまらない。

三成手下《てか》の名だたる将兵が、つぎつぎと斃《たお》されてゆく。

智将で知られる島左近《しまさこん》ですらも、

「銃撃を受けて深手の傷を負った模様」

との報せが家康方にとどいた。

それにしても、全体としては互角、いや、むしろ東軍は押され気味でさえあった。

正午に近いころになって、ようやく朝方からの霧が晴れはじめる。その機を待っていたかのように、西北端の笹尾山上から狼煙があがった。石田三成の陣のあたりだ。

三成のほうでも、戦さの全容はともかく、直属の兵が劣勢であることに焦りをおぼえはじめた。

あまつさえ、膠着状態がつづくのに業を煮やしたのであろう。

戦局の打開をはかろうとしたのにちがいない。

おそらくは小早川隊や毛利勢に、出撃をうながしているのだ。

しかし、幸いにして、毛利勢は動かずにいる。一方の小早川勢――こちらも依然、動きだす気配はない。

だが、安心してもいられなかった。ことに小早川隊は家康方に寝返り、西軍に討ちかかる手筈……それが秀秋は形勢を見るなどして、どちらに付くか、なお逡巡しているのだろうか。

「よし。ここは一つ、小早川の陣に鉄砲を撃ちこんでみよ」

と、家康は旗本と福島隊の両鉄砲組頭に命じ、あわせて百近い銃兵を最前列にならばせて、松尾山をめがけ、発砲させた。

これは、見事に功を奏した。

小早川秀秋もさすがに慌てたとみえて、ただちに采配をとり、全兵を下山せしめた。北隣の大谷勢、さらには小西行長の軍勢に向けて、いっせいに銃を撃ちこみ、斬りかかってゆく。

吉川勢は約定どおり、一兵たりとも動いてはおらず、先鋒として前面に陣取っているために、それに妨げられて、後方の毛利秀元の本隊も身動きが取れずにいる。

くわえて、同じ南宮山のふもとに陣した安国寺恵瓊や長束正家も、この毛利勢の不出馬をいぶかしみ、兵をくりだすことが出来ずにいるようだった。

当初は互角か、むしろ東軍勢が不利であったが、毛利勢らが動かずにいたうえに、小早川勢が中途で東軍にくみしたがゆえに、兵力は逆転した。

この小早川の寝返りを知って、その前方にいた脇坂や小川、朽木《くつき》らの諸隊までが東軍方に付き、あわせて九万四千。これに対し、敵の西軍兵の実数は三万五千ほどになり、今や徳川勢は三倍に近い。

しかも、自軍の兵の裏切りは他の兵に動揺をもたらし、士気を大きく萎《な》えさせる。

結果は、火を見るより明らかであった。

小早川や脇坂らの攻勢にあって、まず大谷勢が打ち崩され、大谷刑部吉継は自刃して果てた。ついで小西、宇喜多、石田隊と連鎖的に崩れてゆき、西軍勢は将と兵と相乱れつつ、いっきに敗走しはじめた。


有楽斎が止めていた駒を進めたのは、この戦況を目《ま》のあたりにしてからだった。事この場にいたっては、一陣も二陣も関係ない。

「父上、それこそは後《おく》れを取ってはなりませぬぞ」

長孝にうながされ、混戦模様に乗ずる格好で前進する。文字どおり、有楽は無我夢中であった。

有楽斎父子のまわりを固めているのは、当初の手勢のみではなかった。戦さに慣れぬ茶人・有楽斎のために、家康が特別に配慮して、手練の兵たちを寄こしてくれたのだ。

それでも有楽は恐怖におののき、馬の手綱《たづな》をとる手が震えていた。

立派な甲冑《かっちゅう》をまとった馬上の有楽の姿は敵兵の眼に、さぞや名のある武将かと映るのであろう、つぎつぎと襲いかかってくる。そのたびに、有楽は叫びだしそうになり、かろうじて抑えたが、彼を守る家康の直臣らは、とにかく強かった。

有楽にむらがり寄ってくる敵を、苦もなく討ち倒すのである。

「殿っ」

ふいと、大きな声があがった。見ると、敵の武将が馬から落ち、負傷したのであろう、地に伏す寸前である。

「殿、とどめをっ」

と、付きしたがう兵が言った。日ごろより有楽のそばに仕える家臣の一人だった。

有楽も得物《えもの》として槍は一応、片手に持っていた。が、今の今まで、振りまわすでもなく、突いたり引いたりは一度たりともしていなかった。

嫌だ、かようなものは使いたくない。捨ててしまいたいくらいだ、と有楽は思う。へたれなら、へたれでも良い……わしは一生、御仏《みほとけ》の教えを奉ずる。

「殺生《せっしょう》はせぬぞっ」

歯を喰いしばって、妙なことをつぶやいている。

そんな主・有楽斎の態度に堪えかねた家臣が、周囲の眼がこちらに向けられていないか、ちらと確かめたのち、有楽の槍に手を添えて、ぐいっと穂先を敵の喉もとに突き入れた。

このとき討ちとった相手は、蒲生備中頼郷《がもうびっちゅうよりさと》。千人もの軍勢をひきいる武将であった。

茫然《ぼうぜん》としたままでいる有楽をよそに、直に手をくだした家臣は手際よく蒲生頼郷の首を斬り、袋に詰めている。

「……長孝は、いかがした?」

ややあって、我に返った有楽は、息子のことが気になった。

「ご子息さまも、殿と変わらぬほどのお手柄でござります。戸田重政《しげまさ》・内記《ないき》の父子を討ちとったとのよし」

おお、と有楽斎は唸《うな》る。そこには悲痛にも似た複雑な気持ちが混じっていたが、とりあえずは喜ぶべきか。

思いがけぬ軍功であった。

戦さ後の実検《じっけん》の場で、有楽と長孝が三つの首級《しゅきゅう》を差しだすと、

「なんと、有楽斎どの。大手柄ではござらぬか」

家康はいたく感心し、手を叩いて誉めたたえた。が、真実を知っているのか、その家康の反応は大袈裟《おおげさ》にすぎ、演技のようであるとさえも、有楽には感ぜられた。

五

有楽斎は関ヶ原の軍功によって、大和《やまと》国内に三万二千石、長孝は美濃野村《のむら》に一万石があたえられた。

望外の褒賞《ほうしょう》ではあった。が、有楽斎は、小躍《こおど》りして喜ぶようなことではない、と家族や家臣たちに言いふくめている。

一つには、関ヶ原で蒲生頼郷の生命《いのち》を断ち、首を取ったのは自分ではなく、今も家中にいる部下の一人であること。また、もし有楽みずからが手にかけていたならば、

「御仏の道に背《そむ》いた」

として、のちのちまでも悔いを残したであろうことだ。

ほかにもある。

そうした戦さ場での真相を家康が知っていて、そのうえで有楽の手柄を褒賞したらしいことである。

おのれの直臣の強者《つわもの》たちを有楽のもとへつかわしたのも、あらかじめ何かを期していたがゆえのように思われる。

それでいて、蒲生の首級を有楽斎主従に挙げさせようとしたのも、家康の目論見《もくろみ》の一つ……つまり、すべては「お見通し」のうえであったのではないか。

じっさいに、論功行賞《ろんこうこうしょう》ののちに自身が所望した茶の湯の席で、人払いをしてから、家康は言った。

「そこもとの第一の手柄はのう、蒲生の素《そ》っ首《くび》なんぞではない。織田の一族のなかで唯一、はっきりと、みどもに味方すると申してくれたことよ」

それは偽りではない。他の織田家の男どもは大方、このたびの関ヶ原合戦では逡巡し、肝心の秀頼が動かずにいるのを良いことに、旗幟《きし》を鮮明にしようとはしなかった。

典型的な例が有楽の兄の信包《のぶかね》だが、彼は何とか所領を安堵《あんど》された。しかし甥の信雄《のぶかつ》は西軍にくみしたと見なされ、改易《かいえき》されている。

信長の嫡孫であり、信忠の嫡男たる元の三法師、織田秀信は西軍に属して敗北。一命は助けられたものの、改易され、出家して高野山へ向かう。が、やがて、その高野山からも追放されて、放浪の果てに衰弱死している。

「あの、いたいけな幼児だった三法師が……」

と思うと、有楽も悲痛な思いにとらわれる。

けれど、成人して一国一城の主となり、太閤秀吉の恩顧をこうむるようになってからは、「おのれの将来を託された」叔父の進言などには、いっさい耳を貸そうともしなかった。

ただし有楽も、家康に秀信の助命を願いでてはいるのである。

仕方のない末路だった、としか言いようがない。

その点、有楽みずからは終始一貫していた。

本能寺での事変直前、謀反を起こした張本人たる明智十兵衛尉《じゅうべえのじょう》光秀もまじえ、安土の城で家康と三人して茶を喫した。あのとき以来の個人的な心情――友情ともよべるような信頼感が、家康に対し、有楽のなかにはある。

家康にとっても、事は同様であろう。

なればこそ、天下人に近づいたからといって、彼は秀吉のように豹変《ひょうへん》したりはしない。いまだに、とくに茶席などでは、有楽を「そこもと」とよび、おのれを「みども」と称している。

有楽斎を「ともがら」扱いしてくれているのである。

「いや、まことの話……」

だれもそばにはおらぬのに、家康は声を低めた。

「そこもとが万が一にも心変わりしたら、大事《おおごと》じゃった」

「大事？」

「考えようによっては、毛利が転ぶより、もっと困らされたやもしれぬ」

そう告げられただけで、有楽にはすべて分かった。織田の家名へのこだわりは、いまだ全武将・大名がもっている。豊臣はさておいて、毛利と同等か、それ以上の重みはあるだろう。

形のうえでは、本能寺で自決直前の信忠に「織田家を頼む」と託された長益――有楽斎は織田の総帥、もしくは総帥代理ともいうべき立場だったのだ。

さらには秀頼の生母・淀殿の後見人でもある。

有楽の「心変わり」は大きい。

だから有楽を見張っていた、とは家康は言わない。しかし、関ヶ原以前から、伏見での変事、上杉掃討戦、江戸城帰還……と、その間ずっと、有楽は茶の湯の師もしくは朋輩《ほうばい》として、家康の近くにあった。

であればこそ、家康の一挙一動や、見事なまでの戦法・戦略が見えていたのだが、まさかに、自分のほうも見張られていたとは……。

ここはやはり、手練《てだ》れの側近衆を有楽方に付けて寄こしたのも、その一環と取るべきだろう。

むろん、そうと知ったからとて、向後の家康に対する態度を変えるつもりは、有楽にはない。ただ有楽は、関ヶ原での首実検の場でもおぼえた屈折し、入り組んだ思いが、あらためて萌《きざ》すのを感じたのだった。


味舌《ました》二千石の領地から三万石もの加増をさずかったおかげで、有楽斎は経済的な余裕を得た。大坂天満の屋敷を改装し、京の屋敷も新たにしている。

せっかく、そういう場をあたえられたのだ。

こんどこそ、本当に隠居の身となり、茶の湯三昧の暮らしがしたい。一人の茶人として、

「精神世界をきわめてみたい」

という強い思いが、有楽斎の胸をとらえていた。茶の湯を通じて、御仏の仰せになる「和」を尊

び、自由自在な心をもとめる禅道者でありたい、とも願っていた。

だが、まだだ。いまだ有楽にそれは、ゆるされてはいない。

すでに織田有楽斎の一族は、徳川の家臣――それも重臣並みの待遇をうけている。そうとはいえ、これからも大坂城の淀殿や秀頼とは、それぞれの叔父、大叔父として、うまく交誼《こうぎ》を維持しながら、

「だれもが納得する和平の道へ」

と導いてゆかねばならなかった。

それは他でもない、家康からの強い要請であり、依託でもある。

今このとき、天下を掌中《しょうちゅう》におさめんとしているのは、家康ただ一人。秀頼がいかに健やかに成人したとしても、家康を上まわる才覚、深慮、人望を得られるかどうかは、はなはだ疑問である。すくすくと育ってはいるが、皆にかしずかれ、何の苦労もせぬまま、大切に養育された秀頼には、民、百姓の苦しみが理解できるとは思えなかった。

これも関ヶ原合戦をまえにした茶の湯の席で、家康が言っていた。

「戦さのときが、わずかなりとも短くなれば、そのぶんだけ、この周辺の民びとが助かる」

反対に長びけば長びくほど、田や畠は荒らされ、耕すことも出来ず、雑兵《ぞうひょう》や小者として徴用された働き盛りの男たちも、家にもどるのが遅れてしまう。

「本当は、戦わずして勝つのが最善なのよ」

それゆえにこそ、彼は事前にあれこれと策をめぐらし、文を書き送るなどして、味方の将を増やそうとしたのだという。

「……ときには、機が熟すまで、待つほかないこともある」

大兄・信長であったならば、このような場合、躊躇なく秀頼を弑《しい》して、天下を盗《と》るだろう。だが家康は、豊臣家に対し、あくまでも臣下の礼をとりつづけ、じっと待っている。

秀吉と前田利家は六十二歳で亡くなった。家康とて、現在がそれと同じ年齢、残された寿命は少ないはずだ。

その家康より有楽は四歳若い。それでも人の運命は、どこで、どうなるか、分からない。

隠居して茶の道・仏の道を追いつづけることが本懐《ほんかい》だが、ここはまた現世で踏ん張りながら、自分流の修業をつむしかないであろう。

千利休《せんのりきゅう》亡きあと、茶人の世界では、利休の高弟・古田織部《おりべ》が一世を風靡《ふうび》していた。織部の茶の湯は、利休のわび茶とはちがい、昔ながらの武家の茶の湯である。

利休が処罰されると、秀吉は織部に、

「利休好みの商人《あきうど》の茶を、武家風にせよ」

と命じたらしい。

織部は秀吉の家臣であり、生粋《きっすい》の武人であった。そこで織部は利休の茶式をあらため、茶室に書院用の明かりをもちいるなど、「織部流」といわれる茶の湯の世界を打ち立て、評判となっていた。また、多くの職人や陶工をかかえ、「へうげもの」と賞讃される独自の茶器をつくりだしてもいる。

織部は関ヶ原の合戦では東軍にくわわり、家康から一万石の恩賞を得ていた。家康のあとをつぐと目《もく》されている徳川秀忠の茶の湯の指南役にも抜擢《ばってき》され、このころ「天下一の茶人」ともてはやされた。

一方、有楽斎は独自の道を歩んでいた。

織部のことはよく知っていたし、茶人としての力量をみとめてはいる。が、同じ武家風でも自分の茶の湯とはちがい、

「あまりにも作為に走りすぎている」

と感じていた。その辺が、師であった利休の教えにこだわり、超えられないところであろうか。

有楽はと言えば、どこまでも自然に、あるものをあるがままに受けいれる。

あるいは遠い昔、最愛の姉・お市の方が伝えてくれた弘法大師・空海の教えと、通底するものがあるのかもしれない。

「おのずから、しかるべきままに生きよ……この世のいずこにも、海にも川にも野や山、田畠にも、たとえ一片の土くれにさえも、仏は宿る」

この文言《もんごん》の「仏」を「茶」に変えれば良い。それが有楽の茶の心であり、「有楽流」である。

ちなみに利休のわび茶は秀吉によって否定され、いっとき利休の子息たちは苦難の道をしいられていたが、織部をはじめ、利休の「七哲（弟子）」といわれる蒲生氏郷《うじさと》や細川忠興、芝山監物《けんもつ》、くわうるに北政所、家康、そして有楽斎の助力によって、「千家復興」の道すじが見えてきたのだった。

六

有楽斎は淀殿と秀頼の二人に挨拶をするため、久かたぶりに大坂城をおとずれた。

「……それにしても、遅い」

有楽には珍しく、眉間《みけん》に皺《しわ》が寄ってきている。寄る年波《としなみ》か、このところ、長いこと正座していると、足腰が痺れたり、痛くなってくる。茶人がこれでは、いけないのだが……。

しかし、有楽が一人で大広間にはいってから、もう半刻《はんとき》（約一時間）ほどもの時間が経過しているのだ。

さきに徳川家康は「関ヶ原合戦」後の処置・処分を明かすべく、ここ大坂城を訪ね、淀殿と秀頼に戦勝報告をおこなっていた。

有楽斎は姪御《めいご》に会うのをためらっていた。茶々、いや、淀殿の本心が分かりすぎるほど、分かっていたからである。

関ヶ原での戦いがおこなわれた慶長五（一六〇〇）年の当時、秀頼は七歳、淀殿は三十四歳であった。

秀頼の元服《げんぷく》までには、まだ数年はかかる。淀殿とすれば、秀頼が一刻も早く関白となり、天下に令する姿を待ち望んでいたにちがいない。

だからこそ、亡き太閤殿下の忠臣であった石田治部少輔三成が家康に対して兵を挙げたときは、

「心中、おおいに期するものがあったのであろう」

と、有楽斎は推測している。

三成は、秀頼の出馬を願い、淀殿に請うた、と聞きおよんでいる。淀殿は、それをゆるさなかった。

三成としては、形だけの出馬で、戦さ場には連れてゆかぬ、という心づもりであったらしい。が、

淀殿はそれでも頑として撥ねつけた。

「結果的に、その判断は、間違ってはいなかったのじゃが……」

心情としては、淀殿は、西軍に勝ってほしかったのだ。それは、疑いない。

淀殿のすぐ下の妹、お初の夫、京極高次《たかつぐ》に関して、こんな話もある。

高次は関ヶ原での決戦の直前、西軍から突如、家康方に寝返り、大津城に籠城した。淀殿はこれを知ると、高次のもとへ、翻意をうながす使者を出している。要するに、妹婿にあたる高次には、

「ぜひとも、秀頼を主君とあおぐ三成方に付いてもらいたい」

ということなのだ。

ところが高次は、義姉の申し入れには応ぜず、籠城をつづけた。そうして西軍の武将、毛利元康配下の立花宗茂《たちばなむねしげ》、筑紫広門《つくしひろかど》ら一万五千もの軍勢を、関ヶ原合戦の当日まで大津城に釘付けにしたのである。

ために西軍は、天下分け目の合戦に、それだけの大軍をくわえることが出来なかった。

東軍方から見れば、「殊勲中の殊勲」である。

家康はその働きをみとめて、高次に若狭国八万五千石をあたえた。つまるところ、淀殿の妹たるお初の夫は、叔父の有楽斎と同様、徳川方の一大名となってしまったのだ。

さらに、である。

お市の末っ子、三女のお督《ごう》は、波乱の人生を送りながら、目下、淀殿と正反対の位置、立場に身をおいている。

わずか十三歳で、織田信雄の指示により佐治一成《さじかずなり》のもとへ嫁がされたと思いきや、まさに形ばかり。閨《ねや》をともにする暇など、あるはずもなく、すぐさま秀吉によって離縁させられ、大坂城に引きとられた。

その後、秀吉の甥、秀勝《ひでかつ》と祝言《しゅうげん》をあげたが、秀勝は朝鮮侵攻の折りに病没してしまう。

それからまもなく、これも秀吉のはからいで、徳川秀忠のもとに嫁がされた。言ってみれば、典型的な戦国の女子《おなご》――政事・政略のための「道具」となっていたのだ。

だが、お督の三人目の夫・秀忠は家康の三男であったが、さいわいにも家康の跡つぎと見なされ、お督はいまや、飛ぶ鳥を落とす勢いの徳川家嫡子の正室の座を射止めている。

そんななかで、長女の淀殿のみが豊臣家（秀頼）をささえる格好となっている。

ひそかに頼りとしていた三成は、家康方に討たれ、淀殿の味方となっていた有力な大名は、大半が領地を取りあげられたり、減じられたりして、力をそがれてしまった。

ともに育った三姉妹は、それぞれの運命に翻弄《ほんろう》され、相互に敵対せざるを得なくなった。そこまで深く、引き裂かれてしまったのである。

「お成りでござりまするう」

有楽斎の回想は、年若い小姓《こしょう》の甲高い声で中断された。

「…………」

反射的に平伏した有楽斎が面《おもて》をあげると、秀頼が福々しい頬をゆるませ、微笑んでいる。一年ほど見ぬ間に、成長いちじるしく、いかにも健やかな様子である。

「つつがのう、お過ごしのようで、何よりでござります」

顔は秀頼の側に向け、じつは生母の淀殿に向かって、有楽は無沙汰《ぶさた》をわび、家康からの恩賞により、大和国内に三万石をたまわったことを報告した。

むろん、秀頼は何も応えない。ただ「うん」「うん」とうなずいている。

わきの淀殿は、今にも耳をふさぎたい、といった表情で有楽の話を聞いていたが、よそよそしい態度のままに、

「叔父上がそのお歳で戦さ場に参られるとは……心配しておりましたが、ご無事であったこと、心から喜んでおります」

淡々と述べるだけである。

「家康どのからのご加増の沙汰は、おめでたきことと存じまする」

早くから出処を決め、家康方に付きしたがった有楽に対し、淀殿としても、含むところ大であることは間違いない。

すでにして取りつく島がない、と見た有楽は、ふたたび平伏し、半ばあきらめの体《てい》で引きさがるしかなかった。


翌慶長六年の正月、大坂城にて、恒例の新年の儀がとりおこなわれた。秀頼と淀殿に年賀の礼を述べるべく、全国から諸大名がはせ参じる。もちろん、家康と秀忠の父子も同様である。

有楽斎も同席していたが、秀頼に対し、あくまでも臣下の一人という姿勢をくずさずにいる家康の様子を見るにつけ、

「なんと、我慢強いというか、したたかなお人であるか」

と、有楽斎は心中につぶやく。

今日の家康の力をもってすれば、秀頼と淀殿の存在を消し去ることなど、いかにもたやすい――戦国の下克上《げこくじょう》の時代を生き抜いてきた武将たちは皆、そう思っているだろう。

だが、時勢は変わりつつあった。秀吉が太閤となって、天下に号令し、検地をおこない、刀狩りや身分統制令を敢行した。その施策を家康は、間近に見ている。

これまで、信長や信玄から学んできた戦さの駆け引き、そして「人たらし」とまでいわれた秀吉の調略の巧みさ、天下統一後の政策は、おおいに参考となっているはずである。

秀吉の茶頭《さどう》が利休であったように、家康の茶頭は実質、有楽斎と言っても良い。

利休ばかりか、秀吉も亡くなって、「太閤職」がこの世から失せてしまったこともあり、今では噂好きの庶民のあいだで、有楽は、

「茶の湯太閤」

とまでよばれている。ただ、秀吉との比較などは論外として、利休と有楽斎が大きくちがうのは、

「政事・軍事には、いっさい係わらぬ」

という無欲恬淡《てんたん》の立ち位置であろう。

それがゆえに家康は大坂城でも、現在、伏見城に代わって京師《けいし》における徳川の拠点となっている二条城でも、有楽の茶の湯を好み、何かにつけて、よび寄せるのだ。

時と場所とを問わず、いつ、どこでなりと、そこにあるべき自然をそのまま活《い》かして茶室とし、茶を点てる「有楽流」の便の良さも、家康は気に入っている。

関ヶ原合戦終結後の茶席で、遠まわしのかたちながら家康が明かしたように、ほんらい織田家の

宰領《さいりょう》であり、淀殿が茶々とよばれた時代から何くれとなく面倒をみてきた有楽を見張る。というより、

「大坂（秀頼・淀殿）との繋ぎの役を期している」

というのが家康の本音であり、それは有楽斎にも分かっていることなのである。

家康父子が諸侯ともども、大坂城の年賀の祝典におもむいてから二年後、慶長八（一六〇三）年に、家康は右大臣《うだいじん》にして征夷《せいい》大将軍に任ぜられ、江戸に幕府をひらいた。

家康は、畏敬《いけい》する源頼朝の先例にならい、京の朝廷とは一線を画した武家の政事をこころざそうとした。ために、姻族の足利別流、吉良義定《きらよしさだ》から「得川《とくがわ》」の名のある源氏の系図をかりうけた。

そのうえで、もとの藤原姓から源姓に改名し、晴れて将軍となったのである。

そのとき、有楽斎は大坂城にあって、淀殿の怒りを鎮めるのに躍起《やっき》となっていた。

「ゆるせぬっ。ゆるせぬぞえ、家康めっ」

淀殿は有楽斎の面前で、顔を真っ赤にして金切り声をあげていた。

「江戸に幕府なぞと、いかにしたら、さように理不尽な真似ができるのじゃ」

「茶々……淀殿、少し落ち着かれよ」

有楽は、関白の位がまだ空白のままであることを理由に、淀殿をなだめようとする。

「家康どのは、秀頼さまが元服された折りに関白になさるつもりでござろう……征夷大将軍は武家の大将であり、関白は帝《みかど》の補佐をする重要な役目じゃ。そもそも役職の意味がちがう」

「何がちがうと、叔父上は言われるのか」

淀殿の怒りは、まだ収まっていない。

「それがしが聞くところによれば、徳川どのは秀頼さまを内大臣に推挙されたとのよし。そうなれば家康どのとさして変わらぬ位となる。けして、豊臣家をないがしろにしているわけではござらぬ」

「それは、まことか」

その話を、淀殿は知らないでいたらしい。

「まことでござる。じかに家康どのから聞いた話じゃ」

いくらか、淀殿の表情が和らいだ。

「まだ続きがござる」

「続き？」

「秀忠どののご長女・千姫どのを、秀頼さまのもとへ嫁がせたい、と家康どのは望まれておる……」

「千姫？……お督の娘ではないかっ」

「御意。従兄妹《いとこ》同士の縁組じゃ。何とも、めでたき話ではないか」

秀頼は十一歳、千姫はさらに幼く、いまだ七歳であったが、意味合いとしては、千姫も徳川方からの「人質」ということになる。

十七年前に秀吉が実妹の朝日姫を家康に嫁がせたのも、同じことであった。今回は家康のほうが、「豊臣家を裏切りませぬ」

という証しのために、孫の千姫を差しだそうというのだ。

淀殿の口もとに笑みが萌した。

淀殿の機嫌がなおったのは、家康が人質を寄こすという、そのせいだけではない。

たしか千姫は秀忠・お督夫婦の初子《はつご》。その千姫を豊臣家に預けるということは、妹のお督が姉に大切な娘の養育までも託した、と言えるのではないか。

「姉妹のきずなは、まだしっかりと残っておるのじゃ」

淀殿がそう思ったとしても、ふしぎではない。

さらに、家康は淀殿のために気をつかっていた。八月に、亡き太閤殿下の七回忌として、臨時の「豊国社祭《とよくにしゃさい》」を盛大に催行したのである。

その京都での祭礼は二日間にわたり、秀頼・淀殿ばかりではなく、京の町衆たちをも喜ばせた。熱狂し、踊り明かす様は、

花車《きゃしゃ》風流を飾って、花やかなる出で立ちにて、太鼓にかかり、平等大慧と打ち鳴らし、飛んづ跳《は》ねつ、踊り上がり……

と、豊国神社の日記に残されているほどであった。

七

お督の長女・千姫が秀頼に嫁《か》した翌年、寛永九（一六三二）年に、お督は大望の長男を産んでい

る。秀忠との間に、これまで四人の女児をもうけたが、嫡子となる男児には恵まれていなかった。

家康にとっては嫡孫にあたり、

「これで徳川家が代々、将軍家をつぐ下地ができあがったわい」

と、家康は内心、満足したようで、茶の湯の席などで有楽斎にも、それとなく自分の気持ちを明かしている。

淀殿も姪ならば、その末妹のお督も姪であり、複雑な思いはありながらも、まずはめでたいことではあった。

翌十年二月、秀忠は十万の軍勢をひきいて江戸を出立し、翌三月に上洛した。大坂城の淀殿は何事が起きたのかと不審に感じ、警固を厳重にしたほどである。

四月、家康は、将軍職を秀忠にゆずることを朝廷に願いでた。その奏請は十日と待たずにみとめられ、秀忠は第二代征夷大将軍となった。

驚いたのは、淀殿をはじめとする豊臣方である。

「どういうことじゃっ。何故《なにゆえ》に家康は、秀忠に将軍職をゆずるのじゃ……秀頼はもう十三歳、立派に成長しておる。いつでも天下を治めることが出来る」

淀殿は有楽斎をまえにして、滔々《とうとう》と持論をまくしたてた。

「だいいち、徳川家は家康一代限りの将軍であったはず」

「……いや」

小さく言って、有楽は曖昧《あいまい》に首を揺すった。

ここへ来て、彼は隠居だの茶の湯三昧どころではなく、家康や秀忠、お督にまでも頼まれ、いくども江戸と大坂のあいだを往《ゆ》き来《き》しなければならなかった。

何とか淀殿の機嫌を取りむすび、豊臣方と徳川方との「繋ぎ」の役目をはたすためである。

「のう、叔父上。そのような話ではなかったのか」

「はて、それがしは聞いておりませぬが……」

少なくとも家康は、そんなことを一度も公けにはしていない。おのれの征夷大将軍の任官を朝廷に奏上したときも、一代限りであるなどとは片言《へんげん》も述べていない。

「家康どのも早や、齢六十四となられた。隠居してもおかしくはない年齢じゃ。衰えを感じているのやもしれぬ……それと、秀頼さまが関白になられるには、いま少し歳を重ねずば、朝廷もみとめぬであろう」

有楽斎は例によって穏和な口調で、淀殿をなだめるように説得する。

「叔父上はまたぞろ家康に気兼ねをして、さようなことを……」

淀殿は不満げな面持ちのまま、黙りこんでしまった。

淀殿のそばに控える大蔵卿局も、冷たい眼差しで有楽斎を見つめている。

もう一人、大蔵卿局の息子、大野治長は無表情で坐っていた。

治長は、慶長四（一五九九）年の「家康暗殺計画」に加担したとして罰せられ、下総国に流罪とされた。しかし翌五年の関ヶ原での戦いでは東軍方にくわわって武功をあげ、罪をゆるされている。

そういう背景もあり、家康の将軍職譲位の件で異をとなえ、淀殿に賛同するなどとは言えぬ立場だ。気持ちとしては淀殿や秀頼に寄り添っているものの、家康に逆らうような真似は、とうてい出来ないでいる。

それはともかく、五月、淀殿をさらに激昂させる出来事が起きた。

家康が高台院（北政所）を通じて、秀頼に上洛すべし、そして新将軍・秀忠に挨拶するように、との勧奨《かんしょう》工作をおこなったのである。

高台院との長年月にわたる確執もある。家康は当然、淀殿がすんなりと応じるわけがない、と考えていたようだ。拒絶されることは計算ずみだったが、淀殿からの上洛拒否の返事は、予想を上まわる厳しいものだった。

「たって、徳川どのがその儀を望むとあらば、わらわは秀頼とともに自害して果てましょうぞ……」

このときは家康も、しいて秀頼の上洛を求めなかった。将軍職は徳川家による世襲であるという事実をつくりあげたことで、家康の目的は一応、達せられていたからである。

家康が断念したと知って、淀殿は、自分の強い怒りが家康をおじけさせた、と溜飲《りゅういん》をさげていた。

その様子を間近に見て、有楽斎は、

「家康どのは、あきらめてなぞはおるまい……豊臣家が徳川家に頭を下げるときが、必ず来る」

と嘆息するほかなかった。

家康は、江戸から駿府《すんぷ》の城に移り、「大御所《おおごしょ》」とよばれるようになった。将軍は秀忠であったが、実権は家康が握っている。

そのころも、有楽斎は江戸と京・大坂を往ったり来たりしていたが、途中、家康の誘いを受けて、茶を点てるべく、駿府に立ち寄ることもないではなかった。そうした折りに、

「有楽斎どの、一つ、お頼みしたき儀がござる」

「……何でござりましょう?」

「秀頼さまを口説いて欲しいのじゃ。上洛して、みどもと会《お》うてはくださらぬか、とのう」

「公方《くぼう》(将軍)さまとではなく、大御所さまと、でござりますか」

「さようでござる。みどもはすでに公方ではない……そう、皆は大御所なぞとよんでおるが、ただの隠居親父じゃ」

淀殿には伝えずとも良い、と家康は言った。秀頼一人を説得し、自分と面談するよう頼んでもらいたい、と。

「ここ数年、秀頼さまにお会いすることは叶わなかったが、御年《おんとし》十八歳になられ、その大丈夫《だいじょうふ》ぶりは音に聞いておる。おのれの意見をご母堂《ぼどう》に申されることも、しばしばであるとか……」

そうであれば、大叔父である有楽斎が理をもって説得すれば、納得するのではないか、と言うのである。

「おそらく、無駄ではない……きっと秀頼さまの将来のためになりまするぞ」

と、家康はつづけ、有楽もまた、それには同感した。

ほどなく大坂にもどった有楽は、淀殿が不在のときを見はからい、秀頼に進言するつもりだったが、その機会はなかなか来なかった。

それが、半年ほどもたったころ、淀殿が実父たる故浅井《あざい》長政の菩提寺、京都の養源院《ようげんいん》を訪ねることになった。それで、三日ほどは大坂を留守にする。

秀頼は伴わず、大蔵卿局と数人の侍女、警護の者のみを連れてゆくという。

有楽斎は、待っていたとばかりに茶席を設け、秀頼をまねいた。

秀頼の茶の湯は、有楽から見ても、相応に筋が良かった。幼いころから、有楽がたまさか暇ができたときに指南していたせいもあるが、所作が大らかで品がある。

「大叔父上に、茶を点てていただくのは、久しぶりでござる……茶室に二人だけ、というのも、初めてではなかろうか」

「たまには男二人で茶の湯を楽しむのも、一興でござるぞ」

「おっしゃるとおりです。わたくしのそばには絶えず大勢の者がおる……母上以外の方と、二人きりになることは滅多にありませぬ」

眼をほそめ、小さく顎をひき寄せながらも、有楽の手は音もなく茶釜の湯を杓子《しゃくし》に掬《すく》い、碾《ひ》き茶を入れた碗《わん》についでゆく。その様子を、じっと見すえて、

「さすがでござるな、大叔父上。わたくしの耳にもとどいておりまするぞ……江戸あたりでは、大叔父上のお点前を『有楽流』とよび、『茶の湯太閤』とまで申して讃える者があるそうな」

「いやいや、お恥ずかしいし、亡き太閤殿下に対しても、畏《おそ》れ多い」

「なんの、亡き父上は今ごろ彼岸《ひがん》にあって、『太閤』の名は大叔父上に渡したと、笑《わろ》うておられましょうぞ」

「……ふーむ」

有楽としては、それこそ黙って苦笑するしかなかった。が、これは秀頼、けっこう賢いし、「人たらし」の術も相応に身につけている。彼をもたらした「種《たね》」は治長だの、亡き三成だのというのは、いわゆる「下衆《げす》の勘ぐり」というやつで、秀頼は本当に、秀吉の実の子かもしれぬぞ……むろ

ん有楽としては、それも当人に告げることは出来ない。

「秀頼さまは来年、十九歳となられる。ご立派に成長され、太閤殿下もさぞ、お喜びであろう……

淀殿の鼻が高いのも、もっともでござる」

有楽はただ、今現在、見たまま思ったままを言った。

「いや、母上はこのわたくしを、まだ一人前に扱ってくださってはおらぬところがあり申す」

わけても世の政事・政情に関しては、思慮が足りぬ、と一蹴《いっしゅう》されてしまうことがあるという。

「ほう。秀頼さまは、どのようなご意見を述べられるのかな?」

「たとえば家康どのが将軍職につかれ、江戸に幕府をおひらきになり申したが、あれを母上は、かりそめの政権にすぎぬ、と頑《かたく》なに信じておられる」

「そうではないと、お考えですか」

「うむ。家康どのは、そう安々と政権を手放したりはせぬでしょう。嫡男であった秀忠どのを公方にした……御職をゆずった一件で、わたくしは、そのことを確信しております」

そのとき秀頼は、齢まだ十三であったのに、母親とはちがって、当然のことと受けとめ、怒ったりはしなかったらしい。上洛して、新将軍・秀忠に挨拶せよ、との申し入れがあったときにも、

「さもありなん」と思い、当人は京へ行く心づもりであったようだ。

それを淀殿が、自害するとまで言って拒絶したのである。

「わたくしは、ずっと考えておりました。母上はわたくしが関白となり、天下を治めることを今も夢みておられるようですが、そのためには、徳川将軍家よりも大きな力をもたねばなりませぬ」

「より多くの大名の支援も必要となるな」

「仰せのとおりですが、関ヶ原での合戦からすでに十年……豊臣恩顧の大名たちも大方は、徳川家に忠誠を誓っています。さすれば、ここは堪えて時宜《じぎ》を待つが良策ではないでしょうか」

「なるほど、秀頼さまはまだお若い。いくらでも堪えて待つことが出来ましょうぞ……その点、家康どのはお歳じゃ。この老爺《ろうや》の有楽よりも年上なのですからな」

ふだん淀殿の陰に隠れて無口に見える秀頼が、これほど饒舌《じょうぜつ》で、聡明であったとは……あらためて驚くと同時に、この機を逃してはならぬ、と有楽は思った。

そこでただちに、家康が他者をまじえずに二者面談を望んでいることを伝えたのである。

翌慶長十六年三月、秀頼と家康の会見が京都の二条城にておこなわれた。

この会見のまえには、家康からの正式な秀頼上洛の要請があり、むろんのことに、淀殿は猛反対した。家康に頭を下げるかたちになることと、

「もしや秀頼が、ひそかに生命《いのち》を奪われるやもしれぬ」

という懸念を抱いたからだ。

その懸念に対し、秀頼自身にくわえ、有楽斎までが「あり得ぬこと」として説得をつづけたことで、淀殿は渋々、秀頼の上洛をゆるすこととなった。

会見の場で、成人した秀頼と間近に接した家康は、有楽が感じたのと同じようなことを感じたようだ。想像していた以上に、頭が切れるし、弁も立つ。――

嘘かまことか、この会見の直後に、京の都では、こんな落首《らくしゅ》を書いた紙が出まわったという。

御所柿はひとり熟して落ちにけり
木の下に居て拾ふ秀頼

これを信じたわけではなかったが、このままでは落首のとおりになる。何か策をこうじなければ……そう家康は思ったようである。

将軍職こそ秀忠にゆずったものの、家康は健在で、まだ実権を握り、諸侯を束ねている。しかし仮りに家康が亡くなった場合、傘下の大名たちが皆、秀忠に付きしたがうかどうかは、不確かだ。それを危惧《きぐ》した結果が、家康をして、豊臣の「若芽」、すなわち秀頼を、早いうちに摘みとってしまうことを決断せしめたのかもしれない。

そして、慶長十九年。のちの世にいう「方広寺の鐘銘《しょうめい》事件」が起こったのである。

事の起こりは、これより十年あまりまえにさかのぼる。家康は淀殿と秀頼の母子に対し、故太閤秀吉の遺志であった京都・方広寺の大仏殿を再建するよう申し入れていた。

その大仏殿がようやっと完成し、大仏開眼の供養を八月三日にする、との報告が家康のもとにとどいたのだ。

有楽斎も方広寺の件は耳にしていたが、家康側に言われたとおり、大仏殿の普請《ふしん》はすべて豊臣家の財をもってなされており、そこに問題があろうはずはない、と信じていた。

ところが、事態は意外な方向に転じた。

大仏殿の鐘の銘中に「国家安康」「君臣豊楽」「右僕射《うぼくや》源朝臣《あそん》家康公」といった文字が刻まれていた。

「これは、家康の名を割って裂き、豊臣の世をたたえ、家康を射《う》たんとの意ではないか」

とされたのである。

どうやら家康に雇われた碩学《せきがく》の指摘らしいが、家康は豊臣方に対し、事実が判明するまでは供養を延期するよう命じたのである。

驚愕した豊臣方はこれを容れ、八月半ばになって、鐘銘の件を釈明させるべく、重臣の片桐且元《かたぎりかつもと》らを駿府へとつかわした。且元は家康への面会を切望したが、目通りをゆるされず、対応した家康側近の本多正純《まさずみ》に適当にあしらわれた。

すると淀殿は、且元では心もとないと感じたのか、大蔵卿局を駿府に派遣した。

そうなると、もう家康の思うつぼである。彼は家臣一同に、

「良いか、大蔵卿局らには、いっさい政事向きの話をしてはならぬ。わけても、こたびの大仏供養のことには触れぬようにな」

おもいきり気前よくもてなし、厚遇《こうぐう》せよ、と命じたのだ。

大蔵卿局らの一行は、多大な饗応を受け、喜んで帰坂したという。

逆に且元に対しては、正純は強硬な態度でのぞみ、くりかえし、大仏殿鐘銘に関しての不敬の罪をあげつらい、こう告げた。

「……これをゆるすについては、以下の条件のうち、少なくとも一つは請け負うていただく」

その条件とはまず、秀頼本人が江戸に伺候すること。あるいは、淀殿を人質として江戸へ差しだすこと。もしその二つが叶わぬならば、大坂城を引きはらい、他領へと転封すること——この三つであった。

且元はいそぎ大坂へもどった。

そのころ、大坂城では、さきに帰城していた大蔵卿局らが、

「徳川どのの怒りは、とうに解けております」

との報告をすませていた。

それと聞いて、淀殿は安心していたのである。しかし、遅れて帰った且元の報告は、まるで正反対であり、徳川方の条件は、とうてい受けいれられぬことばかりではないか。

且元は淀殿らの逆鱗《げきりん》に触れ、徳川方との内通の嫌疑さえ、かけられてしまうこととなった。

八

片桐且元は秀頼の近臣、大野治長らがおのれを誅殺《ちゅうさつ》せんとしているとの噂を聞いて、大坂城二の丸の屋敷にひきこもった。ついで隙をみて、摂津茨木《せっついばらき》の自城へと逃亡してしまう。

しかし有楽斎は、且元には何の責任もない、と考えている。

むしろ、むざむざ徳川方の策に乗って、且元とはべつに、大蔵卿局らの使者を送った淀殿の指示が、混乱をまねいたのである。

「秀頼さま、こたびの騒動のもとは、たかが一寺……方広寺大仏殿の鐘銘の問題にすぎませぬ」

且元逐電《ちくでん》後、すぐさま有楽は秀頼のもとに行き、説得にかかった。

鐘銘の文言云々は、たんなる誤解であり、よしんばそこに徳川方の故意的な「曲解」がからんでいたとしても、謝ればすむこと。ここで、秀頼や淀殿が徳川方に対して、叛旗《はんき》をひるがえすなどと

いった態度は、片鱗《へんりん》でも見せてはならない。

「もとはといえば、それがしは淀殿の叔父、秀頼さまの大叔父として、家康どのに徳川方との仲介の労を取るように申しつけられて、こちらに来ておる身……もし、ゆるされるなら、それがしが使者となって駿府に参り、家康どのとじかに話しおうて参りましょうぞ」

と、有楽は懸命に秀頼をなだめ、諭《さと》そうとしたが、秀頼自身は銅像にでもなったように表情を変えず、そばに座す淀殿、大蔵卿局、大野治長の三人は、冷たい視線を有楽のほうに向けてくるだけであった。

たしかに本当の秀頼は、有楽の見たとおり、非凡なほどに賢く、現状や先々のことなども、ほぼ的確に読むことが出来る。あまつさえ、若すぎるくらいに若い。

家康が不安にかられるのも、もっともなことで、なるべく凡庸《ぼんよう》な振りをするように、と二人の対面前に耳打ちしておけば良かった、と有楽は悔やんだほどだ。

いや、それでも、今のこの段階ならば、まだ無用な衝突を避けることが可能なのではないか。

これも秀頼の本性とおぼしき温厚さ、従順さを前面に出し、礼をつくして家康ならびに徳川方に対していれば、無理に豊臣家をつぶそうとまでは思わぬはずだ。

末路はともかく、かの大兄・信長の嫡孫・三法師、のちの織田秀信も、豊臣方にとっては、さぞ邪魔な存在であったろうが、秀吉は亡き者にしようとはしなかった。

だが秀頼は、豊臣家の威信を示さんとする強硬派に取りかこまれている。秀頼の欠点は彼らによって、「蝶よ、花よ」と甘やかされて育ち、今なお神輿《みこし》に担ぎあげられたままでいることだ。

有楽はいまだ、淀殿の後見人の立場を外されてはいない。が、彼はすでに徳川家の禄をはむ者

——蝙蝠どころか、豊臣方のなかには、「徳川の廻し者」よばわりする者すらもいる。

そんな有楽の意見など、まさに、

「……どこ吹く風」

であって、だれも聞く耳をもとうとはしなかった。

それかあらぬか、以前より豊臣方は、関ヶ原の合戦で禄を失った浪人たちを徐々に雇いつづけていたが、ここへ来て、それを急速に増やそうとしている。さらに兵備をととのえ、兵糧米なども大量にたくわえはじめた。

当然のことに、そうしたことどもはすぐさま徳川方に知れる。

時に慶長十九（一六一四）年十月一日。――

「もはや大坂の豊臣勢の敵対は明らか……機は熟した。いそぎ出陣の支度をせよ」

家康は、本多正純をはじめ、重臣たちを駿府城の大広間にあつめて、開戦の意向を明かした。

江戸の将軍・秀忠とは、緊密に連絡を取りあっている。また三河・遠江《とおとうみ》・尾張・美濃・近江・伊勢などの諸大名にも即日、触れを出して、出兵をうながした。

ただし福島正則、黒田長政、加藤嘉明ら豊臣恩顧の者たちには江戸残留を命じ、参陣をみとめていない。彼らが寝返る危険性を考慮したのである。

同月十一日、家康は駿府を発ち、二十三日に京都・二条城にはいった。

同じころ、秀忠も麾下の軍勢をひきいて江戸を出立。みちみち味方の諸将の兵をくわえてゆき、上方《かみがた》に着いたころには総勢二十万近くに達していた。

翌十一月の半ば、その秀忠らの軍勢も伏見城に到着した。

大坂城は本丸、二の丸、三の丸それぞれに深い濠《ほり》をめぐらし、その外側には周囲三里八町（約十二、八キロ）におよぶ惣構《そうがま》えを配している。

誇張なく日の本一といえるほどに堅固な城だが、このとき、そこにつどった将兵は十万弱。少なくはないけれど、譜代の将は大野治長・治房《はるふさ》の兄弟に木村重成《しげなり》ぐらいで、他はことごとく浪人衆であった。

秀頼らは、福島正則や黒田長政のほか、島津家久《いえひさ》、蜂須賀家政ら豊臣ゆかりの諸将にも援軍を要請したらしいが、無駄だったようだ。

ただし、城にこもった浪人衆のなかには、かつては土佐一国を領した長宗我部盛親や黒田長政の旧臣、後藤又兵衛基次《またべえもとつぐ》。上田城の攻防戦で秀忠をてこずらせた真田幸村《ゆきむら》など、大名級の者もいる。

そうは言っても、やはり小粒の感は否《いな》めない。

「廻し者」扱いされながらも、なおも有楽斎は大坂城にとどまっていたが、城内の慌ただしい様子に、ひとり眉をひそめていた。

有象無象《うぞうむぞう》の浪人たちが何の統率もなく、うろうろとしている様は、有楽にとっては信じがたい光景である。

大兄・信長や秀吉、家康の統率のとれた軍隊を間近で見てきた眼には、この寄せあつめの軍勢が、いったいどこまで戦えるのか、はなはだ疑問に映った。

ところが淀殿は、十万にふくれあがった城内の兵を眺めやって、

「どうじゃ、叔父上。大々名こそはおらぬが、これだけの大軍が秀頼のもとに、あつまってきたの

じゃ……この城と十万の軍勢があれば、徳川方が束になってかかって来ようとも、びくともせぬはず」

威勢のよい声で有楽に言う。隣で秀頼も、上気した顔でうなずいていた。初の戦いをまえにした昂揚感《こうようかん》で、満たされているらしい。

有楽斎は歴戦の猛者《もさ》ではないが、へたれはへたれなりに、戦さの現実を知っている。戦いがはじまれば、実戦経験のない秀頼は、否応なく硝煙と血の臭いの只中に放りこまれてしまうのだ。逃げ場のない生き地獄の世界へ……。

十七日、家康は摂津の住吉《すみのえ》、秀忠は平野《ひらの》に布陣し、それぞれ大和口、河内口から、大坂城に向けて進撃した。

緒戦《しょせん》は徳川方が優勢で、博労淵《ばくろうぶち》、野田《のだ》などの各砦を落とした。城の東北、今福《いまふく》での戦さでは、佐竹義宣《さたけよしのぶ》、上杉景勝の軍勢と、豊臣方の木村重成、後藤基次が相対したが、木村たちがやや劣勢。しかし、豊臣方は意外としぶとかった。

師走《しわす》にはいってほどなく、惣構えの外側に設けられた出丸付近の戦さでは、真田幸村指揮下の兵が松平忠直《ただなお》、前田利常《としつね》、井伊直孝《なおたか》らを迎撃し、徳川方に大きな損害をあたえた。

まったくの一進一退であったが、真田勢の戦果は、大坂城の秀頼や淀殿をおおいに喜ばせ、強硬派は、

「わがほうには亡き太閤殿下が遺された大坂城という鉄壁《てっぺき》の守りがござりまする。この戦さ、勝てますぞっ」

と、あくまでも強気の姿勢でいる。一方の徳川方は、

「このままでは、力攻めは難しい」

と思ったようである。

こういうときにこそ、有楽斎が大坂にいることの意味は大きい。彼のもとに徳川方の使者が派遣され、停戦の和議が申しこまれた。家康に命ぜられた本多正純からの書状によれば、徳川方は戦いの続行を望んではおらず、

「ここは、話し合いによって講和したい」

との提案であった。

長宗我部ら強硬派は、むろんのことに反対した。

「勝ち戦さなのに、譲歩すべきではござらぬ」

と主張し、講和を勧める有楽や穏健派の大野治長の意見は通らない。淀殿、そして秀頼も、強硬派の主張に賛同していた。

すると徳川方は、豊臣方の不安をかきたてる戦法に出た。昼夜を分かたず、異国よりあがなった新式の大筒《おおづつ》で城内への砲撃をおこなったのである。

この砲撃には、有楽も驚くほどの衝撃をうけた。腹にひびく稲妻のような砲声のあとに、ヒューという不気味な音をともない、人の頭より大きな鉄の玉が飛んできたのだ。

そのなかの一発が、天守閣を打ち抜いた。しかも淀殿の居間の櫓《やぐら》に当たり、侍女七、八人が吹き飛ばされて、即死した。淀殿は半狂乱のようになり、秀頼も怯《おび》えている。惨状を見た有楽は、茫然となった。

「この城は、難攻不落のはずではなかったか」

徳川方は穴掘り職人を駆りあつめ、兵らが大坂城内に潜入するための穴を掘るなど、ほかにも豊臣方を弱らせる策をこうじたりしたが、結局、秀頼や淀殿は停戦の和議に応じることとなった。

有楽はほっとしたが、ここでも一つ、びっくりさせられることがあった。これまた家康の提案で、交渉の主役に双方、女性《にょしょう》を充《あ》てることにしたのである。

徳川方は家康の側室である阿茶局《あちゃのつぼね》。現役の側室とはいえ、六十歳近くの嫗《おうな》である。家康との間に子は設けなかったが、才知にたけた女性ゆえに家康の信頼は篤く、さまざまな戦さ場に供奉《ぐぶ》している。

豊臣方は常高院《じょうこういん》と大蔵卿局で、常高院は淀殿の妹であり、秀忠の正室・お督の姉にあたるお初のことだ。

男のなかではただ一人、有楽斎が豊臣方の後見役として、列席することとなった。

慶長十九年も押しつまった師走の十八日、摂津今里《いまさと》の京極忠高《ただたか》の陣内で和議の会談がもたれた。

忠高は常高院（お初）の亡き夫・高次の子だが、常高院が産んだ子ではない。けれども忠高は、父の正室だった常高院を敬う姿勢をくずさず、会談場所を提供したのも、姉と妹にはさまれ、双方に気をつかわねばならぬ常高院の苦衷《くちゅう》を察してのことだった。

そんな配慮のせいもあってか、会談は順調にはこんだ。翌日も会って、交渉を推《お》しすすめ、豊臣方は、

「本丸のみを残して、二の丸、三の丸、惣構えを破却する」

という徳川方からの和睦の条件を呑むことと決した。

二十日には誓詞をとりかわしたが、ここで秀頼が、二の丸と三の丸は豊臣方が取り壊し、惣構えのほうは徳川方にゆだねる、との申し入れをした。

二十一日に、木村重成が秀頼の正使として、徳川秀忠から誓書を受けとった折りには、秀頼の本領を安堵するとか、淀殿を人質とはしない、といった条項もあげられていた。

「やれやれ、これで、ひとまずは落ち着いたぞ」

と、有楽は胸を撫でおろしたが、そうは問屋が卸《おろ》さなかったようだ。

二十五日、家康は茶臼山《ちゃうすやま》の本陣を引きはらい、京・二条城へもどることとなった。が、出立にあたって、本多正純をそばにおよび、

「惣構えはもとより、二の丸、三の丸も、わが手の者で壊すのじゃ……濠なぞは、三つの童《わらわ》でも上り下りがかなうほどに埋めてしまえ」

破顔《はがん》しながら、ささやいたという。

年が明けた慶長二十年、恒例の年賀の儀は豊臣方の身内だけで簡素にすませた。

その折りにも、有楽斎は淀殿の痛罵《つうば》をあびたが、挨拶に行くたびに淀殿の癇癪《かんしゃく》を受けることとなった。

「約束がちがうではないか。惣構えはおろか、二の丸、三の丸の濠まで勝手に埋めておる。これでは、われらが城はまるで裸城《はだかじろ》じゃっ」

家康はすでにして、手を休める気など、毛頭《もうとう》ないのだ。それが分かっただけに、有楽としても、何ともしようもない。

形のうえでだけ、徳川方に抗議をして、あとはただ黙って事の成り行きを見守るほかなかった。

大坂城は前年のうちに惣構えの破却をすませ、この二月初めには二の丸、三の丸の濠、櫓、塀、門のすべて取り壊している。

大坂城の強硬派は、もとから停戦に猛反対していたが、こうした徳川方の出方を見て、

「思うておったとおりじゃ」

と勢いづいた。そして新たに兵糧をたくわえはじめ、浪人たちをつのるようになった。

そういう豊臣方の不穏な動きを、京都所司代の板倉勝重《かつしげ》が駿府に帰城した家康のもとへ伝えたのは、三月半ばのことである。

家康にとって、豊臣方の反発は予想もされたし、願ってもないことであった。

徳川方は、秀頼が伊勢か大和のいずれかに転封すること、もしくは城内の浪人たちを残らず追放すること――これに応じなければ討伐する、と豊臣方に迫った。

有楽はおのれの出来る最後の「御奉公」と考え、

「家康どのに逆ろうてはなりませぬ」

と、秀頼と淀殿を強く諌《いさ》めたが、二人は耳を貸そうとはしなかった。

かくして有楽斎は、強硬派から嘲弄《ちょうろう》の声をあびせかけられながら、大坂城をあとにした。

四月、秀頼は徳川方に拒絶の返事を送り、家康はふたたび全国の諸大名に出陣の触れを出した。

さきの大坂での「冬の陣」につづき、「夏の陣」の開戦である。

家康は四月初めに駿府を発ち、途中、新設成った尾張の名古屋（旧・那古野）城に立ち寄って、

九男・義直《よしなお》と亡き浅野幸長《よしなが》の息女との婚礼をすませ、同月の十八日に京に着いた。

三日後には、秀忠も伏見の城にはいっている。

五月五日、端午《たんご》の節句を期して、家康は二条城をあとにし、伏見から進軍した秀忠の軍勢と合流、大坂は河内口へと馬首を向けた。

それより早く、四月末には泉州《せんしゅう》岸和田の西南、樫井《かしい》付近で戦端がひらかれていたが、本格的な激突があったのは、五月の六日と七日の両日であった。

豊臣方にとって、裸城となった大坂城にこもるは良策ではない。となれば、野戦で、これは兵多きが勝つ。

兵力は徳川方が十五万五千に対し、豊臣方は五万五千。圧倒的に徳川方が有利であった。

六日には、伊達政宗や水野勝成《かつなり》、松平忠明《ただあきら》らが河内の道明寺《どうみょうじ》方面に進攻して、豊臣方の勇将・後藤基次が討ちとられた。また、八尾《やお》・若江《わかえ》方面では、木村重成、長宗我部盛親の軍勢が井伊直孝、藤堂高虎らと干戈《かんか》をまじえ、この乱戦のなかで重成が討ち死にした。

七日早朝には、家康が榊原康勝《やすかつ》、本多忠政《ただまさ》ら麾下の将兵をひきつれ、天王寺口に攻めこんだ。

危うかったのは、このときである。

真田幸村が松平忠直の陣を突き崩して、家康の本陣にまで達しかけたのだ。

家康のまえに姿を現わした、という話も有楽は聞いたが、じっさいには井伊や藤堂らに横合いから攻められ、撃退されたらしい。

昼すぎには、さしもの幸村も壮烈な戦死をとげる。

その真田隊が壊滅すると、豊臣方は総崩れとなった。越前兵が大手門を突破したのを皮切りに、徳川方の兵が続々、城内に乱入した。

この間に、勝負はついたと見た大野治長は、秀頼の正室であり、家康の内孫でもある千姫を城外に脱出させて、

「秀頼公と淀殿のお生命《いのち》ばかりはぜひに、お助け願いたし」

そう嘆願した。いっしょになって千姫も、彼らの助命を請うたが、

「もはや、遅い……どうにもならぬ」

と、家康は受けいれなかった。

秀頼ら主従に、最期の時が来たのを知らせたのは、豊臣家台所頭《だいどころがしら》の大角与左衛門《おおすみよざえもん》であった。大角は手ずから、本丸の千畳敷《せんじょうじき》御殿に火をかけたのだ。

そのときまで淀殿のそばにいた妹の常高院は、最後の別れを告げて、大坂城を脱出した。

燃えさかる炎のなかで、秀頼と淀殿はみずから生命を断った。大野治長兄弟や大蔵卿局も、ともに自刃して果てている。――

終章　如庵 ―そして椿の花一輪

一

元和元（一六一五）年の師走である。

同年の五月に大坂城が落城し、名実ともに天下を手中におさめた家康は、いったん駿府の城にもどったが、すぐに江戸へ向かった。

今になっても、江戸は未開なところが多く、とても、

「ここが、幕府がおかれている都である」

などと、胸張って言うことは出来ない。諸大名の屋敷を設けるためにも、町づくりは必定《ひつじょう》であった。

「まだまだ、秀忠一人に任せておくわけには参らぬ」

とばかりに、家康はみずから陣頭に立って、行政を差配《さはい》した。

家康としては、豊臣家のように、混乱や内紛によって、政権を他に奪いとられるような愚《ぐ》は避けたかったのだ。早くに秀忠を二代目将軍とし、徳川幕府は「世襲制」であることを世間に知らしめたのも、それがためであった。

また徳川家を中心とした盤石《ばんじゃく》の体制をきずくべく、大名たちの配置替えをおこない、元豊臣恩顧の大名は、石高だけは多めにして遠隔の地においた。そして譜代の大名たちを、江戸の周辺や京・大坂、畿内など、要所要所に配した。

さらに、徳川家に忠誠を誓う証しとして、諸大名は自分の妻子らを江戸に住まわせることとなった。のちに「参勤交代」の制度ができたのも、一つにはこのせいだが、要は人質である。

そのぶん余計な家臣が必要だし、それだけの一族郎党が住まうには、たいへんな数の武家屋敷が要《い》る。

そうした屋敷づくりのために、江戸は人夫や職人であふれかえった。江戸城の普請も大掛かりなものとなり、濠や水路の掘削《くっさく》で出た土や石は、人夫たちによって、江戸の湾岸や城のまわりの湿地に埋めたてられた。

その土地の一部を、家康は織田有楽斎にあたえ、邸宅を建てさせた。

ほどなく、このあたりは「有楽原《うらくがはら》」とよばれるようになり、やがては近くに銀貨の鋳造所――銀座ができて繁華な町となり、「有楽町《ゆうらくちょう》」の名前が付いた。

邸内にはむろん、有楽の茶室（数寄屋）もあった。ために、城から有楽原に通じる外濠にかけられた橋は、のちに「数寄屋橋《すきやばし》」と名づけられている。

家康が江戸城の間近に、有楽斎の屋敷をかまえさせたのは、有楽の茶の湯が、江戸在城の折りの、いちばんの楽しみだったからである。

じっさい、有楽は家康の招請に応じて、江戸城内の書院にて茶を点てたり、逆に家康をおのれの屋敷の茶室にまねいたりもした。

有楽はすでに隠居の身であった。遁世《とんせい》・出家も、ほぼ正式にみとめられている。

関ヶ原での戦いにともに参陣した長男の長孝は、父・有楽にまさる奮闘ぶりをみせ、その功により美濃野村に一万石の所領を別個にあたえられ、妻子・家臣ともども、そちらに居《きょ》している。

次男・頼長《よりなが》は唯一、正室のお仙が産んだ男児で、長孝も分家したことではあるし、有楽としては跡をつがせるつもりであったが、大坂での両陣においては豊臣方、それも「強硬派」にくみした。当然のことに、有楽との間には齟齬《そご》が生じ、一度は縁まで切っている。

それが、もう長らく病いの床にあったお仙の取りなしにより、復縁。戦後は大坂城をしりぞき、京都へと逃れ、「道八《どうはち》」と号して茶の湯の道にはいり、「有楽流」の茶の湯をついだ。

三男・俊長《としなが》は早くに仏門にはいり、僧侶として自活していたため、四男の長政《ながまさ》と五男・尚長《なおなが》には、有楽の所領から一万石ずつを分けあたえた。

長政は大和戒重《かいじゅう》藩（のちに、芝村藩）の藩祖となり、尚長は大和柳本《やなぎもと》藩の藩祖となった。

有楽斎自身は隠居料として、残り一万二千石を所領とする。

「関ヶ原」から「大坂の陣」にいたるまで、有楽は戦さ場を駆けめぐったり、大坂城に籠もりきりとなったりして、お仙とは話をするどころか、顔をあわせる機会すら、ほとんどなかった。

そのうちに、お仙は体調をくずし、ほとんど寝たきりの日々を送っていたが、夫の有楽と実子・

頼長との「復縁騒ぎ」で精魂を使いはたしたのであろう、事が成って、まもなく逝った。

「ようやくにして、俗界の煩事《はんじ》から解き放たれたというに……」

不憫《ふびん》には思うが、これも定めか、いたしかたのないことではあった。

そうして悠々自適の身とはなったものの、茶の世界は奥ぶかく、研鑽《けんさん》すべき道は、はるかに遠い。

しかも家康の江戸逗留中には、しじゅう彼の相手をせねばならなかった。


その日も家康は「お忍び」のかたちで、有楽の屋敷をおとずれた。すぐさま茶室に通され、有楽の点てた薄茶をいっきに飲み干すと、

「有楽どの、そこもとの茶の、なんと甘露《かんろ》なことよっ」

破顔一笑して言った。

「みどもも今まで亡き利休をはじめ、その息子の千宗丹《せんのそうたん》、今井宗久《そうきゅう》、津田宗及《そうぎゅう》、山田宗徧《そうへん》……最近では古田織部《おりべ》なぞ、多くの名だたる茶人の茶を喫してきたが、これほどの茶を点てられる御仁は、他にはおるまい」

「………」

低頭したまま、有楽としては返す言葉がない。

「みどもの耳にもとどいておるぞ、世の者たちは口をそろえて、そこもとのことを『茶の湯太閤《たいこう》』とよんでおるそうな……」

「他愛もない戯《たわむ》れ事《ごと》にござりまするよ」

「いやぁ、そうでもないやもしれぬぞ。良いですかな、有楽どの、誤解なきよう聞いてくだされ…

…そこもとの茶はたしかに戯れ、もしくは飯事《ままごと》のようなところがある。が、それも武家の戯れじゃ。遊びの精神《こころ》、と言うても良い」

「遊びの……精神？」

「さよう。型にはまらず、のびのびとしておるが、そこにはいつなりと死ねる、武士の魂もまた、ある。ただし……」

「……ただし？」

「戯れすぎ、遊びすぎては駄目じゃ。芸事の世界ならまだしも、政事の世界ではな」

そこまで聞いて、有楽は気づいた。

「亡き太閤殿下のことで……」

「ふむ。何より大陸進攻……完全なる失政じゃった」

「朝鮮での二度もの戦さで、大勢の兵が生命《いのち》を落としましたものな」

「利休を殺《あや》め、関白・秀次《ひでつぐ》公の一族を皆殺しにしたのも、大きな間違いであった……」

言ったきり、何やら沈思《ちんし》するように、家康は黙りこんだ。

「それにしても……」

有楽斎は場の雰囲気を和《やわ》らげようと、ちょっと頬をくずして、話題を変えた。

「ここ江戸の町は、日ごとに変わってゆくようでござりまするな。町びとは活気に満ちあふれ、兵は戦さの心配がなく、表情も明るい。平和な世がおとずれたことに皆、安心している様子ですな」

「わしものう」

と、家康もまた、微笑んだ。

「戦さに飽いたというか、疲れきっておるというのが本音じゃ」

有楽斎が見るところ、家康はこころなしか、やつれているように感じられた。

「これはしかし、以前にも申したことじゃが、そこもと有楽斎どのが、みどもとともに歩んでくれて、本当に良かった……感謝しておるぞ」

そうだった。「関ヶ原合戦」の論功行賞《ろんこうこうしょう》のあとで、私的にもよおされた茶席でも、家康は有楽の第一の手柄は戦功などではなく、織田家でただ一人、徳川の味方に付いたことだ、と明かしたのである。

織田の名は重い、とこのときも、家康は告げた。

「何と申しても天下布武《ふぶ》、統一への道すじは織田の方々……わけても信長公がつくられたものじゃでのう。憎しみを抱いた者は多く、みどもにも私事の恨み辛みがないではないが、偉大なお方ではあった」

正室と嫡男《ちゃくなん》をおのれの手で亡き者にせよ、と申しつけられたことを言っているのであろう、と有楽は察したが、黙っていた。

その信長とも、秀吉ともちがい、宿敵「武田」に対してがそうであったように、家康には、敵であれ何であれ、自分が崇敬した者の家名を大切にする、という性癖が身についているようだ。

生き残った織田の男子《おのこ》のなかでも、有楽斎がいちばん頼られているのは間違いない。が、兄の信《のぶ》包《かね》は関ヶ原での合戦の折りには旗幟《きし》を鮮明にせず、むしろ西軍寄りだったにも拘わらず、有楽の取りなしもあって、所領を安堵《あんど》されている。

甥の信雄《のぶかつ》は「関ヶ原」では、はっきりと西軍方に付いたために改易されたが、のちにゆるされた。

そして「大坂・冬の陣」のときには、豊臣方の「総大将にならぬか」という要請をしりぞけ、じつは徳川方に城内の様子を逐一《ちくいち》報せていた――つまりは、内通していたのだ。

「その功績や大」

と見なされ、終戦後は家康から、大和国宇陀《うだ》郡と上野国《こうずけ》甘楽《かんら》郡など五万石もの扶持《ふち》をさずけられている。


家康が、飲み終わった茶碗を定座《じょうざ》にもどした。有楽斎はその茶碗を膝前におき、掬《すく》い柄杓《ひしゃく》で湯を入れた。建水《けんすい》に空けると、

「有楽どの、そろそろ……お仕舞《しま》いを」

家康から声がかかった。

有楽が片付けをすませて、家人《けにん》をよぼうとしたとき、ふいに家康が深ぶかと頭を下げて言った。

「有楽どの、最後に一つ、そこもとに謝っておきたいことがござる」

「……もったいのうござります。家康どの、お頭《つむ》をお上げくださりませ」

「大坂での戦さ……冬と夏の両陣にあって、淀殿と秀頼公の説得役をお願いしたことじゃ」

「いえいえ、それがしは何のお役にも立ちませんで……」

「さようなことはござらぬ」

家康は大きく首を横に振った。

「冬の陣での和議にあたっては、陰の功績とでも申しますかな。女性《にょしょう》同士の話し合いは、みどもの考えであったが、上手《うま》くゆくかどうかは、賭けのごときもの……それが、そこもとが立ち会《お》うて

くれたがために、じつに上手く事が進んだ」

たしかに例の和議で決められた条件――あえて言えば、その条件の「拡大解釈」こそが、大坂での戦さの肝《きも》となったのだ。

「おかげで豊臣方の強硬派からは、ずいぶんと罵倒されました。それがしとしましては、大坂城が裸城《はだかじろ》になることで、城に籠もった将兵みな、戦さをあきらめるのではないか、と期待しておったのですが」

「有楽どののお立場ならば、そう思われるでしょうな」

「もし、あの時点で秀頼さまが改易に応じ、あるいは淀殿が人質になっても良いと決断をくだしたならば、家康さまはおみとめになられましたか」

おもわず有楽は身を乗りだしていた。家康は苦笑して、

「難しい問いかけですな。仮りに豊臣家を改易したとしても、さらに牙を抜かなければなりませぬ。秀頼さまを担ぎだした浪人どもがおる限り、そうせぬわけには参らぬでしょう」

「となれば、またもや約束がちがうと、一騒動がはじまるは必定……事は長びくでありましょうな」

「長びかせたくはござりませなんだ。みどもは今年、齢《よわい》七十四となる。大坂を最後の戦さにしたかったのでござる」

どうやら、そのあたりが家康の本音だろう、と有楽は察した。

若くて、思いがけず聡明な秀頼と接見して、いつに増して強く、家康は自分の老いを感じたのにちがいない。

あと何年、自分は生きられるのか……耐えて、堪えて、今まで生き抜いてきた。何のために？……

……天下を取る、いや、盗《と》るために。

そう思った瞬間、彼のなかから迷いは、すっと吹っ切れたのである。

残り少ない生命《いのち》をかけて豊臣家を倒す。その一点に、家康は執念を燃やした。——

「つまるところ、もともと豊臣家はほろぼす……そのおつもりだったのですね」

「何より、そこもとに謝りたいのは、そのことじゃ。戦さのない世にすることが、いかに困難か。みどもは身に染みて知らされておる」

家康は、本能寺での事変が起こる直前に、他でもない有楽斎こと長益のはからいで催された茶会での話を引き合いに出した。

家康と明智光秀の二人をまねいて、おこなった茶の湯の席でのことだ。

光秀は、武をもって敵を打ち負かすことより、平穏に国を治めることのほうが、幾倍も難しいと言った。それに対して、そういう世の中こそが「麒麟《きりん》の来たれる世界の顕現《けんげん》だ」と、有楽が応えたのである。

それ以前、光秀と有楽が二人きりで対座したときに、大兄・信長のもちいる朱印の変化にからめ、「麟」と「布武」では矛盾があるのではないか、と有楽が信長の姿勢を難じたことがある。

その折りにも光秀は、「布武なくしては麟、麒麟をかたどったといわれる平穏な世界はおとずれぬ」といったことを説いていた。

「屁理屈《へりくつ》と申さば、ただの屁理屈。したが、あのようにするしか、大坂の豊臣方をつぶすことによってしか、麒麟の立ち現われる泰平の世は来ぬ。参りませぬ……そうと信じたがゆえに、みどもはあらゆる策を立て申した」

「そのうちの一つが、それがしを使うということで……」

「あいや。もう、それ以上は言うてくださるな、有楽斎どの」

家康は最前よりさらに深く、頭を下げた。うなだれた顔がゆがみ、その眼がかすかに潤んでいるのを、有楽は見た。

二

江戸では、残された「三姉妹」のうちの二人、次女のお初と三女のお督にも会った。

お初——常高院《じょうこういん》の顔を見るのは、冬の陣での膠着状態の折り、停戦の和議に、有楽斎が後見役として立ち会って以来である。

常高院は落城前に姉・淀殿と最後の別れをして大坂城を退去した。その様子を有楽は聞きたかったのだ。

有楽は、京極忠高《ただたか》の江戸屋敷に常高院を訪ねた。

茶室にもなるような清楚《せいそ》にして静謐《せいひつ》な書院に通され、しばし待つほどに、尼僧姿のお初は姿をみせた。簡単な挨拶ののち、

「姉上は気丈《きじょう》な方でございましたが、さすが別れぎわには、憔悴《しょうすい》しきったお顔をしておられました」

問わず語りに切りだした。

「秀頼さまは、ただただ茫然としたご表情で、この堅牢な大坂城が燃え落ちようとは信じられぬ、というお顔つきをされていました」

淀殿は秀頼に向かって低頭し、自分の力が足りなかったのだと言い、「ゆるしてたもれ」と、涙をながして謝った。そばにいた常高院・お初も、つい貰い泣きしてしまったという。

「淀殿は、さぞや無念であったろうな」

有楽の声も沈む。

「姉上は、叔父上のご恩義に感謝されておりました。大草の城が懐かしい、とも言うておりました」

「そうであったか……わしの力も足りなかったのじゃ。今さら悔いても遅いが、茶々とその子・秀頼を救えなんだことは、お市姉に申し訳が立たぬ。その思いをつねに抱きながら、今後を生きてゆくしかあるまい」

すでにして有楽も、目頭《めがしら》が熱くなっていた。

一方のお督に会えたのは、家康の配慮のおかげであった。

叔父といえども、目通りを願いでて、すぐに面謁《めんえつ》できるものではない。今や将軍の正室。江戸城本丸の奥御殿に居するお督――崇源院《すうげんいん》に会うのは、至難のわざともいえたが、大御所の鶴の一声で、有楽は江戸城にての再会をゆるされた。

久しぶりに会うお督は、少しふくよかな顔となっており、淀殿の面影を彷彿《ほうふつ》とさせた。もとは、だれよりもお市によく似て、目鼻立ちのきりりと締まり、ととのった面差しであったが……。

「叔父上、お久しゅうございます。ご健勝のご様子、安心いたしました」

「なんの、わしなぞはもう余命いくばくもない。老いぼれでござるよ。それより崇源院さまのお顔を拝見し、あらためて姉妹の血のつながりを感じとり申した……淀殿と、ここまで似ておられたとは」

もしや機嫌をそこなうかとも案じたが、お督はかくべつ顔いろを変えるでもなく、

「姉上とは、徳川家に輿入《こしい》れしてから、一度もお会いすること、叶いませんでした」

淡々とつづける。

「戦さでは敵同士であっても、われらは仲よき姉妹に変わりはありませぬ。淀の姉上は大坂のお城の、わたくしめはこの江戸城の、おたがい堅苦しい奥御殿なぞにおらなければ、姉妹そろって花見や月見を楽しむことも出来たでありましょうに……そう思うと、胸がいっぱいになりまする」

「先日、わしは常高院……お初に会うてきたぞ。元気な様子であった」

「ほんにっ。お初姉のお顔も、しばらく拝見しておりませぬ。会いたい。会いたいっ」

お督は今の自分の身分と四十三歳という年齢を忘れ、はしゃいだ様子を見せた。有楽は微苦笑して、

「大坂の城で茶々は、大草で三姉妹がともに暮らしていたころを、たいそう懐かしんでいたそうじゃ。その話を、わしはお初から聞いた」

「督も懐かしゅう存じます。徳川の家に嫁いだころ、江戸は片田舎と聞いておりましたので、心細うにしておったのですが……」

「さよう。家康さまが初めてお出《い》でになった時分には、泥土《でいど》に生える枯れ葦《あし》が潮風になびく、とまで言われておった土地じゃ。江戸城も荒れ放題に荒れて、修復するにも難渋したそうな」

「わたくしが嫁いで参りましたころには、お城の体裁《ていさい》もととのい、町のほうもだいぶ賑《にぎ》わうようになっていましたが、何よりも潮の香りが大草に似ておりまして……江戸湾の風景を見ると、昔を思いだし、心が慰められたものです」

　そういえば、「北条攻め」の折りに茶々のたっての希望で、三姉妹が珍しくいっしょになったとき、お督一人が何やら煩《わずら》わしげに沈んでいたことがあった。

　気になって、有楽が訊《き》くと、当時の夫、秀吉の甥にあたる秀勝が病みがちなのが案じられていたらしい。じっさい秀勝はその後、派遣先の朝鮮で病没した。

　それは不幸なことではあったが、小田原で有楽は、三姉妹がまだ知多・大草の城に住んでいたころ、しじゅう語っていた話をもちだして、お督を慰めた。異国にまでつながる海は広く、

「潮風は幸福をはこんでくる」

　というものだ。

　あるいはやはり、「禍福《かふく》はあざなえる縄《なわ》」なのかもしれない。

　豊臣秀勝の死によって、独り身となったお督は、これも秀吉の策で、家康の三男・秀忠に嫁《か》することとなった。そしてその秀忠が、家康についで二代目の徳川家将軍となり、秀忠との間にお督は、三代目と目される家光《いえみつ》をもうけたのである。

「お督は苦労したゆえ、人一倍、感慨ぶかきものがあるであろうよ」

「叔父上こそ、淀の姉上や甥の秀頼公のために、ずいぶんとご尽力されたとのこと、大御所さまより伺うておりります」

「いや、そうではない……」

有楽はどう言って良いものか、分からなくなった。察したように、お督が助け舟を出した。

「まこと、叔父上の仰《おお》せのとおり。あゆちではなくとも、江戸の潮風は、わたくしの守り神……幸せをはこんできてくださいます」

たしかに今、お督、いや、崇源院と面謁しているこの大広間（御対面所）にも、江戸湾からの風が吹いてきて、ほてった頬に心地よい。

大坂にもしかし、難波《なにわ》や住吉《すみのえ》なぞの津《つ》や海港があったはず……ふいとそんなことが、頭の隅をよぎったが、むろん有楽は、口にはしなかった。


お督は嫡男・家光を産んだことで、織田の血を将軍家に残した。さらに娘の一人、和子《まさこ》は後水尾《ごみずのお》天皇に嫁ぎ、天皇家にも織田家の血脈《けつみゃく》を残したのである。

のちに三代将軍となった家光の乳母《めのと》は、春日局《かすがのつぼね》であった。彼女は明智光秀の重臣・斎藤利三《としみつ》の娘である。

すなわち春日局の父は「本能寺の変」で、中心的な役割を果たした人物。いわば、お督の叔父・信長の生命を奪った仇方の娘が、嫡男の乳母となったわけだ。

その人事を推《お》しすすめたのは家康である、と有楽斎は聞いている。

家康の意図は何であったのか、つぎに会うときは、それを訊《き》かねばならぬと思っていたが、その願いは叶えられなかった。

家康は明くる年の元和二（一六一六）年一月下旬、鷹狩りに出たさきで病いに倒れ、その後は病床に伏して、四月十七日、駿府城において薨去《こうきょ》した。享年七十五であった。

翌三年、有楽は江戸から京都へと居を移した。いよいよ茶の湯の道を一すじに歩むためである。

有楽はまず、鎌倉時代に建立《こんりゅう》され、たびたび戦火で焼失していた建仁寺《けんにんじ》の塔頭《たっちゅう》、正伝院《しょうでん》を再興し、そこにおのれの隠居宅をしつらえた。

妻のお仙もとうの昔にこの世を去り、新たな側女《そばめ》や侍女すらも、おくつもりはない。身のまわりの世話をしてくれる数人の使用人がいれば、充分だった。

つぎの年の春には、その隠居宅の一隅に茶室をつくり、「如庵《じょあん》」と名づけた。

「自《おの》ずから、然《しか》るべく、生きるが如し」

この精神である。

御仏《みほとけ》の教えの一つ、「恕《じょ》」にも通じてはいまいか。

正面は入母屋《いりもや》造り風の柿葺《こけらぶ》き屋根の妻で、千利休の「待庵《たいあん》」とは趣きを異にする瀟洒《しょうしゃ》な構えをもち、二畳半台目《だいめ》で向切《むこうぎ》りの茶室であった。

表からはにじり口が見えないことや、刀掛けをつくらず、土間の突き当りに小室をこしらえ、武具や袱紗《ふくさ》などはそこに預けるようにするなど、いかにも有楽らしい、独自の工夫がこらされている。

内部は二畳半台目――つまり、客座用の畳二畳半と、点前座《てまえざ》用の台目畳で構成されている。畳は普通の四分の三しかないが、利休の言う「二畳の茶室」とは、まるでちがう。

茶室の全体としては、もっとずっと広い。広く感ぜられる。

たとえば床は下座床《げざどこ》で、亭主が点前座に坐ったとき、後方になるよう、しつらえられている。窓は「有楽窓」ともいわれる竹詰打ちの連子《れんじ》窓。風通しが良く、しっかりと採光できるように作られているのだ。

壁面下部に暦《こよみ》の腰張りがあるのも、如庵の特徴の一つである。

そうして、まさに自然にして自由な発想が随所にみられるのだが、すべては、

「それ茶の湯は客をもてなす道理を本意とする也」（織田有楽斎著『茶道織有伝』）

にもとづいている。

この武家風ではあるが、形式にとらわれない造りの茶室で、有楽は何事にもとらわれず、その折々の気分のままに茶を点ててすごした。


そんなある日。――

雨上がりの夕刻、有楽は如庵に客をまねき、茶を点ててもてなしたが、客が帰ったとたん、ちょっと疲れをおぼえ、淡い眠りにさそわれた。

そして点前座に腰をおろしたまま、眼をつぶり、うたた寝をしてしまったようである。

するとそこへ、見覚えのある顔かたちの武家が立ち現われる。覚えがあるどころではない、大兄の信長ではないか。

「源吾長益……今は、有楽斎を号しておるのか。聞いておるぞ、有楽流とか、茶の湯太閤とまでよばれておるそうな。かの利休をも超えた、との噂も耳にした。えらい出世じゃな」

「出世だなぞと、お戯れを……武人としてはずっと、へたれを通して参りました」

「それは良い。源吾らしいぞ」

と笑って、信長は、

「ともあれ、その有楽流とやらの茶を、わしにも味わわせてはもらえぬか」

「は、はい。しばし、お待ちを」

客を帰したきり、碗も茶筅《ちゃせん》、茶匙《さじ》も、何も片付けてはおらず、茶釜も湯気を立てている。

いま一度、今日の茶会の仕切り直しのような気分で、有楽は静かに茶を点て、大兄に供した。

「人間五十年、はおろか、七十余年も生きたか……そなたの茶は、そなたが生きてきた時間の長さと重みを感じさせるのう」

ふっとつぶやいた信長の言葉に、有楽は、それまで抑えていたものが堰《せき》を切ったように、あふれだすのを感じた。嗚咽《おえつ》を洩らして、

「三法師さまを最後までお守りすることも出来ず、織田の家をも大兄上のころより、はるかに小さなものにしてしまいました」

「なんの、なんの……それも時の流れよ。わしが光秀に討たれ、光秀が秀吉に敗れ、その秀吉もまた、家康に天下を奪われた。その家康とそなた、上手《うも》うにやっておったようではないか」

「……畏《おそ》れ入りまする」

信長の兄弟ではほかに、関ケ原での合戦後も所領を安堵された年上の信包が大坂城で秀頼の補佐役などをしていたが、冬の陣をまえにして病いに倒れ、急死している。

信長の遺児中、ただ一人生き残った信雄は、同じような役目をつとめながらも、徳川方と通じ、今では五万石取りの大名になっている。

彼も一度は天下に王手をかけたが、いつしか奈落《ならく》に転落し、流罪や所領没収など、あれこれと憂《う》き目《め》にあって、それでも何とかまた這いあがってきている。

「わしがうつけで、源吾、そなたがへたれならば、信雄はふぬけじゃと思うておったがの、どっこい、抜け目のない奴じゃったとは……」

信長はからだを震わせて、からからと大声で笑い、仕方なしに有楽も失笑せざるを得なかった。それこそは「時」が、信雄をそこまでに仕立てたのであろう。

「しかし、昔から思うておったが、女子《おなご》は強いな。これからは女人《にょにん》、女性《にょしょう》の世になるやもしれぬぞ」

考えてみれば、お市も強かった、と信長は言う。

「茶々は残念であったが、末娘のお督がおる……崇源院さまか、とにもかくにも徳川の家にはいりこみ、三代目を産み、天皇家にまで実娘を送りこんだ。本当に天下を掠《かす》めとったのは、お督ではないのかな」

「それがしも、じつは、そう思うております」

そうか、そうか、と何度もうなずいてから、

「これからも、お督のこと、よしなに見守ってやってくれ」

「でき得るかぎりは……」

最後に信長は、茶室へはいるたびに、秀吉や家康らに頭を下げさせたことを褒めて、笑顔のままに、こう告げた。

「へたれの源吾、有楽斎どのよ。よくぞ、ここまで生き抜いて、織田の家をささえ抜き、かつ茶の湯をきわめてくれた……そなたこそは、わしの誇り。織田家の宝ぞ」

その声を聞いて、ふいと有楽は目を覚ました。小首をかしげながら、客座のほうに手をのばすと、

残された茶碗も座布団も、まだ生温かい。

織田有楽斎はそれからなおも三年を生きたが、中風を病み、元和七（一六二一）年師走の十三日、如庵にて永眠する。享年は奇しくも家康と同じ七十五であった。

だれが供えたものか、臥所《ふしど》の枕頭《ちんとう》には生前、有楽が好み、のちに「有楽椿《つばき》」（太郎冠者）とまでよばれるようになった桃いろの花弁の椿が、ただ一輪、おかれていた。

了。

あとがき

思えば、もう二十年以上もまえになる。

一九八九年から九九年にかけて、『吉良の言い分　真説元禄忠臣蔵』（ＫＳＳ出版／小学館文庫）がベストセラーとなり、その勢いをかるようにして私は『逃げる家康　天下を盗《と》る』（ＰＨＰ研究所）を書きあげた。じつは、そのころからすでに私は、

「織田有楽斎を書きたい」

と考えていたのだ。

同じＰＨＰ研究所で文庫化された『家康』のサブタイトルは「逃げて、耐えて、天下を盗る」――かたや政事《まつりごと》、一方は遊芸《ゆげい》と、分野こそちがえ、有楽斎の一生も、家康のそれによく似ていたのではないか。

「天下布武」をめざした壮烈無比の武将、織田信長の実弟（異腹）でありながら、武術はまるで駄目。根っからの弱虫で、「へたれ」とまでよばれた。であればこそ逆に、大兄《おおあに》・信長には可愛がられもしたが、政事や軍事の場（戦《いく》さ場《ば》など）では、逃げて逃げて、耐え、堪えつづけた。

信長や甥の信忠が自害して果てた「本能寺」からも逃走して、「逃げの源吾（幼名）」と揶揄《やゆ》されたほどだ。

そうして信長・秀吉・家康という三人の天下人のもとで、ときに屈従、ときに翻弄《ほんろう》、ときに利用されながらも、堪えて通し、ついに「有楽流」なる茶道の一派をなし、かの千利休をも超えて「茶

の湯太閤《たいこう》」とまで称されるにいたった。

つまりは有楽斎も政事とは別のところで、「天下を盗った」のである。

昔から私は明智光秀も好きで、これは一種のエッセイだが、『光秀の言い分　明智光秀好きなので』（牧野出版）という本を出した。家康、光秀、そして有楽斎の三角形の「友情」はたしかにあったと思うし、それも「茶の湯」を通じてのものに他ならない。

もしかしたら信長（の一面）も、そこにくわえて良いかもしれない。密《ひそ》やかな私の持論「光秀に手を借りての信長自殺説」も、わずかながら本作中に採り入れている。


本書の出版は、けっして「安産」とは言えなかった。

創刊九十年近い歴史をもつ「大法輪」誌に、空海、行基と、二人の偉大な僧の生涯をつづけて連載させていただき、どちらも単行本化された（『此処にいる空海』牧野出版／『行基』角川書店）。つぎは一遍か、西行か、と思案していたら、編集部のほうから、

「今、いちばん書きたいものを書いてください」

とのこと。それでは茶道ばかりか、仏道、禅道にも造詣《ぞうけい》の深い織田有楽斎で行くしかない、と私は決めた。

そこまでは比較的スムーズだったが、なんと日本一の老舗《しにせ》誌ともいうべき「大法輪」が休刊するというではないか。二年がかりで、ぼちぼちと書いてゆくつもりだったのが、七回目で連載がストップしてしまった。

「あとは、書き下ろしで」ということになり、その後の作業は急ピッチで進められた。

折りしも「コロナ禍」で光秀を主人公にしたＮＨＫの大河ドラマ『麒麟《きりん》が来る』が一時中断されたのは、不幸中の幸いか、ある意味、タイムリーではあった。

「再開は秋」と聞いて、

「よし、何とか今年の秋中に……」

というわけで、七十すぎの老骨に鞭《むち》打ち、三月《みつき》あまりで完成させた（連載分をくわえると、半年以上になるが）。徹夜も覚悟で机に向かい、自分がもっとも書きたかった、有楽が大兄・信長と再会する「夢」のシーンを終えたとき、うわおーっと唸り、最後に「了」とまで記してしまった。

こんなことは久しぶり……いや、初めてかもしれない。それほどの充足感があった。

百冊近くになる私の歴史時代小説のなかでも、五指の一つに数えられる作品になるだろう。

日本中、いや、世界中を席巻《せっけん》したコロナ禍の騒ぎにもめげず、短期間のうちに、そういう大仕事ができたのは、ひとえに「岳舎日本史ラボラトリー」スタッフのおかげである。とりわけて松本のぼる（著作／小説『聖なる死者』リトルガリヴァー社／他）と佐藤美保（訳著『陰謀説の嘘』ＰＨＰ研究所／他）の両氏には、多大なるご協力をいただいた。ほんとうに、有り難う。

また大法輪閣社長の石原大道氏、「大法輪」誌連載時の編集担当、佐々木隆友氏、編集部の高梨和巨氏、そして最後をしっかりとまとめ、締めてくださった野村勇貴氏にも、この場を借りて謝しておきたい。

二〇二〇年秋

岳　真也

主要参考文献

太田牛一『信長公記』（桑田忠親・校注　新人物往来社）
小瀬甫庵『信長記』（石井恭二・校注　現代思潮新社）
遠山信春『総見記（織田軍記）』（早稲田大学図書館蔵）
竹中重門『豊鑑』（群書類従第十六巻　内外書籍編）
小瀬甫庵『太閤記』（桑田忠親・校訂　岩波文庫）
川角三郎右衛門『川角太閤記』（中村孝也等・監修　人物往来社）
大村由己『秀吉事記』（国立国会図書館蔵）
小野景湛編『細川家記（綿考輯録）』（国立国会図書館蔵）
英俊他『多門院日記・第四巻』（三教書院　国立国会図書館蔵）
山科言経『言経卿記』（国書刊行会　国立国会図書館蔵）
吉田兼見『兼見卿記』（東京大学史料編纂所）
津田宗及『津田宗及茶湯日記』（松山米太郎・評注　国立国会図書館蔵）
井口海仙『茶道名言集』（里文出版）
谷端昭夫『日本史のなかの茶道』（淡交社）
矢野環『名物茶入の物語』（淡交社）
入江崇敬監修『茶道具のかたづけ方の基本』（淡交社）

千宗室『裏千家茶道のおしえ』（NHK出版）
NHK取材班『NHK 国宝への旅 12』（日本放送出版協会）
前久夫『茶室のみかた図典』東京美術選書28（東京美術）
斎藤史子『幻の茶器』（淡交社）
堀和久『織田有楽斎』（講談社文庫）
菅靖匡『小説　織田有楽斎』（学研M文庫）
天野純希『有楽斎の戦』（講談社）
岳宏一郎『花鳥の乱』（講談社文庫）
秋山駿『信長』（新潮社）
阿部龍太郎『信長燃ゆ』（新潮文庫）
早見俊『うつけ世に立つ』（徳間書店）
志野靖史『信長の肖像』（朝日新聞出版）
和田裕弘『織田信長の家臣団　派閥と人間関係』（中公新書）
谷口研語『信長の天下布武への道』（吉川弘文館）
立花京子『信長と十字架―「天下布武」の真実を追う』（集英社新書）
今谷明『信長と天皇』（講談社）
河合敦監修『ビジュアル戦国英雄伝　織田信長』（学研プラス）
歴史群像シリーズ3『羽柴秀吉　怒涛の天下取り』（学習研究社）
池波正太郎『信長と秀吉と家康』（PHP文庫）

秋山駿『信長　秀吉　家康』（学研M文庫）
小和田哲男『明智光秀と本能寺の変』（PHP文庫）
桑田忠親『明智光秀』（講談社文庫）
高柳光寿『人物叢書　明智光秀』（吉川弘文館）
谷口克広『検証　本能寺の変』（吉川弘文館）
岳真也『光秀の言い分』（牧野出版）
小和田哲男『豊臣秀吉』（中公新書）
吉川英治『新書太閤記』（新潮社）
奥山景布子『太閤の能楽師』（中央公論社）
別冊歴史読本『豊臣家崩壊』（新人物往来社）
阿部龍太郎『家康』（幻冬舎文庫）
岳真也『徳川家康』（PHP文庫）
別冊歴史読本『徳川家康　その重くて遠き道』（新人物往来社）
歴史群像シリーズ『関ヶ原の戦い【全国版】史上最大の激突』（学研プラス）
小和田哲男『戦国三姉妹物語』（角川選書）
山本兼一『利休にたずねよ』（PHP文芸文庫）
永井路子『流星　お市の方』（文藝春秋）
桑田忠親『淀君』（吉川弘文館）
童門冬二『戦国を終わらせた女たち』（NHK出版）

本書は、月刊『大法輪』２０２０年１月号から同年７月号まで連載された作品に加筆・修正し、単行本化したものです。

岳 真也（がく しんや）

1947年、東京に生まれる。慶應義塾大学経済学部を卒業、同大学大学院社会学研究科修士課程修了。学生作家としてデビューし、文筆生活50年、著書約160冊。2012年、第1回歴史時代作家クラブ賞実績功労賞を受賞。代表作は『水の旅立ち』（文藝春秋）、『福沢諭吉（全3巻）』（作品社）。近年、歴史時代小説に力を入れ、忠臣蔵の定説を逆転させた『吉良の言い分 真説・元禄忠臣蔵』（KSS出版）はベストセラー、『吉良上野介を弁護する』（文春新書）、『視点を変えればワルも善玉 日本史「悪役」たちの言い分』（PHP文庫）はロングセラーとなった。近刊に『行基 菩薩とよばれた僧』（角川書店）、『光秀の言い分 明智光秀好きなので』（牧野出版）がある。

日本文藝家協会理事、日本ペンクラブ理事。

利休《りきゅう》を超《こ》える戦国《せんごく》の茶人《ちゃじん》　織田有楽斎《おだうらくさい》

2020年 10月10日 初版第1刷発行

著　者　岳　真也
発行人　石原大道
印　刷　亜細亜印刷株式会社
製　本　東京美術紙工
発行所　有限会社 大法輪閣
〒150-0011 東京都渋谷区東2-5-36 大泉ビル2F
TEL 03-5466-1401（代表）
振替 00160-9-487196番
http://www.daihorin-kaku.com

ISBN978-4-8046-1430-4 C0093